デュラララ!! SH×2

接続章

接続章　解説者：もしくは、ある情報屋の一人語り

数年前　新宿《しんじゅく》

「やあ、元気にしてたかい。

まあ、正直、君が元気かどうかは、実はどうでもいいんだ。

活力に満ちあふれていようと絶望に足を取られていようと、俺《おれ》は気にしないよ。

しかし、俺に一体なんの用かな。

俺みたいな厄介者《やっかいもの》に関わるとろくな事がない……っていうのは、流石《さすが》に君の歳《とし》ならなんとなく解《わか》るよね？

ああ、また首無《くびな》しライダーの話かい？

首無しライダーを目の前にした時にどうするか……って話は、前に池袋《いけぶくろ》でしたよね。

人間は、異質な物を前にした時に色々な反応を示すって。

それが化《ば》け物《もの》や異形《いぎょう》の類《たぐい》ではなく、同じ人間でもね。

ただ、同じ人間でも、直接目にした時と、『あやふやな存在』である時ではまた違った結果になると思うよ。

正体不明《ふめい》、しかし、確かに存在しているらしい。

人の想像力《そうぞうりょく》を一番《いちばん》掻《か》き立てるのは、そういう存在に対してさ。

一度でも首《くび》無《な》しライダーと話した事があるなら、それはもうあやふやじゃない。相手がどういう存在なのかはまだしも、相手が話の通じる、理知《りち》的《てき》な存在であるっていう事が理解できる。

それだけでもう、『あやふやな存在』じゃなくなるのさ。

会わなければ、そうはならない。

例え誰《だれ》かが『首無しライダーは普通に日本語《にほんご》が通じるいい奴《やつ》だ』なんて言った所で、見た事もない奴がそれを鵜呑《うの》みにするとしたら、話し手が余程《よほど》信頼されてる証拠《しょうこ》だよ。

ここで一つ、首無しライダーの特異点《とくいてん》が出てくる。

明らかに首無しライダーは異常な存在だという事は解《わか》るだろう？

現代の常識《じょうしき》を超える存在だっていうのは、あの蠢《うごめ》く影や、エンジン音の無い馬を見れば解る。

トリックだと思う人間も多くいる一方で、こう思う人間も多い筈《はず》だ。

『ああ、いよいよ世界が変わる』……ってね。

怖《おそ》れた人が半分、歓喜《かんき》した人が半分といった所かな。

無神論者《むしんろんじゃ》や、超常現象《ちょうじょうげんしょう》を否定する立場の人間はパニックだったろうね。

いや、それは必ずしもイコールではないかな。無神論者の超常現象肯定派《こうていは》も、超常現象を否定しながら敬虔《けいけん》な宗教家《しゅうきょうか》っていう人も見た事がある。

それは置いておくとして……人間の理解を超えた世界がそこにあるんだ。

様々《さまざま》な想《おも》いを抱くだろうね。

例えば、その一つには……憧《あこが》れがある。

恐怖《きょうふ》が先に来ると思うだろう？

もっとも、それが普通かもしれない。

だけどね、いるんだよ。

世の中には、不可解《ふかかい》な物、科学で説明できない現象に対して『憧れ』を抱く人間が。

例えば、周囲の全てから追い詰められて、どうしても抜け出せない現実から逃げ出したい人。

今の世界はウソだ。本当はもっと、自分にとって生きやすい世界があるに違いない。

そんな風《ふう》に思っていても、人生は、現実は何一つ変わらないだろう？

自力でそこを抜け出す力も気力もない。

彼らは求めるのさ。

何を？

きっかけだよ！
どんな些細《ささい》なものでもいい、世界が裏返る為のきっかけだ！
一度は想像《そうぞう》した事があるだろ？
もしも自分に特別な力があればってね。
もしも足が速ければ。
もしも腕力《わんりよく》が強ければ。
もしも頭が良ければ。
もしも顔が良ければ。
もしも歌が上手《うま》ければ。
もしも絵が上手ければ。
もしも人の気持ちが解《わか》れば。
もしも超能力でも使えれば。
最初は些細な憧《あこが》れさ。
人とは違う『何か』がある自分自身へのね。
ところがだ、それはやがて、現実への憎《にく》しみに変わる。
どうやっても力を持てない、今の自分から脱却《だっきやく》できない事に対する不満の積み重ねさ。
別に、手から火を出すとかそういう漫画《まんが》じみた力じゃない。

例えば、虐《いじ》められている子が、それを他人に訴える些細な勇気でもいい。

親に殴《なぐ》られてる子が、その親の背を階段の上からそっと押しだすささやかな殺意《さつい》でもいい。

嫌《きら》いな奴《やつ》が死ぬ所を想像して妄想《もうそう》日記に書ける最低限の文章力でもいい。

まあ、ぶっちゃけた話さ、そんな鬱屈《うっくつ》とした想《おも》いじゃなくてもいいんだ。

単純に、『退屈《たいくつ》な日常に嫌気《いやけ》が差した』っていう人もいるだろうね。

とにかく、そういう大小様々《さまざま》な現実への不満って奴がある人間は、こぞってこう願うわけだ。

『自分が変わらないなら、世界が変わればいい』ってね。

そんな時、世界が変わるかもしれないきっかけがテレビとかに映ったらどうする？

今までの物理《ぶつり》法則《ほうそく》や社会の常識《じょうしき》を突破《とっぱ》する、世界の構造《こうぞう》自体を変える可能性のある何かだ。

考えてもみなよ。

例えばあの首無《くびな》しライダーが幽霊《ゆうれい》だとしよう。

それが証明《しょうめい》されれば、それだけで死後の世界の確実な証明になる。

もしもそんな事になれば世界は一変するよねえ。

自殺者は増えるのかな。それとも減るのかな。

死後の世界が１００％確実にあると解れば、安心して自殺すると思うかい？

それとも、死んだ後まで自分の意識《いしき》が続くと絶望して、死ぬのをやめるのかな？

まあ、そんな子供の妄想みたいな事を例にするのはズルいと思うけど、実際、そんな下らない事が人生を本気《ほんき》で左右するのが人間ってものさ。

ともあれ、首無《くびな》しライダーを重要視してるのは、直接会った人よりも、案外《あんがい》一歩下がった所から見てる人達かもしれないよ？

首無しライダーはね、ある種《しゅ》の人達にとっては希望なんだ。

人にはね、受け入れるしかない現実もある。

結局最後は個人差だよ。

同じ目に遭《あ》っても、それを否定し、拒絶《きょぜつ》する人間もいれば、諦《あきら》めて受け入れる人間もいる。

もちろん、前向きな形で受け入れる形もあるけどね。

逃げ出せない現実なんてさ、誰《だれ》も彼《かれ》も、少なからず抱えてるものさ。


だからね、どんな道を選んでも、それがそれぞれ人間の形だ。俺《おれ》は否定しないよ。

例え世間からは悪手《あくしゅ》と言われる方法だろうと。


俺は、人間が大好きだからね」

♂♀

現在　ある日の朝　辰神家《たつがみけ》

「ねえ、大丈夫《だいじょうぶ》よね、姫香《ひめか》」

か細い声で辰神姫香にそう呟《つぶや》いた母親は、実年齢《じつねんれい》よりも些《いささ》か老《ふ》けこんでおり、どことなくやつれた顔をしていた。

「姫香、あなたは、あなたは居なくならないわよね？」

辰神姫香には、姉と妹がいる。

しかしながら、『首無《くびな》しライダーに会えるかもしれない』という言葉を残したまま、二人とも姿《すがた》を消してしまった。

最後に消息《しょうそく》を確認《かくにん》した日から既《すで》に半月ほど経過しており、警察に失踪届《しっそうとどけ》を出しているものの、未《いま》だにその行方《ゆくえ》は摑《つか》めていない。

自分の娘《むすめ》が二人も同時に行方不明《ふめい》になった事を考えれば、やつれているのは当然だろう。

しかし、姫香は知っていた。

母は、こうなる前から、ずっとやつれ続けていたという事を。

そして、例え二人が無事《ぶじ》に戻って来た後も、ずっとやつれたままであろうという事を。

やつれているというよりも、『壊《こわ》れている』という方がしっくり来る。

口にこそ出したことはないが、姫香はずっとそう思い続けていた。

「ねえ、姫香《ひめか》、お願い、私を二人きりにしないで。あんな人と、二人きりにしないで」

彼女が『あんな人』呼ばわりしたのが、父の事だというのも姫香は良く知っている。

そして——そんな言葉を、横にいる姫香ではなく、廊下の壁に額《ひたい》をつけたまま、ブツブツブツブツと呟《つぶや》き続けるのも、彼女にとっては数年前から見慣れた光景《こうけい》だ。

額を壁にこすりつけながら言う母。

普段から常にこの調子というわけではなく、大体一日に一度起きる発作《ほっさ》のようなものだ。

娘二人が消えた後に、その回数が酷《ひど》くなったわけでもなく、寧《むし》ろ変わらなかった事が姫香には悲しく感じられる。

しかし、それは姫香の表情を歪《ゆが》ませる程ではなかった。

彼女はいつも通りの冷めた表情で、壁に向かう母の背をさすりながら語りかける。

「大丈夫よ、母《かあ》さん。二人ともすぐに戻ってくるから」

すると、その声に反応したのか、あるいは単なる偶然《ぐうぜん》か、淡々《たんたん》とした調子で言った。

「首無しライダーのせいよ」

「……」

黙《だま》り込む姫香の前で、母は自分自身に言い聞かせるように、ブツブツと口の中で繰り返し続ける。

「あれが、取ったのよ、彩《あや》も、愛《あい》も……私から全部《ぜんぶ》奪《うば》っていくのよ！　ああぁあぁっぁあ！」ヒステリーを起こしたように叫ぶ母を、姫香は後ろからそっと抱きしめた。

「大丈夫《だいじょうぶ》、大丈夫だから、母《かあ》さん」

そんな娘《むすめ》の声も耳に入らず、母は自分と壁の間に言葉を転がし続ける。

「やっぱり、そうなのよ……殺してでも止めておくべきだった……止めるべきだったのよ……」

「母さん……」

「そうよ…インターネットでも、私、そう質問したもの……そしたらね、みんな酷《ひど》い事を言うのよ姫香。わけの解《わか》らない事を言うの。あれ、きっとね、全部首無《くびな》しライダーの仕業《しわざ》よ？　解るわよね、姫香」

最後まで壁に向かって自分の名を呼び続けた母に、姫香は怒りの目も悲しみの目も向けはしなかった。

彼女は、自分にとってこれが日常であり、受け入れなければならない事だと覚悟《かくご》している。

もっともそれは、覚悟というよりも諦《あきら》めに近かったのかもしれないが。

そして彼女は、諦めきった日常の中で——町に紛《まぎ》れ込んだ異物《いぶつ》と出会う。

首無しライダーのような誰《だれ》の目にも明白な異形《いぎょう》ではない。

三頭池八尋《みづちやひろ》という、無害な少年の姿《すがた》をした怪物《かいぶつ》に。

五章

五章A　使者

池袋某所《いけぶくろぼうしょ》　古道具屋《ふるどうぐや》『園原堂《そのはらどう》』店舗前《てんぽまえ》

池袋の外れにあるその店は、どことなく周囲から浮いた空気に包まれていた。

駅などの繁華街《はんかがい》からは大分《だいぶ》離れた場所。通常の住宅に紛《まぎ》れてポツリと存在する、店舗と住居を兼ねた構造《こうぞう》の古びた建物だ。

古道具屋という事を考えれば、逆に『それらしい』雰囲気《ふんいき》となって店の格《かく》を上げるのかもしれないと思わせる外観《がいかん》である。

壁の一部を刳《く》りぬいたショーケースには、妙《みょう》に赤黒い茶碗《ちゃわん》や見た事も無い紋様《もんよう》の貨幣《かへい》といった物品が並んでおり、店の怪《あや》しげな雰囲気に拍車《はくしゃ》をかけていた。

そんな店の扉《とびら》が不意《ふい》に開かれ、中から、現代的な制服《せいふく》を纏《まと》った若者達が顔を出す。

「いいラジオが見つかって良かったよ」

店から出た後に、大人《おとな》しそうな少年――三頭池八尋《みずちやひろ》は、手に抱えたラジオを見ながらホッと胸をなで下ろした。

「ありがとう姫神《ひめがみ》さん。いいお店を紹介《しょうかい》してくれて」

淡々《たんたん》と、しかし誠実《せいじつ》に礼《れい》を言う八尋に、言われた少女、辰神姫香《たつがみひめか》は小さく首を振った。

「気にしないで、たまたま近くにお店があっただけだから」

「でも、本当に安く買えて良かったよ」

八尋はそう言いながら、改めて購入《こうにゅう》したラジオを見る。

フレーム全体が木材の組み合わせで作られたラジオで、裏側には昇り龍《りゅう》の彫刻《こくいん》が施《ほどこ》されている。マホガニーによる紅黒色《べにくろいろ》の本体を見た八尋は、電池式《でんちしき》ではなく撥条《ばね》仕掛《じか》けか何かで動くのではないかと疑った。

そんな独特の雰囲気《ふんいき》のあるラジオだが、来良学園《らいらがくえん》の制服《せいふく》を見た女性店主《てんしゅ》が値引《ねび》きをしてくれた為《ため》、驚く程安く購入する事ができたのである。

「いやー、来良の卒業生《そつぎょうせい》が始めたばっかの店って聞いてたから、もっと新しい感じの店かと思ったら、創業《そうぎょう》100年って雰囲気の店でびっくりだよな？　つーか、あの店主さんさ、眼鏡《めがね》掛けて地味《じみ》な感じだったけど、結構《けっこう》美人だったよな。彼氏《かれし》とかいると思う？」

姫香と八尋の背後から、ラジオとは関係無い話を切り出したのは、店の雰囲気からもっともかけ離れた少年――琴南久音《ことなみくおん》だ。

髪《かみ》の毛を緑色《みどりいろ》に染めた少年は、先刻《せんこく》の女店主の事を思い出しながら下世話《げせわ》な話を続ける。

「つーか、あんな若い女の人が一人で店切り盛りしてんの？　凄《すご》くね？　家族とかいないの？」

「うーん……どうかな、お店を開く時に、改装《かいそう》を手伝ってる人達は居たけど」

「ああいうお店って、多いの？」

背後を振り返り、遠ざかる店舗《てんぽ》を見ながら八尋が言った。

少し悩んだ後、姫香が答える。

「そうだね、個人経営《けいえい》のお店は結構あるよ。駅ごとに雰囲気も変わるし、面白い店も多いから、色々回って見るのもいいと思う」

「そっか、やっぱり東京《とうきょう》は凄《すご》いなあ」

「いやいや、そりゃ東京に限らないだろ」

久音の指摘《してき》に、八尋は首を振った。

「ああ、ごめん。俺《おれ》は殆《ほとん》ど自分の村から出たことなくてさ」

「へぇ、それで良く東京に来ようなんて思ったもんだな。物好きだねぇ」

適当な相づちを打ちつつ、久音は八尋のラジオに目を向ける。

「ていうか、今時《いまどき》部屋にテレビもなくて、情報源《じょうほうげん》がラジオだけって大丈夫《だいじょうぶ》か？」

「まあ、大丈夫だと思うよ。スマートフォンもあるし」

「テレビよりスマホかよ。時代だねぇ。あ。なんかSNSやってる？」

「SNS？」

首を傾《かし》げる八尋《やひろ》に、『知らないのかよ』と肩を竦《すく》めつつも、久音《くおん》が丁寧《ていねい》に説明を始めた。

「ソーシャルネットワークサービス、略してSNSな。なんつーか、人と人のコミニュケーションを支援《しえん》するネットを使ったサービスとかの総称《そうしょう》。早い話がほれ、ツイッティアとか、フェイスマガジンとか、ニクシィとか、ファインとか」

いくつか名前を挙《あ》げるが、八尋はどれもピンと来ていないようで、悩んだ挙《あ》げ句《く》に口を開く。

「チャットルームとか？」

「おおっと、今どきチャットルームなんて単語《たんご》聞くとは思わなかったぜ。逆にすげえな。まあいいや、スマートフォン持ってるなら、後でいくつか無料サイトを教えて……」

そのまま会話を続けようとした久音だが、背後から軽くクラクションを鳴らされ、思わず会話を中断《ちゅうだん》した。

「えッ？」

三人が慌《あわ》てて振り返ると、そこには速度を落とした車が一台。

助手席《じょしゅせき》の窓が開くと、そこから一人の少年が顔を出す。

同じ来良学園《らいらがくえん》の制服《せいふく》を着た男子で、一見《いっけん》すると八尋達と同い年に見えた。

だが、久音の口から漏《も》れた言葉が、相手が彼らよりも年上であるという事を示す。

「……黒沼先輩《くろぬませんぱい》」

「居た居た、お前の頭、見つけやすくていいな」

「なんすか、さっき、今日《きょう》は忙《いそが》しいからパスって連絡《れんらく》したでしょ？　もー」

軽い調子で先輩に話しかける久音の後ろで、八尋と姫香《ひめか》が僅《わず》かに視線を交わし合う。

黒沼と呼ばれた先輩は、一見するとどこにでもいるような大人《おとな》しそうな少年に見えるのだが、運転席にいる男の厳《いか》めしい風貌《ふうぼう》や、車の後部ガラスが黒塗りになっている事などからして、どうにも不穏《ふおん》な空気が漂《ただよ》っていた。

どう受け止めて良いのか解《わか》らず八尋が混乱していると、助手席の上級生がこちらに目を向けてきた。

「……なあ、久音。そっちの子達は？」

そっちの子『達』と言っているが、上級生は八尋の方にしか視線を向けていない。

自分の顔の怪我《けが》に注目《ちゅうもく》しているのだろうと八尋が考えていると、久音が砕《くだ》けた調子で上級生の問いに答えた。

「ああ、俺《おれ》のクラスの奴《やつ》っすよ。三頭池《みずち》に、辰神《たつがみ》さん」

「へえ、俺は三年の黒沼青葉っていうから。よろしく」

「どうも……三頭池八尋です」

フレンドリーに言う青葉に、八尋は頭を下げ、姫香も「どうも」と小声で挨拶《あいさつ》をする。

「三頭池君？　君、怪我してるみたいだけど、大丈夫《だいじょうぶ》？」

八尋《やひろ》の顔の痣《あざ》を見て、青葉《あおば》がそんな事を尋《たず》ねてきた。

「ああ、階段から転げ落ちちゃって……」

「階段？　どこの？」

「えっと……」

まさか詳しく踏み込んでくるとは思わず、返答につまる八尋。

そんな彼をフォローする形で、久音《くおん》が話に割り込んできた。

「ああ！　駅っすよ！　駅！　こいつ、山奥の方から東京《とうきょう》に来たもんだから人混みに慣れてなくって、人混みで気分悪くしていきなり落ちるんすもん、ビビリましたよ！」

「あ、え、はい」

流暢《りゅうちょう》にウソを吐き出す久音に、八尋も慌《あわ》てて話を合わせる。

「へえ。どの辺から来たの？」

「秋田《あきた》の温泉街《おんせんがい》で……。ええと、八郎潟《はちろうがた》から東に行った所にある、波布良木村《はぶらぎむら》っていう所です」

「ハブラギ村、ね」

確認《かくにん》するように口にした後、青葉はニコニコと笑いながら久音に言った。

「そっか、今日《きょう》は友達の案内か」

「まあ、そんなとこっす」

「なるほどなー、お前がそんな世話焼《せわや》きとは思わなかったよ」

そして、八尋と姫香《ひめか》に向き直る。

「気を付けた方がいいよ。こいつと付き合ったら、成績《せいせき》悪くなるからね」

「ちょ、ひってぇなあ青葉先輩《せんぱい》……。俺《おれ》はこう見えて勉強教えるのも得意なんすよ？」

溜息《ためいき》を吐きながら、久音が青葉に抗議《こうぎ》した。

そんな後輩《こうはい》の言葉を黙殺《もくさつ》しながら、青葉は笑いながら手を上げる。

「じゃ、また。解《わか》んない事とかあったら教えるから、学校で会ったら気軽に声かけてよ」

爽《さわ》やかな先輩といった空気を醸《かも》し出しつつ、青葉は助手席《じょしゅせき》の窓を閉めた。

そのまま車が路地《ろじ》を曲がっていくのを見送った後、三人は少しの間沈黙《ちんもく》していたが、やがて久音が息を大きく吐き出し笑う。

「ぷひょー、参《まい》ったねまったく。あの先輩、ある事ないこと言いふらすんだからよ。気にしない方がいいぜ？　マジでマジで。俺の為《ため》にも」

「そりゃ、悪く言われたのは琴南《ことなみ》君だけだし、俺は気にしないけど……」

「第一、そんなに気にするような話もしてなかったと思うけど」

八尋と姫香が立て続けに答えると、久音は気まずそうに肩を竦《すく》めた。

「ま、あの先輩には、あんまり近づかない方がいいって事さ」

♂♀

車内

「いきなり近づき過ぎじゃね？」

八尋《やひろ》達から離れゆくバンの中。

運転席の男が、くちゃくちゃとガムを噛《か》みながら言う。

「つぅかさぁ、あいつが静雄《しずお》とタイマン張った奴《やつ》なん？」

「多分ね、久音《くおん》が珍《めずら》しく俺《おれ》ら以外と連《つる》んでるんだから、可能性はでかいさ」

それに答える形で、青葉《あおば》がつまらなさそうに言った。

「俺としては、もうちょいコンタクト取っておきたかったんだけどなぁ」

「マジで、あいつがそうなのか？　平和島《へいわじま》静雄とやりあったってのはよ」

後部座《ざ》席《せき》から、青葉の仲間のヨシキリが声を掛けてくる。

「確定じゃないけど、これからじっくり調べるさ」

「でもよ青葉。あいつ、ガタイはともかく、喧嘩屋《けんかや》っつーには大人《おとな》しすぎる感じじゃねぇか？」

ヨシキリ自身も喧嘩好きな為《ため》、大体危険な空気を纏《まと》う人間は見た目で解《わか》る。しかしながら、三頭池《みずち》八尋という人間からはそんな空気が感じられなかった。

しかし、青葉は少し考えた後、ヨシキリに答える。

「あいつの手、見たか？」

「ん？　いや、窓越しじゃ見えねえよ」

「手に、ちょっと異常な傷があってね」

青葉の目に映った八尋の手は、異常な古傷に塗れていた。

何か特殊《とくしゅ》な事情があるとしか思えない手だったが、とりあえず初対面《しょたいめん》の段階ではそれについて触れる事を避けたのである。

それを聞き、後部座席にいた別の仲間が笑い出した。

「手の傷ってどんなんだよ。あれか？　ボールペン刺されたとかか？」

「おいやめろ」

眉《まゆ》を顰《ひそ》めながら仲間を窘《たしな》めた後、車の天井《てんじょう》を仰《あお》いで青葉は独《ひと》り言《ごと》を呟《つぶや》き出す。

「久音の奴は何か企《たくら》んでるんだろうし、俺も独自に連絡先《れんらくさき》ぐらいは知っておきたいんだけどね。流石《さすが》にあの状況でメアド交換までやると怪《あや》しまれるしなあ」

そして、おもむろに懐《ふところ》から携帯《けいたい》電話を取りだした。

「ハブラギ村……ハブラギ……あった、波布良木村《はぶらぎむら》、これだな？」

検索《けんさく》すると、温泉宿《おんせんやど》のＨＰがトップにあがり、続いて「日本《にほん》の秘湯《ひとう》」など、温泉を紹介《しょうかい》する旅行会社や個人ブログが次々と並ぶ。

かなり遅れて村役場《むらやくば》のHPが出てくるという形だった為《ため》、温泉地《おんせんち》としてはかなり有名なのだろうと判断《はんだん》した。

その後もいくつかのワードで検索《けんさく》を続け、ソーシャルネットのコミュニティや、地元の人間達が使う掲示板《けいじばん》などを散策し続ける。

数分検索を続けたところで、青葉《あおば》の目が細められた。

「ビンゴ」

彼の目に映るHPは、波布良木村《はぶらぎむら》の側《そば》にある町の掲示板である。

高校生同士の情報交換スレッドの一週間ほど前の書き込みに、とある情報が描かれていた。

【波布良木の化《ば》け物《もの》、高校は東京《とうきょう》だってよ】

【ミズチの奴《やつ》か？】

【マジ？】

【良かった、公立だったら確実にりちだったからよ】

【先輩連中《せんぱいれんちゅう》もビビってたしな】

【やったよ、これで高校生活エンジョイ決定】

掲示板というよりもチャットルームに近い、たわいも無い会話の応酬《おうしゅう》だったが、青葉にとっては、八尋《やひろ》の正体を確定するには十分である。

自分の推測《すいそく》が当たっていた事に心中《しんちゅう》でにやけつつ、青葉は冷静な顔のままで呟《つぶや》いた。

「さてと、どうしたもんかな。久音《くおん》が何を考えてるのかも気になるしね」

「なんだよ、俺《おれ》らに黙《だま》ってあのガキが勝手《かって》やろうとしてんなら、シメちまえばいいじゃねえか」

物騒《ぶっそう》な事を言うヨシキリに、青葉が言う。

「焦《あせ》るなって。金の卵《たまご》を産むガチョウを絞《し》め殺す気かよ」

そして、青葉は淡々《たんたん》とした調子で言葉を続けた。

「まあ、敢《あ》えて他の連中の出方を見る……っていうのもありかな。そもそも、あの期待の新人君が、何を目指《めざ》してるのかも解《わか》らないしね」


車内の会話はそれで一度途切《とぎ》れ、そのまま普段の——あくまで彼らなりのだが——日常生活へと戻りかける。

だが、それを許さないとでもいうかのように、青葉の携帯《けいたい》が派手《はで》な着信音《ちゃくしんおん》を鳴り響《ひび》かせた。

「おっと、誰《だれ》からだろう」

青葉は通話ボタンを押す前、ディスプレイに映る相手の名前を確認《かくにん》した。

そして、一瞬《いっしゅん》驚いた顔をした後、ニイ、と口元を歪《ゆが》ませて電話に出る。

「もしもし……お久しぶりです。……ええ、ええ、元気ですよ。……。やだな、そんな不機嫌《ふきげん》な声を出さないで下さいよ」

青葉《あおば》の楽しげな声の調子を聞き、車内にいた『ブルースクウェア』の仲間達は互いに顔を見合わせた。敬語《けいご》を使っている事からして、目上《めうえ》の知り合いなのだろうが、その上でここまで楽しげに喋《しゃべ》る青葉は久しぶりだ。

メンバーの何人かは竜ヶ峰帝人《りゅうがみねみかど》からの電話だろうかと考えたが、すぐに思い直す。

竜ヶ峰帝人は、今は自分達のような存在からはほぼ完全に縁《えん》を切っており、学校で青葉がたまに世間話《せけんばなし》をする程度だ。

推測《すいそく》を続ける仲間達の前で、青葉はニヤニヤと笑いながら喋り続ける。

「ええ、俺《おれ》の知ってる子なら、すぐにでも顔写真を送りますよ」

だが、次の瞬間《しゅんかん》――

笑顔の中に、ほんの僅《わず》かな驚きが混じった。

そして、通話相手に確認《かくにん》するように、その固有名詞《こゆうめいし》を口にした。

「辰神姫香《たつがみひめか》……ですか？」

♂♀

数日後　来良学園《らいらがくえん》

早くも通常授業《じゅぎょう》が開始された来良学園の中、八尋《やひろ》は取り立ててクラスの中で浮くことなく、自然な調子で参加できていた。

顔の痣《あざ》などもだいぶ引き、包帯《ほうたい》も取れて今では殆《ほとん》ど目立たない形になっている。

その回復力の早さに姫香や久音《くおん》は驚いていたが、幼い頃《ころ》から不意《ふい》打ちなどをされていた八尋にとって、怪我《けが》は日常茶飯事《さはんじ》のようなものだった為《ため》、逆に二人の反応に戸惑《とまど》っていた。

最初は怪我を見て驚いていたクラスメイト達も、傷の回復と同時に接触《せっしょく》を図るようになったものの、久音というあからさまに近づきがたい人間が傍《そば》に居るため、必要以上に会話をする者も少ない。

平和島静雄《へいわじましずお》との喧嘩《けんか》は別として、八尋は静かな高校生活のスタートを切れた事に感謝していたのだが——

その平穏《へいおん》は、この日の昼、簡単に崩壊《ほうかい》する結果となった。


「みーずーちーくーん！　あーそーぼー……っと！」


昼休みが訪れて僅か数分後。

自作の弁当《べんとう》を持ってきていた八尋がどこで食べようか迷っていると、とある女子の声が教室後ろのドアから響《ひび》いて来た。

教室に残っていた生徒達が何事かと顔をあげ、その女生徒と八尋《やひろ》の顔を交互《こうご》に見比べる。

「あ……ええと……折原先輩《おりはらせんぱい》？」

「せいかーい！　やったね！　覚えててくれたんだ！」

眼鏡《めがね》をかけたお下げ髪《がみ》の三年生は、躊躇《ためら》い無く一年の教室に入り込み、ひょい、と八尋の机に腰掛ける。

「あのさ、今日《きょう》の放課後《ほうかご》、時間ある？」

「ええと、今日は図書《としょ》委員の放課後当番で……」

「そっか！　じゃあ、図書室にいくね！　その時に色々話したい事があってさ！」

まだ一度しか顔を合わせた事のない八尋に対し、舞流《まいる》がゴーイングマイウェイな事を言った。

「そんな堂々《どうどう》と『仕事の邪魔《じゃま》しに来る』と言われても……」

「まあいいじゃん。図書委員長には私から謝っておくから。ところで、久音《くおん》くんは？」

「ああ、屋上《おくじょう》じゃないですかね」

「あ、そっか。青葉《あおば》っち達と御飯《ごはん》かな？」

久音はそんな理由で教室におらず、姫香《ひめか》は購買《こうばい》に行っている。

八尋に助け船を出してくれそうな人間は他におらず、クラスメイト達は遠巻きにチラチラとこちらを見て居る状況だ。

「話なら、今でも大丈夫《だいじょうぶ》ですけど……」

「ああ、駄目《だめ》だめ、急《せ》かさない急かさないっと」

シー、っと口元に人差《ひとさ》し指《ゆび》を当てたあと、その指をそのままツン、と八尋の唇《くちびる》に押しつける。

「……ッ!?」

「いいからいいから、放課後、ここじゃできない話、たくさんしよ？　ね？」

無邪気《むじゃき》なのかいやらしいのか解《わか》らない笑《え》みを浮かべ、彼女はそのまま教室を去って行った。


「三頭池《みずち》君、折原先輩と知り合いなの？」

彼女が教室を出た後、クラスメイトの女子が数人寄ってきて、そんな事を尋《たず》ねて来た。

「この前会ったばかりだけど……どういう人なの？」

訝《いぶか》しげに尋ね返す八尋に、彼女達は顔を見合わせた後に答える。

「ええと……見たまんまの人だよ？」

「うちの学校じゃ有名な先輩だよね」

「双子《ふたご》のお姉《ねえ》さんが、生徒会の副会長やってるから……」

「折原姉妹のファンって、男子にも女子にも信者《しんじゃ》っぽいのがいるから気を付けなよー」

様々《さまざま》な情報が入ってくるが、具体的な情報があるわけでもなく、八尋には今一つ全体像《ぜんたいぞう》が摑《つか》めなかった。

中々破天荒《はてんこう》な性格らしいというのは、道場《どうじょう》や今しがたのやり取りで理解できたのだが、そんな先輩《せんぱい》が自分に一体どんな用事なのだろう？

八尋《やひろ》はそんな疑問を頭に思い浮かべつつ、クラスメイト達と適当な会話を交わしながら弁当《べんとう》箱《ばこ》を開く事にした。

――まあ、大した用事じゃないだろう。

――多分、首無《くびな》しライダーについての話か、道場《どうじょう》への勧誘《かんゆう》だろうな。

そんな結末を想像《そうぞう》していた八尋だったが、半分他人事《ひとごと》とも言える感覚で紡《つむ》いだ予想は、あっさりと覆《くつがえ》される事となった。

♂♀

放課後《ほうかご》　図書室

「ねえねえ、どうやって静雄《しずお》さんと互角《ごかく》に戦ったの!?」

目を輝かせながら吐き出された言葉に、八尋は思わず頬《ほお》を引きつらせる。

「な、なんの事ですか？」

「惚《とぼ》けない惚けない。ちゃんとネタは上がってるんだからね！」

「……純……正直に答えて返……」

露骨《ろこつ》に目を泳がせた八尋の顔を、左右から二人の先輩が覗《のぞ》き込んだ。

舞流《まいる》だけではない、その姉であるという折原九瑠璃《おりはらくるり》も一緒《いっしょ》になって、図書室の隅《すみ》に八尋を追い込んで質問をしている状況である。

彼女達もある程度空気は読んだようで、生徒達がごった返す時間帯は避け、閉門間際《まぎわ》で殆《ほと》どの利用者が下校を済ませた後にやってきて八尋を問い詰めた。

放課後の図書室、他に誰《だれ》もいない状況で二人の女学生に迫られている。

そう言ってしまえば艶《つや》っぽい一幕《ひとまく》とも受け取れるのだが、八尋にとっては、そんな気分を味わえるような精神状況ではなかった。

「いや、本当に、何の事だか……」

「あのさー、写メとかも撮《と》られまくってるんだよー？　遠巻きで君の顔がハッキリ写ってるわけじゃないけど、横にいる男の子が緑色《みどりいろ》の頭って時点で、ねえ？」

「東京《とうきよう》じゃ良くいるんじゃないですか、緑色の頭の人なんて」

「……此《東京を》……違《勘違いしてない》……？」

ウソが下手《へた》な八尋は、上級生である双子《ふたご》の追及《ついきゅう》に目を逸《そ》らす事しかできない。

ここで八尋が焦《あせ》ったのは、まさか自分の喧嘩《けんか》が知られているとは思わなかったからだ。

池袋《いけぶくろ》という都市の情報網《じようほうもう》を甘く見ていたのである。

街中《まちなか》での大喧嘩など、当然ながら問題行動だ。

ただし、それだけならば、八尋《やひろ》は警察沙汰《ざた》などとうに慣れている。

しかしながら、ここは地元ではない、自分の家族ではなく、下宿先《げしゅくさき》の渡草一家《とぐさいっか》に直接迷惑《めいわく》がかかる事となるだろう。それを怖《おそ》れていた八尋は、先日の件が警察沙汰にならなかった事を逆に感謝していた。

平和島静雄《へいわじましずお》に負けた事である程度は吹っ切れたものの、昔から喧嘩《けんか》に明け暮れていたという自分の本質を恥《は》じる想《おも》いもあるが、それ以前に、その揉《も》め事《ごと》が原因で退学《たいがく》、地元に逆戻りになるという展開を怖れたのである。

八尋にとって、この街は、唯一《ゆいいつ》『新しい自分』への希望が持てる場所だ。

故郷《こきょう》に感謝はしている。安堵《あんど》もする。しかし、そこにある希望は『安寧《あんねい》と安定』であり、そこに居続けたとすれば、化け物《ばもの》呼ばわりされる自分をネガティブな形で受け入れ、変化を諦《あきら》める事しかできなかっただろう。

しかし、新しい街には、可能性があった。

本物の化け物である首無《くびな》しライダー。

自分が余す事無く全力を出し、それでも勝てなかった平和島静雄。

そして、自分を受け入れてくれる友人達。

目まぐるしく訪れた生活の変化の数々を前に、八尋は陶酔《とうすい》していた。

だからこそ、臆病《おくびょう》な彼は人一倍怖れる。

せっかく手に入れたこの生活が、全て無に帰してしまう可能性を。

「俺《おれ》は、その……」

「いいよ、隠《かく》さなくても。別にさ、喧嘩した事を責めたり、言いふらしたりしようってわけじゃないんだから」

「ほ、本当ですか？」

「…… 其《それもう》…… 認《肯定だよね》 ……」

「あッ！」

自分の迂闊《うかつ》さに悲鳴《ひめい》を上げる八尋。

秋田《あきた》に居た頃《ころ》の自分なら、臆病さから一際慎重《ひときわしんちょう》になり、今のような間抜《まぬ》けな返答はしない筈《はず》だ。八尋はそんな事にショックを受けつつ、東京《とうきょう》へのカルチャーショックに少々頭が茹《ゆ》だっていたようだと首を振った。

実際には、東京というよりも、平和島静雄との喧嘩の高揚《こうよう》が続いていただけなのだが。

八尋は暫《しば》し目を伏せた後、諦めたように溜息《ためいき》を吐き、正直に打ち明けた。

「はい……確かに、平和島さんと喧嘩しました……」

「やっぱり！」

「…… 驚《すごい》……！」

「ええ？」

目を輝かせる二人を前に、八尋《やひろ》は何故《なぜ》彼女達が喜んでいるのか解《わか》らずに首を傾《かし》げた。

喧嘩《けんか》をしたという事実がバレる度《たび》に、自分の周囲にいる人間達はこちらに怯《おび》えの目を向けてきて、自然と離れて行く。

それが、今までの彼にとっての常識《じょうしき》だった。

しかし、この二人の先輩《せんぱい》の反応は、今までの自分の体験からでは推《お》し量れない。

戸惑《とまど》う八尋に、舞流《まいる》が言った。

「やー、凄《すご》い事だよ！　あの静雄《しずお》さんと『正面から』まともに喧嘩できるなんて！　なんか、池袋《いけぶくろ》に新たなヒーロー誕生《たんじょう》って感じだよね？」

「ヒーロー？」

「そうだよ？　街はいつだって新しい話題に飢《う》えてるからねー。君が名乗り出れば、すぐにでもストリートの話題を独占《どくせん》だよ？」

「俺《おれ》は、別にそういうのになる気は……」

舞流の賞賛《しょうさん》の言葉を受け、八尋は逆に顔を暗くする。

――どんな形でも、特別扱いされるのは何か嫌《いや》だな。

――そもそも、化《ば》け物《もの》呼ばわりされてた俺がヒーローなんて、笑い話にもならない。

「ふーん？　まあ、それはそれでありだと思うし、尊重《そんちょう》するけどさ」

「ありがとうございます」

「でも、もう、遅いと思うよ？」

「え？」

どういうことかと顔を上げる八尋《やひろ》に、舞流《まいる》が言った。

「君は、もう池袋《いけぶくろ》の街で鮮烈《せんれつ》なデビューを飾っちゃったんだから！　君が目立たないように隠《かく》れても、街はきっと君の事を放っておかないよ？」

♂♀

池袋市街《しがい》　東急《とうきゅう》ハンズ前

「よう、遅かったな八尋」

駅から見て、サンシャイン60階通りの奥にある巨大《きょだい》な交差点《こうさてん》。

その傍《かたわ》らに立つ東急ハンズ前には、昼から夜まで実に多くの人々が行き交っている。

サンシャインシティに向かう為《ため》の地下道《ちかどう》などもあり、様々《さまざま》な場所に移動しやすい位置の為、待ち合わせスポットとして利用する人間も多い場所だ。

八尋達は今後の事を話す為、夜の6時半に一度集まる事にしていたのである。

「ごめんごめん、図書室で先輩《せんぱい》に捕《つか》まっちゃって」

「げ、まさか黒沼《くろぬま》先輩か？」

「ううん、折原《おりはら》先輩」

「同じぐらい厄介《やっかい》なのに捕まったなオイ！」

久音《くおん》はご愁傷様《しゅうしょうさま》、と言った後、少し真面目《まじめ》な顔をして言った。

「で、なんの話だったんだ？　あの先輩達はアイドルにお熱らしいから、別に告白《こくはく》とかじゃなかったんだろ？」

「うん、ちょっとした世間話《せけんばなし》さ」

ちらりと姫香《ひめか》の方を見た後、八尋は適当に話を流す事にした。

静雄《しずお》との一件は、姫香に知らせる事もないだろう。

そう考えての言動《げんどう》だったが、久音もその空気を感じ取ったのか、とりあえずそれ以上追及《ついきゅう》してくる事はしなかった。

「ま、うちの学校はＯＢも現役《げんえき》も厄介な人が多いからなぁ」

「そうなの？」

問いかける八尋に、姫香が言った。

「10年ぐらい前までは、結構不良《けっこうふりょう》が多い事で有名だったみたい。その頃《ころ》は来神《らいじん》高校って名前だったんだけど、来良学園《らいらがくえん》になってからだいぶ変わったって話よ」

「へえ……」

「ま、そんな事より、移動しようぜ。適当に八尋《やひろ》に街を案内すっから、その後に御飯《ごはん》でも食べて今後の作戦《さくせん》を練ろうって流れで、な？」

八尋と姫香《ひめか》の肩をポンポンと叩《たた》きながら笑う久音《くおん》。

そんな彼のノリに背中を押され、言われるがままに歩き出す八尋達。

彼らはまだ、気付いていなかった。

自分達の背に、明確な意志《いし》を持って視線を向ける影があった事を。


そして、その影が一つではなかったという事を。

♂♀

30分後　池袋某所《いけぶくろぼうしょ》

「この辺は、人通り少ないんだね」

繁華街《はんかがい》から少し離れた道。

とある観光《かんこう》スポットを案内した後に通った道を見て、八尋は意外《いがい》そうに言った。

「まあな。池袋に限らねえけど、一本道が違ったらもう別の街って感じになるなんて良くある事だぜ？　時間によっても全然違うしな」

「へえ」

八尋にとって、中学までの世界は殆《ほとん》ど村の中に限定される。

村の中はどの通りも見慣れている為《ため》にどこもひっくるめて『自分の村』という感覚しか無かったが、新しい環境《かんきょう》という事もあり、僅《わず》かな違いも全て新鮮《しんせん》に感じられた。

ほんの僅かな距離《きより》なのに、人の密度《みつど》にこうも差があるのかと考えていた八尋だが——

ふと、妙《みょう》な違和感《いわかん》を覚えて足を止めた。

「どうしたの？」

急に動きを止めた八尋を見て、姫香が首を傾《かし》げる。

そんな彼女の方に目は向けず、八尋は自分達が歩いている路地《ろじ》の奥をじっと見つめた。

「何か……いる」

「あん？　何かって、なんだよ」

久音もそれを聞いて目を凝《こ》らす。

一見すると、何もいない、いつも通りの路地に見えたのだが——

「……あ？」

外灯《がいとう》と外灯の間の薄暗《うすぐら》い部分。

繁華街《はんかがい》のように店が並んでいる場所でもなく、本当に暗い影となっている一角《いっかく》だ。

そこの闇《やみ》の中に、一際《ひときわ》深い闇が浮かび上がっている。

「なんだろう、あれ……」

八尋《やひろ》は更《さら》に目を凝《こ》らし、その闇の中に、何かが浮いている事に気が付いた。

それは、シンプルな色合いのフルフェイスヘルメット。

ネットの動画《どうが》サイトなどを通じて、八尋にとって見覚えのある物体だった。

「……！」

ドクリ、と心臓《しんぞう》が高鳴る。

その『深い闇』の塊《かたまり》が、少しずつ、少しずつこちらに近づいて来るのが分かった。

外灯《がいとう》に照らされる塊だが、光を照り返す事はなく、闇の形をクッキリと浮かび上がらせる。

誰《だれ》にでも解《わか》る。

それは、一台のバイク。

ヘッドライトもナンバープレートも付けないバイクの上に、やはり漆黒《しっこく》のライダースーツを纏《まと》った『何か』が跨《また》がっている姿《すがた》だ。

影で覆《おお》われた『何か』が被《かぶ》るヘルメットだけがその中で浮いており、暗い所では生首《なまくび》が浮いているように見えるだろう。

正体について、考察《こうさつ》する必要はなかった。

久音《くおん》もその正体に気付き、「おい、マジか……？」と呟《つぶや》き——
八尋の横に立つ姫香《ひめか》が、掌《てのひら》に汗《あせ》を滲《にじ》ませながら、その『何か』の正体を呟いた。

「首無《くびな》し……ライダー……」

彼女の目は大きく見開かれ、呼吸も速くなっているのが感じられる。
ゴクリと唾《つば》を飲み込む彼女を見て、八尋は自らも緊張《きんちょう》しながら言葉を吐き出した。
「辰神《たつがみ》さん……大丈夫《だいじょうぶ》？」
吐き出された自分の声は僅《わず》かに震えており、八尋は自分も興奮《こうふん》している事に気付く。
同じような顔をしている八尋と姫香だが、根本的な違いはあった。
驚愕《きょうがく》の裏に見え隠《かく》れする、八尋の本心は『歓喜《かんき》』と『希望』。
対する姫香の瞳《ひとみ》の奥に浮かぶのは、明確な『憎《にく》しみ』と『恐怖《きょうふ》』だった。
東京《とうきょう》に来た理由そのものが目の前にいる。
自分の家族を攫《さら》った疑いのある存在が目の前にいる。
八尋も姫香も、こんなにも簡単に目の前にそれが現れるとは考えていなかった。
首無しライダー。
生ける都市伝説《としでんせつ》。

しかしながら、本当にそれが生きているのかどうかは解《わか》らない。

事故で死んだライダーの怨霊《おんりょう》だと言う者がいる。

死神《しにがみ》だと言う者がいる。

デュラハンという名の妖精《ようせい》だと言う者がいる。

単なるパフォーマーだと言う者がいる。

呪《のろ》われたバイクの付喪神《つくもがみ》だと言う者がいる。

学生の悪戯《いたずら》だと言う者がいる。

テレビ局のヤラセだと言う者がいる。

アート集団の仕掛けたハタ迷惑《めいわく》な芸術作品だと言う者がいる。

首無《くびな》しライダーなど最初から存在していないと言う者がいる。

幻想《げんそう》でありながら、どうしようもない現実。

些《いささ》か常人《じょうじん》離れした側面はあろうと、結局は単なる人間の高校生に過ぎない三人の高校生。

そうした至極《しごく》現実的な存在の前に、『それ』は確かに現れた。

「おいおい……ウソだろ？」

冷《ひ》や汗《あせ》を掻《か》く久音《くおん》の言葉が、八尋《やひろ》の理性を現実に引き戻す。

「あれって……本物？」

「確認《かくにん》する必要あるか？　まあ、確かに昔、何回か偽物《にせもの》が出た事はあるけどよ……」

八尋がちらりと姫香《ひめか》の方を見ると、彼女は先刻《せんこく》までと変わらぬ表情のまま、身体《からだ》を小刻《こきざ》みに震わせていた。

そんな彼女を見て、八尋は驚く程冷静に声を出すことができた。

「どうする」

「え？」

「逃げる？」

「あ……」

落ち着き払った友人の言葉に引っ張られる形で、姫香も冷静さを取り戻す。

「大丈夫《だいじょうぶ》、ありがとう」

もう一度唾《つば》を飲み込み、姫香が呼吸を整えた。

拳《こぶし》を強く握りしめ、彼女は静かに、こちらに迫り来る首無しライダーを見つめ続ける。

「……」

久音は、そんな姫香と首無しライダーを交互《こうご》に見比べながら騒《さわ》いだ。

「あれ？　おいおい、マジでなんか……まっすぐこっちに来てね？　どうすんだよ、逃げるなら逃げるし、話しかけるなら何て言う？」

意外《いがい》と余裕《よゆう》のある言葉を言うのは、久音が都民《とみん》であり少なからず昔から首無しライダーの存在を知っているからだろうか。

しかし、八尋《やひろ》にとっては現実離れした都市伝説《としでんせつ》な上に、姫香《ひめか》にとっては姉と妹を攫《さら》ったかもしれない存在だ。

そんな相手が目の前に現れたなら、普通はこう考えるだろう。

『三姉妹の内、残った一人を攫いに来た』、と。

八尋も当然それを想像《そうぞう》したため、自然と姫香を庇《かば》う形で一歩前に踏み出した。

首無《くびな》しライダーがどのような挙動《きょどう》をしても、すぐに動けるように。

——とはいえ、どうする？

自然と、八尋の顔に汗《あせ》が滲《にじ》んだ。

——もし本当に襲《おそ》ってきたら……対処《たいしょ》できるのか？

人間相手ならば、今まで何度も対処してきた。

日本刀《にほんとう》を持ったチンピラが相手の時も、怯《おび》えつつそれに対処する事ができた。

しかし、蠢《うごめ》く影で作られた大鎌《おおがま》などというものを相手取るのは初めてだ。

ネットの映像《えいぞう》であったように、もしも本当にあんな代物《しろもの》を振り回されたとしたら、どのようにして回避《かいひ》するべきか——

回避できなかった先の未来を想像し、八尋の背中がゾクリとざわめく。

そして、臆病《おくびょう》な彼は瞬時《しゅんじ》に集中の極《きわ》みに達し、あらゆる状況を想定《そうてい》して対処すべく、脳《のう》ミソをフル回転させた。

だが、その回転は瞬時に止まる事になる。

少年達の僅《わず》か2メートル程先まで迫った首無しライダーが取った行動は、八尋の想定の範囲を超えたものだったのだ。

『あの、すいません』

首無しライダーは、光を一切反射《はんしゃ》せず、闇《やみ》そのものと言える漆黒《しっこく》のライダースーツの何処《どこ》かから一台のスマートフォンを取り出し——そこに、間の抜けたような日本語を打ち込んで八尋達に突きつけたのである。

『ちょっといいですか？　怪《あや》しい宗教《しゅうきょう》の勧誘《かんゆう》とかじゃないんで、時間は取らせません』

「……」

「……」

「……え？」

久音と姫香が表情を固めたまま沈黙《ちんもく》し、八尋の脳ミソも一瞬《いっしゅん》空白となった。

『え？』と呆《ほう》けた声をあげたのが自分だと気付くまでに数秒かかり、八尋は改めて目の前の現実に目を向ける。

異形《いぎょう》である首無《くびな》しライダーが取り出したのは、紛《まぎ》れもない文明の利器《りき》、スマートフォンだ。

艶《つや》やかなタッチパネルが煌々《こうこう》し輝き、外灯《がいとう》すら反射しない闇《やみ》の中でこれでもかという程に自分の存在を誇示《こじ》している。

「ええと……」

襲《おそ》われる事を想定《そうてい》していた八尋《やひろ》は拍子《ひょうし》抜《ぬ》けしたが、それでも、すぐに『こちらを油断《ゆだん》させる作戦《さくせん》かもしれない』と頭を切り換え、警戒《けいかい》しながらとりあえず言葉を返すことにした。

「あの、なんでしょう」

『あ、すいません、実は、その女の子に尋《たず》ねたい事があって』

やや事務的な文章を打ち込んで見せた後、姫香《ひめか》に向かって確認《かくにん》するような文字を見せた。

『ええと、辰神《たつがみ》姫香さんで、間違いないですか？』

「！」

驚いた姫香は、一瞬《いっしゅん》だけ戸惑《とまど》いを見せたが――

僅《わず》か数秒で相手の言葉の意味を解釈《かいしゃく》し、更《さら》に警戒を強めて首無《くびな》しライダーを睨《にら》み返す。

「姉《ねえ》さんと……愛《あい》は無事《ぶじ》なんですか」

自分の事も攫《さら》いに来たか、あるいは家族を返す条件でも伝えに来たのかと考え、姫香は挑《いど》むような調子で言った。

「何が……目的なんですか」

普段通りの冷静さを保ったままに思える冷静な言葉だが、八尋はその声がまだ僅かに震えている事に気が付いた。

すると、首無しライダーは慌《あわ》てて手を振りながら、遠巻きに画面を見せる。

『誤解《ごかい》しないで下さい、そう言われるとは思ってましたが』

どうやら最初からこちらが警戒する事は解《わか》っていたようで、2メートルという距離《きょり》を保ちながら、わざわざ大きなサイズのフォントで文字を打ち込み続けた。

『逃げないでくれて助かりました』

「……？」

『はじめに言っておきます。誘拐《ゆうかい》事件に関して、私は無実です』

あっさりとした調子で、自分の身の潔白《けっぱく》を文字にする首無しライダー。

胡散臭《うさんくさ》い事この上ない状況の中、少年少女達は無言《むごん》のまま互いの顔を見合わせた。

たまたま傍《そば》を通り過ぎた自転車がいたが、池袋《いけぶくろ》に長く住んでいる住人なのか、『おお、久々に見たわー』と独《ひと》り言《ごと》を呟《つぶや》きながら首無しライダーの横をすれ違っていく。

完全に毒気《どっけ》が抜かれた空間の中、姫香が一言《ひとこと》口にした。

「ウソ……」

『嘘《うそ》ではありません、私にはまったく身に覚えがありません』

「嘘《うそ》よ、だって、私の姉《ねえ》さんと妹は……」

やや強い口調《くちょう》になるが、それでも表情は殆《ほとん》ど変わっていない。

恐らくは、怒りや恐怖《きょうふ》よりも、突然現れた首無《くびな》しライダーがフレンドリーに接してきた事に対しての戸惑《とまど》いが強く混じっているからだろう。

『だから、私は君に会いに来たんです、辰神姫香《たつがみひめか》さん』

「え……？」

『貴女《あなた》のお姉《ねえ》さんと妹さんの事を……詳しく聞かせてくれませんか』

そして——首無しライダーは、八尋《やひろ》達にとってやはり想像外《そうぞうがい》の言葉を文字にして打ち出した。

『私も、その二人を助けるのを手伝いたいんです』

一瞬《いっしゅん》の間の後、それまで黙《だま》って居た久音《くおん》が口を開く。

「って、いやいやいやいや！　おかしいでしょそれ！」

「久音君？」

「ちょ、ま、落ち着こうぜ！　みんないいから落ち着け、な？」

「久音君が一番焦《いちばんあせ》ってるよ」

冷静に指摘《してき》する八尋を無視し、久音が饒舌《じょうぜつ》に状況を整理し始めた。

「なんだこの状況！　俺達《おれたち》は首無しライダーを探してた筈《はず》だろ⁉　そしたら逆に目をつけられ

てて、向こうからこっちの目の前に現れましたときたもんだ！」

興奮《こうふん》しているのか、久音は八尋や姫香に向かってやけに早口でまくし立てる。

「そんで『うひゃあ、首無しライダーを探してたら首無しライダーに攫《さら》われるって噂《うわさ》は本当だったんだ！　もうオシマイだ、絶望だー！』と思ったら、暢気《のんき》にスマートフォンで会話してきてんだぞ⁉　しかもそのスマホ最新型だ！　この首無しライダー、本当に本物なのか⁉」

「光を反射しない服を着てエンジン音がしないバイクに乗ってる時点で、疑いようがないよ。偽物《にせもの》にそんな不思議《ふしぎ》なものを用意できるとは思えないし、万《まん》が一《いち》偽物だとしても、バイクとかは本物っぽいから、本物の関係者として話を聞く価値《かち》はありそうだし」

「わお、腹立つほど冷静だな八尋⁉」

「……」

困ったように首を振る久音を見て、八尋は暫《しば》し沈黙《ちんもく》した。

――ああ、まただ。

――また、何て言うか……久音君から、わざとらしさを感じる。

時折《ときおり》感じるこの友人の不自然さに気付いてはいたのだが、まさかこんな状況でもそれを感じる事になると思わなかった。

結局の所、目的が解《わか》らない以上、八尋にはそれを放置《ほうち》するしかない。

『いや、冷静に受け取ってくれて助かります』

一方の首無《くびな》しライダーは、そんな久音《くおん》の不自然さに気付いていないようで、ヘルメットを御《お》辞儀《じぎ》するような形に動かしつつ、八尋《やひろ》に向かってスマートフォンを見せた。

『ありがとう、私に驚かないっていう事は、地元の人かな?』

「いえ、そういうわけじゃ……」

貴女《あなた》に会う為《ため》に秋田《あきた》から出て来ました、とも言えず、八尋は生返事《なまへんじ》をしながら思う。

――どうしよう。

――イメージと、違う。

この日までに積み上げていた『首無しライダー』のイメージがガラガラと崩《くず》れていくのを感じながら、八尋はふと、思い出した。

――ああ、でも……。

――この前、道場《どうじょう》で粟楠《あわくす》さんや舞流先輩《まいるせんぱい》が言ってた『首無しライダー』のイメージとは、合《がっ》致《ち》する気がする。

――それと……。

治りかけていた筈《はず》の、身体中《からだじゅう》の傷の痛みを感じながら、平和島静雄《へいわじましずお》の言葉を思い出した。

――「あいつは、人を攫《さら》って誰《だれ》かを泣かせるような奴《やっ》じゃねえんだよ」

――そうだ、平和島さんの言っていた通りの人だとするなら、この状況も不思議《ふしぎ》じゃない。

八尋はそれで納得《なっとく》しかけるが、逆に、姫香《ひめか》は混乱していた。

生来《せいらい》の性格なのか、取り乱す事はしていないが、普段鉄仮面《てっかめん》のように無表情な彼女の目に、あからさまな困惑《こんわく》の色が浮かんでいる。

「どういう事ですか、あなたが、姉《ねえ》さん達を攫ったんじゃ……」

『それは、本当に私じゃないんだ。証拠《しょうこ》はないが、信じてくれ』

「だったら、あとは警察で話をしましょう」

『無免許《むめんきょ》だから警察は不味《まず》いんだ。冤罪《えんざい》で逮捕《たいほ》されても困る』

首無しライダーは一瞬《いっしゅん》肩を竦《すく》めるが、すぐに真剣な調子になって文字を綴《つづ》った。

『私も、自分の汚名《おめい》を濯《そそ》ぐ為《ため》に、攫われた人達を助けたいんだ。もし偽物《にせもの》の私がいるというのならば、捕《つか》まえて突き出さなくちゃいけない』

フルフェイスヘルメットの為、首無しライダーの表情は解《わか》らない。そもそも、噂通《うわさどお》りなら首が無い筈《はず》なので表情自体が無い筈である。

しかしながら、八尋には、首無しライダーが真剣にその言葉を語っているように感じられた。

もっとも、三人の少年少女はそれ以前に、目の前の『都市伝説《としでんせつ》』に対して共通の想《おも》いにとらわれていたのだが。

——友好的だ。

——想像《そうぞう》以上に……フレンドリーだ！

「ええと、とりあえず、辰神《たつがみ》さんに何を望んでるんですか？」

結果的に一番この場で冷静だった八尋《やひろ》がそう尋《たず》ねると、首無《くびな》しライダーはヘルメットをコクリと前に頷《うなず》かせた後、何か文字を打ち込もうとした。

ところが――

遠くから通常のバイクのエンジン音が響《ひび》き渡ったかと思うと、勢い良くこちらに向かって走ってくるのが目に入る。

「え？」

よく見るとそのバイクは三台が縦《たて》に連なっており、小刻《こきざ》みに蛇行《だこう》しながら、まるで一匹《いっぴき》の竜《りゅう》のように滑《なめ》らかな動きで連動していた。

「暴走族《ぼうそうぞく》？」

厄介《やっかい》ごとは御免《ごめん》だとばかりに、久音《くおん》達は道の端《はし》に寄ったのだが――

まるで狙《ねら》い澄《す》ましたかのように、三台のバイクは八尋達の傍《そば》まで来ると減速《げんそく》し、三台のバイクで半円状に取り囲む形で停車《ていしゃ》した。

そして、バイクに乗っていた三人がバイクから降りる。

先頭《せんとう》のバイクに乗っていたのは、二十歳《はたち》前後と思《おぼ》しき男で、後ろの二台を操《あやつ》っていたのは、両方とも若い女性だった。

しかし、一瞬《いっしゅん》八尋は、三人とも女性かと見間違《みまちが》える。

三人ともヘルメットを首の後ろに下げて顔をさらしていたのだが、先頭の男は女性的な顔立ちをした美丈夫《びじょうふ》であり、艶《つや》やかな黒髪《くろかみ》の一部を後ろで束《たば》ねていた。

警戒《けいかい》した事で相手を睨《ね》め回した結果、骨盤《こつばん》の形や薄く浮いた喉仏《のどほとけ》から男性だと判断《はんだん》する事ができたが、八尋でなければ普通に女性と間違えてもおかしくはないだろう。


「……げ」

八尋がそんな事に気付いている一方、久音は三人の別の部分に注目《ちゅうもく》していた。

彼らが乗っていたバイクに、共通したステッカーが貼《は》られている。

白い蛇《へび》の骨のようだが、よく見ると手足が生《は》えており、白骨化《はっこつか》した竜のデザインだと解《わか》るステッカーだ。

「……屍龍《ドラゴンゾンビ》」

「はい、正解だねぇ」

顔を曇らせた久音に対して、先頭の男がクスリと笑いながら言う。

よく見ると、彼の首回りには竜をイメージしたタトゥーが彫《ほ》られており、優しげな顔つきとは裏腹《うらはら》に、堅気《かたぎ》からは程遠い空気を醸《かも》し出していた。

男は首無《くびな》しライダーを一瞥《いちべつ》した後、八尋《やひろ》に目を向ける。

「?」

こちらを見ている男の視線に気付き、八尋は再び警戒心《けいかいしん》を湧《わ》き上がらせた。

すると、男は背後の女性二人を振り返り、のんびりとした調子で尋《たず》ねる。

「この子?」

「うん、そうだよ。麗貝《リーベイ》」

「その子が、例の子だよ」

順番にコクコクと頷《うなず》く女性達の言葉を聞き、麗貝と呼ばれた男は、ニッコリと笑いながら八尋の方に顔を戻した。

「はい、こんばんはぁ」

「え……あ、はい、こんばんは」

思わず頭を下げて挨拶《あいさつ》し返す八尋の後ろで、姫香《ひめか》が「え? 男の人?」と呟《つぶや》いている。恐らくは、麗貝の声を聞いてやっと相手の性別に気付いたのだろう。

「初めましてだねぇ。いやぁ、首無しライダーの前で初対面《しょたいめん》とは、これは奇妙《きみょう》な縁《えん》だよねぇ」

首無しライダーの方を再び見た後、男はあっけらかんとした調子で、八尋に向かって冷水を被《かぶ》せるような言葉を口にした。

「で、君、強いんだってねぇ」

「え？」

「平和島《へいわじま》静雄《しずお》に、勝てそうなぐらいにさぁ」

五章B　腕達者

川越街道某所《かわごえかいどうぼうしょ》　新羅《しんら》のマンション　地下駐車場《ちゅうしゃじょう》

時は、数日前に遡《さかのぼ》る。


「事情は摑《つか》んで頂《いただ》けたようですね」

『……はい』

人気《ひとけ》の無い駐車場の片隅《かたすみ》で、一人の男がライダースーツの女を前に言葉を紡《つむ》ぐ。

「それで、何か言いたい事はありますか？」

『信じて下さい、私は無実なんです！』

「私もそれは解《わか》っていますよ。貴女《あなた》を信じたいとも思います」

スーツを纏《まと》った、鋭い目つきの男。

彼の名は四木《しき》。職業は、画商《がしょう》という事になっている。

だが、それは表向《おもてむ》きの顔に過ぎず、裏の顔の方で街に名を馳《は》せている男だ。

刺青《いれずみ》が覗《のぞ》いていたり、特別な強面《こわもて》というわけではないが、その身に纏《まと》う空気を見れば、勘《かん》の良いものならば即座《そくざ》に『堅気《かたぎ》の人間ではない』と気付く事だろう。

目出井組系粟楠会幹部《めでいぐみけいあわくすかいかんぶ》、四木《しき》。

それが彼の本来の姿《すがた》であり、目の前の女性とは裏の仕事上で旧知《きゅうち》の間柄《あいだがら》だ。

「ですが、解《わか》るでしょう？　今後も円滑《えんかつ》な関係を続けるには、貴女《あなた》は何か形として、無実を世《せ》間《けん》に証明《しょうめい》する必要があると」

『はい』

「貴女に世間様から疑いの目が向けられ続けているようじゃ困るんですよ。貴女と取引をしていた我々にも不都合《ふつごう》がありますからねえ。その場合は、貴女が完全に無実で、単なるとばっちりだと理解した上で、貴女との関係を切らざるを得ません」

本来なら、縁を切った方が良い組織《そしき》の人間である事には間違いない。

しかし、ライダースーツの女性には縁を切れない理由があった。

「となると、今後は貴女絡みの事件のもみ消しや情報提供《ていきょう》もできなくなります。流石《さすが》に消えて貰《もら》う……というのは物理的《ぶつりてき》に無理《むり》でしょうから、最悪、貴女のヤサをたれ込んで警察に街から排除《はいじょ》して頂《いただ》く形もありえます。そうならないように、真相《しんそう》を突き止めるのに進んで協力して頂きたい所です」

理不尽《りふじん》とも取れる言葉に、ライダースーツの女は何も言い返さない。

だが、そこで四木は大きく息を吐き出し、少し険《けん》を抑えて言葉を続けた。

「こいつは、仕事を抜きにした個人的な頼みですが」

『なんですか？』

「茜《あかね》お嬢《じょう》さんのお知り合いも攫《さら》われているんです」

『！』

「それに恩人《おんじん》の貴女が疑われたままだと、お嬢さんが悲しみますんでね……。復帰《ふっき》早々なんですが、どうか、仕事よりもこの件の方を優先しちゃあ下さいませんか」

四木の言葉に、ライダースーツの女は無言《むごん》のままヘルメットを前に倒した。

裏社会の男はそれを確認《かくにん》すると、自嘲《じちょう》気味《ぎみ》に笑いながら背を向ける。

「ありがとうございます。こちらの持っている情報はメールで岸谷《きしたに》先生にお送りしますよ。私も、貴女や先生とは円滑な取引が続けられる事を祈ってますからね」

彼は、堅気ではない。

人の社会が持つ道理《どうり》を、暴力《ぼうりょく》をはじめとしたありとあらゆる『力』でねじ曲げる。

それが、四木が足を踏み入れている世界であり、彼の生業《なりわい》そのものだ。

だが、そんな彼から見ても、女性は一際《ひときわ》異質《いしつ》な存在だった。

四木の前に立っているのは、人の理《ことわり》から外れながらも人の社会で生きようと足掻《あが》く『都市伝《としでん》説《せつ》』――すなわち、首無《くびな》しライダーなのだから。

♂♀

セルティ・ストゥルルソンは人間ではない。

俗《ぞく》に『デュラハン』と呼ばれる、スコットランドからアイルランドを居《きょ》とする妖精《ようせい》の一種であり――天命《てんめい》が近い者の住む邸宅《ていたく》に、その死期の訪れを告げて回る存在だ。

切り落とした己《おのれ》の首を脇《わき》に抱え、俗にコシュタ・バワーと呼ばれる首無し馬に牽《ひ》かれた二輪《にりん》の馬車に乗り、死期が迫る者の家へと訪れる。うっかり戸口《とぐち》を開けようものならば、タライに満たされた血液《けつえき》を浴びせかけられる――そんな不吉《ふきつ》の使者《ししゃ》の代表として、バンシーと共に欧《おう》州《しゅう》の神話《しんわ》の中で語り継《つ》がれて来た。

だが、今の彼女にとって、己の出自《しゅつじ》や正体など、どうでも良い事だった。

何故《なぜ》なら彼女は――まったく身に覚えの無い嫌疑《けんぎ》をかけられ、人々から『人攫《ひとさら》いの死神《しにがみ》』として認識《にんしき》されつつあったからだ。

♂♀

川越街道某所《かわごえかいどうぼうしょ》　新羅《しんら》のマンション

四木《しき》との会合を終えた30分後。

自分が人攫いだと疑われ、なおかつネットでそれが事実であるかのように拡散されてしまった首無しライダーことセルティ・ストゥルルソンは、どんよりとした気分で身体《からだ》を小さく丸め込んでいた。

ソファの上に膝《ひざ》を抱えながら横たわっているセルティを見て、同居人《どうきょにん》の闇医者《やみいしゃ》、岸谷新羅《きしたにしんら》が溜息《ためいき》を吐きながら語りかける。

「だからさ、セルティ。気にしちゃ駄目《だめ》だって」

『気にするなという方が無理《むり》だ。私の尊厳《そんげん》は壊《こわ》されたんだぞ』

ある事ないことをネットで拡散された上に、『あのヘルメットの下は恐らく茎《くき》ワカメが詰まっている』などと茎ワカメにもセルティにも失礼極《しつれいきわ》まりない悪口《わるくち》などが書き込まれており、いよいよもって混沌《こんとん》とした状況となりつつあった。

『なんで茎ワカメなんだ……』

「大丈夫《だいじようぶ》だよ、セルティの事を誹謗中傷《ひぼうちゆうしよう》してる人達は、僕が知り合いのスーパーハッカーに頼んでそれこそ茎《くき》ワカメみたいに真《ま》っ二《ぷた》つに裂《さ》いてあげるから」

『スーパーハッカーってお前……』

「最近ネットでコンタクトがとれたんだけど、本当に色々と特定してくれる凄《すご》い人だよ。九十九屋《つくもや》さんって言うんだけどさ。とにかく、セルティの悪口《わるくち》を言った人を特定して、その人のパソコンをハッキングして収集《しゆうしゆう》したHな画像《がぞう》とかを名前付きで職場《しよくば》や学校にばら巻こう」

職場や学校にとってもハタ迷惑《めいわく》な復讐《ふくしゆう》方法を述べる新羅《しんら》を無視し、セルティは拳《こぶし》を握りしめながら勢い良く立ち上がる。

『ええい、今は復讐なんてどうでもいい。まずは誤解《ごかい》を解くところから始めないと……。そもそも、行方不明《ゆくえふめい》になった人達が心配だ』

「復讐よりも他人の心配だなんて、セルティの優しさは本当に千万無量《せんまんむりよう》、門前市《もんぜんいち》を成す勢いって奴《やつ》だよ！」

『いいから、何か手がかりとかないのか？』

「うーん、四木《しき》さんからさっき資料がメールで来てたんだけど……。どうも、粟楠会《あわくすかい》の人達も独自《どくじ》に調べてたみたいだね」

テーブルに置かれたノートパソコンの画面を見て、新羅がざっと情報を流し見た。

「最近行方不明になったのは、姉妹が二人そろって消えてるのが注目《ちゆうもく》されてるね。しかも、お姉《ねえ》さんの方は雑誌記者《ざっしきしゃ》で、セルティの事を取材《しゅざい》してたらしい」

『私の事を？』

「うん、ええと……あ、三人姉妹で、長女《ちょうじょ》と三女《さんじょ》がいなくなった感じだね」

『次女《じじょ》は？』

当然の疑問を文字にするセルティに、新羅が淡々《たんたん》と答える。

「ここに書いてないって事は、まだ無事《ぶじ》なんじゃないかな。っていうか、なんで次女だけ攫《さら》われなかったのか、そこが解《わか》れば大きなヒントになるかもね。当然警察とかはとっくに調べてる事だろうけど……」

『うーん……警察に情報聞ける知り合いなんていないし……あ、そうだ、さっき言ってたスーパーハッカーの人に、警察の資料を覗《のぞ》いて貰《もら》うわけには……』

そこまで文字を紡《つむ》いだ後、セルティは自分の首筋《くびすじ》を自らベチリと叩《たた》いて戒《いまし》める。

『ああ、駄目《だめ》だ駄目だ！　犯罪捜査《はんざいそうさ》で人に犯罪させちゃ本末転倒《ほんまつてんとう》だ私のバカ！』

「無免許無灯火《むめんきょむとうか》で運び屋やってるセルティの発言とは思えないけど、そういう所も素敵《すてき》だよね。……まあ、それはともかく大丈夫だよセルティ。覗く覗かない以前に、そういう流出対策で、普通、捜査資料はネットに繋《つな》げるパソコンには入れないよ」

『それもそうか……じゃあ、どうすればいいだろう』

「四木さんの情報によると、その次女の子は来良学園《らいらがくえん》に通ってるらしいよ」

来良学園《らいらがくえん》。

その名前を聞いて、セルティは思わず動きを止めた。

合併《がっぺい》前の来神《らいじん》高校を含めれば、セルティにとっても縁《えん》の深い学園である。

もちろん学生服を着て通っていたわけではないが、セルティと関わりの深い人間達の多くは
その学校の出身者だ。現在普通に通っている現役《げんえき》高校生の知り合いも数名おり、日本《にほん》の修学《しゅうがく》
施設《しせつ》の中では最も縁がある高校と言ってもいいだろう。

「丁度《ちょうど》良いじゃないか。あそこ、怪我《けが》で留年《りゅうねん》した竜ヶ峰《りゅうがみね》君がまだ三年生だったよね」

竜ヶ峰。

それもまた、セルティにとっては来良学園と同等になじみ深い名前である。

来良学園三年、竜ヶ峰帝人《みかど》。本来は卒業《そつぎょう》している歳《とし》ではあるが、とある事件の際に腹を滅多《めった》
刺《ざ》しにされ、

「なんとかコンタクトを取って貰《もら》おう」

『待て、新羅《しんら》』

携帯《けいたい》に手を伸ばし掛けた新羅の手を掴《つか》み、セルティが文字を紡《つむ》ぐ。

『帝人君は、もう巻き込みたくない』

「セルティ」

『せっかく平穏《へいおん》な生活に戻れたんだ。まだ私は帝人君を友人だと思っているけれど、だからこ

そ、こういう裏側の事には関わらせたくないんだ』

「セルティは本当に優しいなあ。少し帝人君に嫉妬《しっと》しそうだよ」

そんな事を言う新羅に対し、セルティは優しく文字を打ち出した。

『ああ、私が安心して裏側に巻き込めるのは、新羅だけだ』

彼女として半分皮肉《ひにく》で書いたつもりの文章だったのだが——

新羅はオモチャを買い与えられた子供のように目を輝かせ、セルティを強く抱きしめる。

「セルティ！　ああ、それはつまり、僕達はついに二人で一人、一人で二人。二人三脚《ににんさんきゃく》二人《ににん》羽織《ばおり》、一石二鳥《いっせきにちょう》の虻蜂《あぶはち》取らずの関係になったって事だねぶぶぶぶ」

『ええい、こんな事してる場合か！』

頬《ほお》をガシリと摑んで引き剝《は》がすと、新羅はどこか嬉《うれ》しそうに言った。

「良かった、やっといつものセルティだ」

『とにかく、帝人じゃなくて、もっとこういうのにうってつけの奴《やつ》がいるだろう！　私達を散々振り回してくれた奴が！』

「誰《だれ》？　臨也《いざや》ならまだ行方不明《ゆくえふめい》だよ？」

首を傾《かし》げる新羅に、セルティが答える。

『青葉《あおば》だ青葉！　黒沼《くろぬま》青葉！』

「ああー……」

僅《わず》かに新羅《しんら》の顔が曇る。

どうにも新羅はあの少年の事を快く思っていないらしく、一度大きな溜息《ためいき》を吐いてから携帯《けいたい》電話を取り出した。

「まったく、あんなセルティを利用する為《ため》の道具としてしか見てない子は、とっとと自業自得《じごうじとく》で闇金《やみきん》から無茶《むちゃ》な借金《しゃっきん》して、過剰《かじょう》な取り立てにあった挙《あ》げ句《く》に行方不明《ゆくえふめい》になればいいのに」

『生々《なまなま》しく怖《こわ》い事を言うな』

そうこうしている内に電話が繋《つな》がったようで、新羅が不機嫌《ふきげん》な声を出す。

「ああ……もしもし、黒沼《くろぬま》君かい？　実はね、嫌々《いやいや》だけど、君に頼みがある。来良学園《らいらがくえん》の生徒を一人捜して、情報を送って欲しいんだ」

「ええとね……辰神姫香《たつがみひめか》、っていう名前しか解《わか》らないんだけど」

♂♀

現在　池袋某所《いけぶくろぼうしょ》
そうした経緯《けいい》で青葉《あおば》から『辰神姫香』の写真を送って貰《もら》い、セルティ・ストゥルルソンはこうして辰神姫香の前に立つ事ができたのである。

緑髪《りょくはつ》の少年と一緒《いっしょ》に歩いているという情報から、僅《わず》か数日で見つける事はできた。

しかし、あまり人前《ひとまえ》でする話でもなかろうと、彼らが人通りの少ない路地《ろじ》に来るまで尾行《びこう》し、改めて声を掛けた形となる。

——一人になった時が一番いいんだろうけど。

——あんまり怖《こわ》がらせると逃げられるかもしれない。

セルティの判断《はんだん》は正しかったようで、横に居た少年が彼女を落ち着かせる事で、なんとかまともな会話ができる状態に持ち込めた。

——まずは誤解《ごかい》を解かないと……。

１００％自分が無実であるという事を証明《しょうめい》するために、アリバイとして旅行中のビデオなどを見せようとしたセルティだったが——

そこに、こうしてバイクによる乱入者《らんにゅうしゃ》、『屍龍《ドラゴンゾンビ》』の面々が現れたのである。

「はじめましてぇ」

柔和《にゅうわ》な笑《え》みを浮かべる美青年《びせいねん》を見て、セルティは即座《そくざ》に理解する。

直接話した事はないが、数年前に見かけた顔だ。

——麗貝《リーベイ》。

――街に戻って来てたのか。

嬰麗貝《エイ・リーベイ》。

台湾《たいわん》出身である彼は、かつて『邪《ジャ》ン蛇《ジャ》カ邪《ジャ》ン』と池袋《いけぶくろ》周辺の勢力《せいりょく》を二分していた暴走族《ぼうそうぞく》『屍龍《ドラゴンゾンビ》』のリーダーでもあった。

病気治療《ちりょう》の為《ため》に、専属医《せんぞくい》のいる台湾に渡っていたという話を聞いていたが、いつの間にか池袋に戻ってきていたらしい。

――チャイニーズマフィアの嬰家《イけ》と祖先《そせん》が一緒《いっしょ》だとかなんとか、臨也《いざや》に聞いた事があるな。

――まあ、中国《ちゅうごく》の方の遠い親戚《しんせき》と今も繋《つな》がりがあるかどうかは解《わか》らないが……。

そんな男が、一体なぜここに現れたのか。

喧嘩《けんか》をする気なら、恐らく他の仲間を引き連れてくる事だろうし、女性二人を連れ添ってくるとも思えない。

――いや、この女の子達が一人一人楽影《らくえい》ジムの美影《みかげ》ちゃんぐらい強いという可能性も……。

セルティが状況が呑《の》み込めずに戸惑《とまど》っていると、麗貝はそのままセルティに背を向け、辰神《たつがみ》姫香《ひめか》の横に立っている少年に向けて語りかけた。

「で、君、強いんだってねぇ」

「え？」

「平和島《へいわじま》静雄《しずお》に、勝てそうなぐらいにさぁ」

――……。

――ん？

――今、何て言った？

不自然な言葉が聞こえた気がする。

よく知っている固有名詞《こゆうめいし》に、ぜったいにありえないような文言《もんごん》が組み合わせられていた。

『太陽って冷たいよね』と言われたような感覚に陥《おちい》り、自分の聞き間違いかもしれないと黙《だま》って話の続きを聞くことにする。

そんな首無《くびな》しライダーの思いも知らず、麗貝は眼前の少年に向かって自己紹介《しょうかい》する。

「俺《おれ》は麗貝。嬰麗貝だよ、よろしくねぇ」

屈託《くったく》の無い笑顔のまま右手を差し出す麗貝に、少年は首を傾《かし》げながらその手を取った。

「あ、どうも……三頭池八尋《みずちやひろ》です」

「最初に謝っておくよ、御免《ごめん》ねぇ？」

「え？」

「俺、今から君の事、ちょっと試すからさぁ」

すると次の瞬間《しゅんかん》、三頭池八尋の世界が回転する。

「!?」

何をされたのか、八尋《やひろ》は即座《そくざ》に理解した。

握手《あくしゅ》の体勢から瞬時《しゅんじ》に重心《じゅうしん》を狂わされ、強烈《きょうれつ》な足払いで横になぎ倒されたのである。

しかし、それを理解するよりも先に、八尋の身体《からだ》は本能と共に動き出していた。

――攻撃《こうげき》された。　　――誰《だれ》に？　　――何で？

　　――急に。　　――何もしてないのに。

――怖《こわ》い。　　――怖い怖い怖い。　　――速く。

　　――速く倒さなくちゃ。　　――やられる前に。　　――やられる前に。

――やられる前に、やられる前にやられる前にやられる前にやられる前に！

僅《わず》かコンマ数秒の間に様々《さまざま》な思いが駆《か》け巡り――八尋の身体は、タイムラグ無しで『敵』への反撃《はんげき》へと移行した。

空中で回転した身体が地面に落ちるよりも先に、八尋の片手が地面を押さえる。

そして、片腕《かたうで》の力だけで全身を支え、逆立《さかだ》ちに近い体勢を整えながら胴体《どうたい》を捻《ひね》った。

流れるような動きで足を開き、そのまま身体を回転させながら、足を麗貝《リーベイ》の首へと絡ませる。

「お？」

足技格闘技《かくとうぎ》であるカポエラのような、逆立ちからの横蹴《よこげ》りが来ると想像《そうぞう》していた麗貝にとって、その動きは予想外だった。

正しく首を刈《か》るような動きで足を絡められ、そのまま横に倒されそうになる。

しかし、すんでのところで抜け出し、バランスを立て直す為《ため》に慌《あわ》てて一歩離れた。

一方の八尋は、その振り払われた動きすら逆に利用し、既《すで》に立ち上がっている。

間髪入《かんはつい》れずに走り出し、猛禽《もうきん》を思わせる眼光《がんこう》で麗貝を睨《にら》み付けたまま、体勢を低くしてアスファルトの上を走り抜ける。

クラウチングスタートさながらのダッシュだったが、麗貝はその顔面に膝蹴《ひざげ》りを合わせようとした。

しかし、それを読んでいたのか、あるいは相手の動きを見てから常人離《じょうじんばな》れした反射神経《しんけい》を発揮《はっき》したのか、直前でその身体を起こし、跳躍《ちょうやく》する。

ダン、と麗貝の膝に右足を乗せ、八尋はそれを踏み台として身体を上に持ち上げた。

狙《ねら》いは相手の顔面。

強烈な膝が、麗貝の鼻柱《はなばしら》へと向かって放たれたが——

麗貝は間一髪《かんいっぱつ》で身体をねじり、その膝を避ける事ができた。

「……ッ！」

八尋はそのまま空中で体勢を変え、相手の首に手を伸ばす。

摑《つか》まれれば、そのまま絞《し》め落とされるだろう。

それどころか、落下《らっか》の勢いを合わせられれば一瞬《いっしゅん》で頸骨《けいこつ》を折られかねない。

「うおおッ！」

自ら横に転ぶ事で、八尋《やひろ》の手から逃《のが》れる麗貝《リーベイ》。

慌《あわ》てて起き上がるが、その時にはもう眼前に八尋が迫っている。

「……ッ！」

斜め下方から、アゴに向かって迫る掌底《しょうてい》。

それを間一髪《かんいっぱつ》で躱《かわ》した瞬間《しゅんかん》、斜め上から眉間《みけん》を狙《ねら》って、拳下部《こぶし》による鉄槌《てっつい》が振り下ろされるのが見えた。

「ちょッ……」

すんでの所で躱す麗貝。

相手の攻撃《こうげき》を悉《ことごと》くいなしている為《ため》、もしかしたら傍目《はため》には麗貝が強いように映っているかもしれないが——

麗貝は、実際必死《ひっし》だった。

最初の不意《ふい》打ちを防がれて以降《いこう》、彼は防戦一方《ぼうせんいっぽう》となっている。

反撃《はんげき》の糸口を摑もうにも、反撃の隙《すき》が無い。

——こ、こいつ……。

しかも、ただ力任《ちからまか》せにこちらを殴《なぐ》りつけてくるわけではない。

掌底や拳を使いわけている時点で、単なる力自慢《じまん》ではない事が解《わか》る。

距離《きょり》を空《あ》けようとする麗貝に対し、八尋は更《さら》に距離を詰めた。

互いの拳も満足に振り回せなくなる距離、ボクシングならクリンチになろうかという位置まで密着《みっちゃく》したところで、八尋は身体を捻《ひね》る。

そして、綺麗《きれい》に畳《たた》まれた肘《ひじ》が、麗貝の顎目《あごめ》がけて差し向けられた。

刃物《はもの》と同じレベルの脅威《きょうい》を感じた麗貝は、スウェーでそれを躱すが――

それを待っていたかのように、反対側の腕が麗貝の喉《のど》へと伸びる。

右手でそれを打ち払うも、麗貝は生きた心地《ここち》がしなかった。

先刻《せんこく》から、八尋の攻撃は常に全力のものだと思われる。

容赦《ようしゃ》も躊躇《ためら》いもなく、こちらの急所《きゅうしょ》などを的確《てきかく》に狙《ねら》ってきていた。

それでいながら、連撃《れんげき》を繰り出しているというのにまったく疲れた様子《ようす》が無い。

――こいつ、間違いない！

――強い！

――平和島静雄《へいわじましずお》とは違った強さだ！

いったいどんなスタミナをしているのだろう。

相手の強さの秘密《ひみつ》を分析《ぶんせき》しようとしても、その隙すら与えてくれない。

――静雄《しずお》に勝ちかけたなんて話半分だろうと思ってたが……。
――これなら、納得《なっとく》がいく……！
――しかし、変わった小僧《こぞう》だねぇ。
麗貝《リーペイ》が見たのは、八尋《やひろ》の目だ。
鋭く細められたその瞳《ひとみ》の中に浮かぶ感情を見透《みす》かし、麗貝の中に疑念が浮かぶ。
――なんで……俺《おれ》を圧倒《あっとう》してるお前の方が、そんなビビった目ぇしてるんだぁ？
防戦一方《ぼうせんいっぽう》の最中《さなか》だというのに、思わず笑《え》みがこぼれた。
そして、それは致命的《ちめいてき》な隙《すき》となった。
開いた足の間、股間《こかん》を蹴《け》り上げにくる八尋の足が見えた。
――やばッ。
両手でそれを押さえ込み、寸前で蹴りを止める。
だが、それは八尋のフェイントだった。
前屈《まえかが》みになった所で、八尋の両手が麗貝の後頭部《こうとうぶ》と顎《あご》をガシリと掴《つか》む。
そして、そのままその首を捻《ひね》りつつ、地面に押し倒そうとした。
下手《へた》に逆らえば、首が骨折《こっせつ》しかねない。
本能が抵抗《ていこう》を無視させ、麗貝は首を折られぬよう、なすがままに地面に倒された。
即座《そくざ》に顔から手が離され、八尋の踵《かかと》が持ち上がるのが見えた。

──おっと、やばいねぇ。

その踵の踏み下ろされる先が自分の顔面だと気付き、全身の毛が逆立《さかだ》った。

──これ、死……。

麗貝の脳《のう》に軽い走馬燈《そうまとう》が巡り始めた瞬間《しゅんかん》、その光景《こうけい》は、黒い影によって遮《さえぎ》られる。

「⁉」

「！」

八尋と麗貝だけではなく、その場にいた全ての人間が驚きに目を見開いた。

首無《くびな》しライダーの影から伸びた『影』が、地面に倒れる麗貝と八尋の間に割り込み、踏み下ろされようとしていた足を搦《から》め捕《と》ろうとする。

「……ッ！」

即座に動きの方向を転換させ、足に巻き付こうという影を避けた上で身体《からだ》全体を後方へと跳《ちょう》躍《やく》させた。

一歩、二歩、それだけではまだ足りぬとばかりに、水中で逃げるエビのような勢いで後方へと下がる八尋。

結果として、路地《ろじ》の端《はし》と端ぐらいまで離れた所で止まり、影の主《ぬし》であるセルティに警戒《けいかい》の目を向けた。

一方のセルティは、八尋《やひろ》の身体《しんたい》能力に素直に感嘆《かんたん》していた。

——凄《すご》いな。

——まさか、避けられるとは思わなかった。

突然起こった喧嘩《けんか》を止めようと、セルティはとりあえず一方的に攻撃《こうげき》を続けている八尋の動きを止めようと考えたのである。

しかし、いつもチンピラ達を縛《しば》る要領《ようりょう》で影を伸ばしたにもかかわらず、八尋は野生《やせい》動物のような動きでそれを回避《かいひ》したではないか。

——もしかして……。

——本当に、静雄《しずお》に勝てそうな奴《やつ》なのか？

——静雄とこの子の間に、何かあったのか？

——この半年の間に、一体何が……。

事の始まりがほんの数日前だとは知らず、セルティは自分達が居ない間に街の人間模様《もよう》も変わりつつあるのだと思い込んだ。

もっとも、それはあながち見当外れな推測《すいそく》ではなかったのだが。

倒れていた麗貝《リーペイ》が起き上がるのを見つつ、セルティは更《さら》に考える。

——前に池袋《いけぶくろ》に居た頃《ころ》は、門田《かどた》や臨也《いざや》も一目置《いちもくお》いてたような奴だぞ？

——それを、こんな簡単にねじ伏せて……。

──なんだ？

──この子は一体……何者だ？

八尋の外見は、どこにでもいるような少年だった。

流石《さすが》に帝人《みかど》ほど弱々しい感じではないものの、筋骨隆々《きんこつりゆうりゆう》の大男《おおおとこ》という印象《いんしよう》でもない。

制服《せいふく》の下の筋肉《きんにく》などがどうなっているかは解《わか》らないが、格闘技《かくとうぎ》でいうならばプロレスや柔《じゆう》道系《どうけい》の体型というよりも、ボクシングや拳法《けんぽう》などの打撃《だげき》系のそれなのだろうか？

疑問は尽きないが、何よりも重要なのは、今、この喧嘩《けんか》を収める事である。

──どうしたものか。

──無理矢理《むりやり》影で包み込むか？

──大がかりになってしまいそうな気が……。

──私の影をああも見事に避けたのは、正直言ってあの白バイ以来かもしれない。

天敵《てんてき》である白バイ隊員《たいいん》の事を思い出し、セルティはゾクリと背を震わせる。

さてどうしたものかと考えていると、髪《かみ》を緑《みどり》に染めた少年が、八尋に向かって声をあげた。

「おい！　八尋！　八尋！　落ち着けって！　な！」

その声を聞き、八尋の目の色が僅《わず》かに変わる。

「あ……」

次の瞬間《しゆんかん》、彼は勢い良く周囲を見回し、自分の手や足元を見た後に悲しげな表情を浮かべながら警戒《けいかい》の構えを解いた。

それを確認《かくにん》してから、緑髪《りょくはつ》の少年が八尋《やひろ》に駆《か》け寄る。

「しっかりしろって、もう勝負ありだろ？　お前の勝ち！　やった！　ヒュー！　イエー！」

「……」

半分茶化《ちゃか》しながら言う緑頭《りょくとう》の少年だが、八尋は半分心ここにあらずという調子だった。

一方で、立ち上がった青年は連れの女性二人から介抱《かいほう》されている。

「だから言ったでしょ？　素手じゃ無理だって」

「調子に乗るからこうなるんだよ？」

淡々《たんたん》とした調子の少女達に麗貝《リーベイ》が肩を竦《すく》めながら答えた。

「悪かったよぉ、姉《ねえ》さん達の言う通りだったねぇ」

その言葉を聞き、セルティはギョっとする。

――……『姉さん達』？

――え？　だって……え⁉

左右に立つ二人はまだ若く、少女という感じにしか見えない。

「今、『姉さん』って言いました？」

疑問に思ったのはセルティだけではなかったようで、緑髪の少年が麗貝に尋《たず》ねかけた。

「ああ、そうだよぉ？　信じられないだろうけど、実の姉弟。俺《おれ》が21で」

「22」

「23だよ？」

自分の歳《とし》を言いながら、ヒラヒラと手を振る女性達。

「え？　あ、はい、どうも、俺《おれ》、琴南久《ことなみく》音《おん》っていいます」

思わず名乗りながら頭を下げる久音。

その横で、八《や》尋《ひろ》が戸《と》惑《まど》いながら麗貝《リーベイ》の方を見つめて居る。

「あ、あの……俺……」

何か声をかけようとする八尋に、麗貝は言った。

「悪い悪い、さっきは御《ご》免《めん》ねぇ？　俺の負けって事でいいから、もう喧嘩《けんか》はお終《しま》い、仲直りって事でいいかなぁ？」

数分前に顔を踏みつぶされかけたことなど忘れたかのように、麗貝は爽《さわ》やかに笑う。

「あ、はい……やりすぎました。すいません」

どこかシュンとした感じで頭を下げる八尋を見て、セルティはとりあえず胸をなで下ろした。

――収まった……のか？

――良かった良かった。

これで話の続きができると安堵《あんど》し、キョトンとした顔で状況を見守っていた姫香《ひめか》に向き直り、改めてスマートフォンに文字を打ち込んだ。

『なんだか騒《さわ》がしくなったけど、君の友達にも怪我《けが》がなくて良かった』

今の騒ぎで気が抜けたのか、セルティは、普段通りの少し砕《くだ》けた形で文字を紡《つむ》ぐ。

『君の家族を探すのを、私にも手伝わせて貰《もら》えないか？』

♂♀

同時刻《どうじこく》　交差点《こうさてん》

「おいおい……何がどうなってんだよ、今のはよ？」

首無《くびな》しライダー達のいる場所から僅《わず》かに離れた交差点。

その角《かど》から、現場の様子《ようす》をコソコソと覗《のぞ》いている者達がいた。

「やべぇっすよ法螺田《ほらだ》さん！　まさか首無しライダーまで絡んで来るなんて！」

「う、うるせぇ！　あんなインチキ野郎《やろう》にビビるこたぁねえ！　それよりも、屍龍《ドラゴンゾンビ》の連中《れんちゅう》が絡んで来てる方が問題だろうがよ！」

「今、嬰麗貝《エイ・リーベイ》の奴《やつ》とやり合ってたのが、静雄《しずお》と喧嘩した奴なんすかね？」

「多分な。あの身のこなし見たろ？　今日《きょう》は青竜刀《せいりゅうとう》持ってねぇたあいえ、あの嬰麗貝がガキ扱いだったろ」

唾《つば》を飲み込みながら、八尋《やひろ》を遠目《とおめ》に見る法螺田《ほらだ》とその取り巻き達。

彼らは映像《えいぞう》に映っていた緑色《みどりいろ》の髪《かみ》の少年をたまたま見かけ、30分程前から遠巻きに後を尾《つ》けていた。

すぐに絡みに行って居場所《いばしょ》を聞き出しても良かったのだが、何しろ探している相手は静雄《しずお》とまともにやり合える程の強者《きょうしゃ》である。

もしも隣《となり》にいる少年がその当人であった場合、機嫌《きげん》を損《そこ》ねたらその拳《こぶし》がこちらに飛んでくる事となるのだ。

そうこう考えて迷っている間に、少年達を取り巻く事態《じたい》は妙《みょう》な方向に動き始める。

法螺田の仇敵《きゅうてき》である首無《くびな》しライダーが突然彼らに絡み始めたかと思うと、数分後には『屍龍《ドラゴンゾンビ》』のリーダーが取り巻きの女を連れて現れたではないか。

喧嘩《けんか》が始まったと思った瞬間《しゅんかん》にあっという間に勝負が付き、首無しライダーが間に入る事でお互いに落ち着いたようだ。

それ以降《いこう》彼らが何を話しているのかは、流石《さすが》にここからでは解《わか》りようもない。

「まずいっすよ、法螺田さん。このままじゃ、あのガキ、屍龍《ドラゴンゾンビ》に引き抜かれちまいますよ」

「いやいや、今喧嘩してたろうがよ！」

「でも、なんか和解したみたいっすよ？」

「なにぉう⁉」

角《かど》から顔を出して様子《ようす》を窺《うかが》うと、確かにもう荒れる様子はなく、何やら全員が道路の脇《わき》に固まっている。

「くそ……なんとかしねぇとな」

法螺田は暫《しば》し考えた後、顔に下卑《げび》た笑《え》みを浮かべながら言った。

「よっしゃ、ターゲット変更《へんこう》だ。まずは、奴《やつ》のお友達から搦《から》め捕《と》ろうじゃねえか」

「あの緑色の頭の奴っすか？」

「おうよ、馬を得んとすりゃまず商売人を撃《う》ち殺せって奴だ」

「そんな諺《ことわざ》ありましたっけ……なんか色々間違ってません？」

取り巻きが不安げに言うのを聞き流し、法螺田は更《さら》に一人の学生に目を付けた。

「それに、遠くだから良く解らねえが……」

長い黒髪《くろかみ》の女学生を見ながら、法螺田はゆっくりと舌《した》なめずりをする。

「あの女、無茶苦茶《むちゃくちゃ》俺の好みっぽいしなぁ……仲良くなっといて、損はねぇだろ？」

♂♀

「私は……あなたの事を完全には信じられません」

一通り事情を聞いた姫香《ひめか》は、暫《しばら》く沈黙《ちんもく》した後、無表情のままセルティにそう告げた。

『それはもっともだと思う。だが、アリバイ以外に無実を証明《しょうめい》する手段がない』

「でも……協力はします。姉《ねえ》さんと妹の為《ため》に」

『そうか！　ありがとう！』

「いえ、こちらこそ、よろしくお願いします」

ゆっくりと頭を下げる姫香。

八尋《やひろ》の目から見て、彼女がどんな気持ちなのかは解《わか》らない。

姫香は感情をあまり表《おもて》に出さないタイプなので、人付き合いの苦手《にがて》な八尋に限らず、大抵《たいてい》の人間は表情から感情を読み取る事は難しいだろう。

「興味《きょうみ》深い話だねぇ」

横からやりとりを見守っていた麗貝《リーペイ》が、肩を竦《すく》めながら言った。

路地《ろじ》

「俺《おれ》も何か解ったら教えるよぉ。君達の携帯《けいたい》の番号聞いていいかなぁ？」

のんびりとした口調《くちょう》で八尋と自分に尋《たず》ねてくる麗貝に、セルティは不思議《ふしぎ》そうに問い返す。

『何故《なぜ》だ、「屍龍《ドラゴンゾンビ》」は今回の件とは無縁《むえん》だろう？』

「なに、恩《おん》を売っておきたいだけさぁ。暴走族《ぼうそうぞく》なんかと関わりたくない気持ちも解るけど、今は猫《ねこ》の手も借りたいだろ？」

「でも、俺は……」

「まだ、さっきいきなり喧嘩《けんか》売ったの怒ってる？」

八尋は首を左右に振って謝罪《しゃざい》した。

「いや、俺の方こそ、やり過ぎて……すみませんでした」

「いいっていいって！　それより、あれだよぉ。君、バイクとかに興味ある？　このライダースーツ、格好《かっこ》いいと思わない？」

「え、あ、はい……」

何を言われているのか解らずにキョトンとしている八尋を見て、麗貝はクツクツと笑いながらストレートに告げる。

「君さ、俺のチームに入らない？　『屍龍《ドラゴンゾンビ》』って言うんだけどさ」

「チーム？」

首を傾《かし》げる八尋を見て、久音《くおん》が慌《あわ》てて横やりを入れる。

「あーあー！　さーせん、こいつ、秋田《あきた》から来たばっかりだから、そういう池袋《いけぶくろ》の事情に本当に疎《うと》くて……。それに、こいつ喧嘩《けんか》は強いけど真面目君《まじめくん》ですから、族《ぞく》とかはちょっと無理《むり》だと思いますよ？」

「君には聞いて無いんだけどねぇ……？」

何かを訝《いぶか》しむような目で久音《くおん》を見る麗貝《リーベイ》だが、少し考えた後、改めて八尋《やひろ》に言った。

「まあ、そうか、そうだね。無理強《むりじ》いはしないよぉ？　今日《きょう》の事のお詫《わ》びに、借りはいつか返すよ。とりあえずフィフティフィフティの関係で行こうか」

「フィフティフィフティ、ですか」

「ああ、お互いに一個頼みを聞いたら、一個相手の頼みに耳を傾ける……って感じでいいよぉ。なに、死ねとか女を差し出せとか、そんな無茶《むちゃ》を言うつもりはないさ」

そう言った後、麗貝は改めてセルティにも顔を向ける。

「君ともそういう関係を築きたいと思ってるけど、どうかなぁ？」

『私は別に構わないが、教えられるのはメールアドレスまでだ』

自分のような存在を目の前にして平然としている麗貝の事が気に入ったのか、セルティは何の躊躇《ためら》いもなく連絡先《れんらくさき》の交換を承諾《しょうだく》した。

「十分だねぇ。君、平和島静雄《へいわじましずお》や折原臨也《おりはらいざや》とは仲いいだろぉ？　都市伝説《としでんせつ》とお友達だなんて、あいつらが羨《うらや》ましいと思ってたんだよねぇ」

『いや、臨也とは仲が良いわけでは……』

セルティがそんな否定の文章を打っている横で、久音がヒョイと顔を出した。

「あのう……首無《くびな》しライダーさん……ああ、セルティさんでしたっけ？」

『ああ、どうした？』

「俺《おれ》は、連絡先は畏《おそ》れ多いっすから、写真だけ一緒《いっしょ》に撮《と》って貰《もら》っていいっすか？」

『別に構わないが……』

承諾の文字を見るが早いか、久音は即座《そくざ》にセルティの横に並び、持っていた携帯《けいたい》で自分達の姿《すがた》を写真に納める。

何枚か撮った所で、妙《みょう》に浮かれながらセルティに言った。

「ヒュー！　あざーっす！　これ、ブログとかに載《の》っけちゃってもいいっすよね？」

『グイグイ来るなあ。……まあ、私はいいけど、君が警察や変な連中《れんちゅう》から目をつけられるぞ？』

これまでに何度も写真を撮られているセルティとしては特に気にする事はないのだが、寧《むし》ろ相手に与える影響《えいきょう》の方が気になっているようだ。

「大丈夫《だいじょうぶ》っすよ、そこは俺も心得てますから。いざとなれば頼れる仲間もいますし」

「ああ、黒沼先輩《くろぬませんぱい》？」

『え？　今、何先輩って言った？』

「おっと！　そんな事より、そろそろ人の目が集まってきましたよ！」

聞き覚えのある名が八尋《やひろ》の口から出て来た所で、久音《くおん》は慌《あわ》てて話を変える。

確かに周囲を見ると、こちらを遠巻きに窺《うかが》う野次馬《やじうま》が少しずつ増えていた。

池袋《いけぶくろ》の住民にとって首無《くびな》しライダーはもはや珍《めずら》しいものではないが、地方から出て来ている旅行者などが物珍《ものめずら》しさに写真などを撮《と》っている。

『ああ、すまない。詳しくは、また連絡《れんらく》させて貰《もら》う』

このままでは姫香《ひめか》達にも迷惑《めいわく》がかかると判断《はんだん》し、手早く連絡先を交換すると、セルティは漆《しっ》黒《こく》のバイクに跨《また》がった。

『ありがとう。何か解《わか》ったら、私も必ず連絡するから』

♂♀

池袋　繁華街《はんかがい》

あの場が解散となり、久音が『用事を思い出した』と先に帰ってしまった後。

八尋は姫香と二人で、とりあえず駅の方に向かう事にした。

暫《しばら》くの間、互いに無言《むごん》のままだったが、声をかけあぐねている八尋を見て、姫香が先に口を開いた。

「驚いたよ。喧嘩《けんか》、強かったんだね」

「あ、あれは、ええと……」

「話したくないなら、いいよ。私が気にする事でもないし」

素《そ》っ気《け》ない調子の姫香に、八尋は『怖《こわ》がられてしまったんだろうか』と落ち込みかける。

なんとかして気を紛《まぎ》らわせようと、八尋はとりあえずの話題を口にした。

「いい人だったね、首無しライダー」

「……うん、そうだね」

無表情のまま答える姫香に、八尋はさらに続ける。

「大丈夫《だいじょうぶ》、本物が協力してくれるんだから、きっとお姉《ねえ》さん達は見つかるよ」

励ますつもりで八尋はそう言ったのだが、姫香は相変わらず無表情のままで——

遠くを見ながら、半分独《ひと》り言《ごと》の形で呟《つぶや》いた。

「でも……やっぱり私は、首無しライダーは悪魔《あくま》だと思う」

「え？　どういう事？」

八尋が怪訝《けげん》な声で問いかけると、彼女は振り返らないまま、言葉の続きを口にする。

「逆恨《さかうら》みする事すら、許してくれないなんて……」

質問への答えではなく、まるで自分自身に言い聞かせているかのように。

♂♀

深夜3時　川越街道某所《かわごえかいどうぼうしょ》　新羅《しんら》のマンション

「お帰り、セルティ⁉」

『ただいま。遅くなって悪かった。色々と調べて回ってたらこんな時間になった』

セルティがスマートフォンを見せるが早いか、新羅が突然セルティに抱きついて来た。

「良かった、セルティが無事《ぶじ》で安心したよ！」

『おい離れろ。どうした、無事ってなんだ』

いつもなら無理矢理《むりやり》引き剝《は》がす所だが、『無事で良かった』という単語《たんご》が妙《みょう》に気になり、新羅に尋《たず》ねる。

『何かあったのか？』

「ああ、そうだよセルティ。どうにもこの件、僕らが考えているよりも危険かもしれない」

『どういう事だ』

真剣な調子で問うセルティから身体《からだ》を離し、新羅も、いつになく真剣な調子で答えた。

セルティにとっても、にわかに信じがたい一言《ひとこと》を。

「今、赤林《あかばやし》さんから電話があったんだけどね……」

「四木《しき》さんも、連絡《れんらく》が取れなくなったって……」

間章　ネットの噂④

池袋《いけぶくろ》情報サイト『いけニュ～！　バージョンI．KEBU．KUR．O』

人気《にんき》記事『【別の意味で】首無《くびな》しライダーがむっちゃフレンドリーな件【都市伝説《としでんせつ》終了】』

・【首無しライダーと仲良くなったよ】――（某個人《ぼうこじん》ブログより）

「今日《きょう》、たまたま池袋で首無しライダーさんと出会っちゃいました！

マジでいい人だったぜ！

すっげー庶民的《しょみんてき》な人で、写真まで一緒《いっしょ》に撮《と》ってくれた！

好きな食べ物は鈴《すず》カステラで、好きなアイドルは羽島幽平《はねじまゆうへい》だって！

いやー、最近のドラマの話でむっちゃ盛り上がってカラオケまで一緒に行ったんだけど、超無茶苦茶《むちゃくちゃ》色々聞いたわー。

なんか凄《すご》い。
超感動してるよ俺《おれ》。
でも、会って話してみると凄い普通の人って感じだったけどね。
漫画《まんが》とかも普通に読んでるらしいし。
この半年間は商店街の福引《ふくび》きに当たってハワイ旅行に行ってたんだってさ！
これってアリバイだよね？
ハワイに行ってて人攫《ひとさら》いなんかできるわけないんだから。
変な噂《うわさ》流《なが》れてるらしいから、マジ辛《つら》いって言ってた！
でも正直、これは友達にも自慢《じまん》できるわ。
あれだよ、友達にも紹介《しょうかい》しまくろうかなこれ。
首無《くびな》しライダーを囲む会とか作っちゃったら凄くね？」

――（元ブログは削除済《さくじょず》み）

『いけニュ～！』管理人コメント
「戻って来てそうそう超フレンドリーなりよ。

人攫い騒動《そうどう》とは一体なんだったのか……。

この少年も堂々《どうどう》と個人情報聞きまくって写真まであげてるけど、攫われてないなりよ。

これでこの少年が失踪《しっそう》しなかったら首無しライダーが人攫いだっていう都市伝説《としでんせつ》は所詮《しょせん》デマに過ぎなかったって事なりよ。

ねえ、デマに騙《だま》された人達どんな気分なりか？　どんな気分なり？

首無しライダー、無茶苦茶《むちゃくちゃ》普通の人なり。

ヘルメットの下に本当に首が無いのかどうかも怪《あや》しくなってきたなりね。

もし普通に戸籍《こせき》がある人だったら、人攫いとか言われた事を名誉毀損《めいよきそん》で訴えてもおかしくないなり。まあ、その前に自分が道交法《どうこうほう》で捕《つか》まると思うなりが。

ちなみに、個人のプライバシーに配慮《はいりょ》して少年には目線《めせん》を入れてるなりよ。

まあ、こんな緑色《みどりいろ》の頭した高校生、日本《にほん》に何人もいないと思うなりけどね！

どんなに叩《たた》かれようと、この『なり』という語尾《ごび》は譲《ゆず》れないなりよ。

人の語尾を叩く誹謗中傷《ひぼうちゅうしょう》と今日《きょう》も戦うなり」

管理人『リラ・テイルトゥース・在野《ざいや》』

♂♀

呟《つぶや》きサイト『ツイッティア』より、一般人《いっぱんじん》の呟きを一部抜粋《ばっすい》。

・むっちゃ仲よさそう。
→元から結構《けっこう》フレンドリーだったんじゃね？　よく後ろに人乗っけてたし。
→つーか、散々デマまき散らしてた『いけニュ〜』管理人が何言ってんだこの記事。
→自分のデマには謝らないのがこの手のサイトのデフォでしょ。

・警察に通報しろよ。
→人攫《ひとさら》いと決まったわけじゃないだろ。
→いや、無灯火《むとうか》運転じゃん。
→あ、そっちか、悪い。

・というか、本当に首無《くびな》しライダーは人攫いについては冤罪《えんざい》なんじゃないでしょうか。
・だとすると、本当の犯人が誰《だれ》なのかっていうのが問題になってきますよね。

・失踪《しっそう》した人が本当に首無しライダーを追ってたんだとすると、もしかしたら逆に首無しライダーに恨《うら》みがある人が犯人かもしれません。

→恨みがあるとなんで人攫うんでしょう？

→首無しライダーに罪をなすりつける為《ため》にじゃないですか？

→そこまでするって凄《すご》い恨みじゃね？

→だとすると、もう攫われた人って帰ってこないよね？

→ああ、そうか。生きて帰ったら首無しライダーの無実がバレるもんな。

→御冥福《ごめいふく》をお祈りします。

→不謹慎《ふきんしん》ですよ。

→すいません。

・この首無しライダーは偽物《にせもの》です。拡散止めて下さい。

→いや、普通に本物じゃね？　ライダースーツが光一切《いっさい》反射してねえし。

→それは加工《かこう》でなんとでもなります。偽物です。

→本物だと何か困んの？

→ブロックしました。

→え、それでブロック？

→必死過ぎる……。
　→マジで本物だと何か困るんじゃないのこの人。
　　→人攫《ひとさら》い本人だったりして。
※（その後、投稿者《とうこうしゃ》はアカウント削除《さくじょ》）

・この記事の元ブログってどこだ？　検索《けんさく》しても見つかんないんだけど。
→本当だ。どこなんだろう。
　→まあ、削除したのは正解だろ。学校とかバレたらヤバいし。
　　→いや、こいつ池袋《いけぶくろ》じゃ最近よく見かけるよ。
　　　→ああ、すごく派手《はで》な頭の子いますよね。
　　　　→つーか、ブルースクウェアの連中《れんちゅう》と連《つる》んでたよ。
　　　　　→え、まだあるのあそこ。
　　　　　　→ダラーズってすっかりなくなったよね。
　　　　　　　→ダラーズ？　そういうチームもあったんですか？
　　　　　　　　→マジか、まだ2年も経《た》ってないのに。
　　　　　　　　　→普通、暴走族《ぼうそうぞく》の名前なんか知りませんよ。
　　　　　　　　　　→違うって！　暴走族じゃなくて、カラーギャング！

・これが本当に首無《くびな》しライダーだったら、ちょっとやだな。
→どうして？
→だって、なんかガッカリじゃん。首無しライダーが普通の人だなんて。
→いやいや、科学的に考えてありえないでしょ。
→そうは思ってもさ、どこかで可能性は残してて欲しかったじゃん。
→話が通じる超常現象《ちょうじょうげんしょう》って考えは？
→それはそれで、なんかアイドルの私服がダサいみたいな感じでちょっと……。
→私服がダサくて何が悪い。

・あの首無しライダーと写真撮《しゃしんと》ってた緑《みどり》の髪《かみ》の子、さっきコンビニにいたな。
→どこのコンビニです？
→言っていいのかなこれ。フォローしてくれれば個別メッセージ送りますけど。
→フォローしました。
（以後、表でのやりとりの更新《こうしん》は無し）

六章

六章Ａ　訪問者

翌日　来良学園《らいらがくえん》

「おはよう」

「……おはよう」

八尋《やひろ》が声をかけると、姫香《ひめか》はいつもと変わらない調子で挨拶《あいさつ》を返した。

「昨日《きのう》は、大変だったね」

「そうね、私はまだ、整理がついてないけど」

「……」

昨日の姫香の別《わか》れ際《ぎわ》の発言について問い質《ただ》そうとも思ったが、彼女の内面に必要以上に踏み込む気がして、八尋には少しそれが躊躇《ためら》われる。

「首無《くびな》しライダーの事、まだ悪魔《あくま》だって思ってるの？」

しかし、躊躇われただけで、結局その疑問を口にした。

ここで空気が読める男だったならば、八尋《やひろ》はもっと幼少《ようしょう》時代に上手《うま》く立ち回っていただろう。

「……ぐいぐい来るね」

対する姫香《ひめか》は、そんな事を言いつつも特に不快には感じていないようだ。

恐らく彼女も、数日の付き合いで八尋という人間の一面を理解していたのだろう。

「あの首無《くびな》しライダーが犯人だった方が、解《わか》りやすくて良かったかもしれない」

「でも、あの不思議《ふしぎ》な影とか使う人が敵だったら、それこそ攫《さら》われた人達は取り返せないよ」

「そうだね、確かにそうかもしれない」

姫香の素《そ》っ気《け》ない言葉に、八尋はどう返すべきか迷った。

「だったら……」

「でもね、八尋君、私はこう思うの」

「え？」

姫香は前を向いて歩いたまま、あくまでも淡々《たんたん》とした調子で言葉を紡《つむ》ぐ。

「首無しライダーがあそこまで友好的なら、首無しライダーの事について調べていた人なら調べていた人ほど……簡単についていっちゃうんじゃない？」

「あ……」

「それこそ、人気《ひとけ》の無い所だろうと、山奥だろうと、どこにでも」

「それは……そうだけど」

姫香の言葉だけを聞くと、確かにそれも一理《いちり》ある。

それだけを聞けば、まだ首無しライダーを疑っているとも受け取れた。

しかし、八尋には、姫香が昨日《きのう》呟《つぶや》いた『悪魔《あくま》だと思う』という言葉が、そうした単純な疑念から湧《わ》いたものだとも思えない。

――う ー ん。どうしよう。こういう状況は苦手《にがて》だ。

――こういう時に久音《くおん》君なら色々聞き出せるんだろうけど、彼はやっぱり凄《すご》いんだなあ。

――人と円滑《えんかつ》に話を進められるスキルっていうのは羨《うらや》ましい。

緑色《みどりいろ》の頭で自ら人を遠ざけている久音の事を『社交的』と表した八尋は、そのまま素っ気ない話を続けながら教室へと向かった。

そして、HRが始まった所で異変《いへん》に気付く。

見慣れた緑色の頭が、教室のどこにもないという事に。

――あれ？

――今日《きょう》、休みなのかな。

ただ遅刻《ちこく》しただけという可能性も大きいが、昨日の事があったばかりという為、妙《みょう》な胸騒《むなさわ》ぎを覚える。

一時間目が終わった休み時間、八尋《やひろ》は久音《くおん》に電話を掛ける事にした。
『ただいま、電源《でんげん》が入っていないか、電波《でんぱ》の届かない所にいる為《ため》——』
という女性の声が聞こえてきた為、不安は更《さら》に膨《ふく》らむ。
そして、八尋は昨日《きのう》の夜中に久音から電話が来た事を思い出した。

——『じゃ、また学校でな。ちょっとコンビニ行ってくる』
——『ま、明日《あした》から首無しライダーに恨《うら》みがある奴《やつ》を当たってみるさ』
て言うかと思ったけど、姫香ちゃんが思ってたより冷静だったから助かったぜ』
——『もっと、こう……首無《くびな》しライダーに跳びかかって「姉《ねえ》さんと妹を返せこの人攫《ひとさら》い！」っ
——『しかしまあ、姫香《ひめか》ちゃんもほんっとにドライだよなぁ』
——『よう、さっきは熱かったな』

他にも少し話をしたが、殆《ほとん》どたわいも無い会話だったと記憶《きおく》している。
なにより、学校に来ると断言《だんげん》しているのだ。
元からサボる予定があったとも考え辛《づら》い。
ゾクリ、と背に寒気《さむけ》が走った。
首無しライダーと失踪《しっそう》事件の関係について、一つの噂《うわさ》を思い出したからだ。

『首無しライダーを追う者から消えて行く』、という、姫香の姉妹の事情からして、非常に真実味のある噂を。

――いや、待てよ。おかしいぞ。

――だったら、俺《おれ》か辰神《たつがみ》さんから消える筈《はず》だし。

一体何がどうなっているのか解《わか》らなくなった八尋は、その後も不安を抱えながら授業を聞き続けた。

そして、昼休みに姫香に相談を持ちかける。

「久音君、どうしたんだろう」

「サボリじゃないの？　学校に真面目《まじめ》に来るような感じじゃなさそうだし」

「ハッキリ言うね……。でも、携帯《けいたい》も未《いま》だに通じなくてさ」

「サボリじゃないとしたら……。首無しライダー絡みで、何かあったのかもしれない」

僅《わず》かに顔を曇らせつつ、姫香はハッキリとそう口にした。

「そうは思いたくないけど……。ちょっと、首無しライダーさんにメールしてみようか」

八尋はそう言いながら、家族とのやりとりの為に最近やっと覚えた電子《でんし》メールを起動《きどう》させたのだが――

指を動かしきる前に、横から声が掛かる。

「ねえねえ、三頭池《みずち》君と辰神《たつがみ》さんって、付き合ってんの？」

クラスの女子数人が、いつも一緒《いっしょ》にいる二人を見て声をかけてきた。

「別に、ただ、一緒にいるだけ」

素《そ》っ気《け》なく返す姫香《ひめか》。

そこには嫌悪《けんお》も照れも無く、ただ彼女の中の事実を言葉に変えているだけだった。

「えー？　八尋《やひろ》君はどうなの？」

「え？　俺《おれ》？」

一方の八尋も、素直さという意味では姫香に負けていない。

「辰神さんみたいな美人が彼女なら嬉《うれ》しいけど。付き合ってないしなあ」

「今の半分告白《こくはく》じゃん！」

「そうなるの？」

「なるよ！　ウケるんですけど！」

他人事《ひとごと》のように首を傾《かし》げる八尋を見て、彼の言葉を単なる冗談《じょうだん》だと受け取ったクラスメイトの少女達はキャイキャイ笑い始めた。

「姫香ちゃんも少しは照れたりしなよー」

「でも、八尋君ってマジ面白いよね」

「秋田《あきた》の人ってみんなそうなの？」

「いや、そんな事はないよ」

それは、他の質問よりも明確に答える。

故郷《こきょう》の人々と自分は違う。彼らは自分の事を『化《ば》け物《もの》』と呼ぶ——普通の人だ。

八尋がそんな事を自虐《じぎゃくぎ》気味《み》に考えていると、周りの女子達は更《さら》に踏み込んでくる。

「でもさ、琴南《ことなみ》君だっけ？　あの緑《みどり》の頭の子もいつも一緒だよね」

「何？　三角《さんかく》関係なの？」

「それとも、あっちが辰神さんの本命《ほんめい》？」

好き勝手《かつて》な事を言うクラスメイト達に、姫香はやはり淡々《たんたん》と答えた。

「別に、彼も、ただ一緒にいるだけ」

「えー、何それ、モテ自慢《じまん》っぽいー」

少し意地悪《いじわる》そうに笑う少女達の言葉にも、姫香はまったく動じた様子《ようす》は無かったのだが——

次に放たれた何気ない言葉で、その顔色が僅《わず》かに変化する。

もっとも、それは八尋も同じだったのだが。

「でも、琴南君って言えばさ、あれ本当なのかな？　首無《くびな》しライダーの話」

「え？」

八尋と姫香が、二人《ふたり》揃《そろ》って発言者に視線を向けた。

「あれ？　知らない？　休み時間とかに噂《うわさ》になってたんだけどさ」

そう言いながら、女子生徒は自らのスマートフォンを取り出し、二人に見せる。

「ほら、これ……ニュースになってるの、琴南君《ことなみくん》だよね？」

画面に映っていたのは、首無《くびな》しライダーと並ぶ、黒い目隠《めかく》し線の入った少年の写真。

緑色《みどりいろ》の髪《かみ》の毛の前には目を隠す線などなんの意味もなく――

情報に疎《うと》い八尋《やひろ》達は、昼休みになってようやく気が付いた。

琴南久音《くおん》が、ちょっとした『時の人』になっているという事に。

♂♀

放課後《ほうかご》　屋上《おくじょう》

「で、俺《おれ》のとこに来たってわけね」

黒沼青葉《くろぬまあおば》が、屋上の手すりに寄りかかりながら言った。

生徒達の憩《いこ》いの場となっている屋上庭園《ていえん》の反対側。

一部設備の為《ため》に据《す》え付けられたソーラーパネルの並んでいる区画《くかく》の為、他の生徒達は殆《ほとん》ど見られず、居ても少し斜《しゃ》に構えたタイプの者達だ。

来良学園《らいらがくえん》には『不良《ふりょう》らしい不良』は滅多《めった》にいない為、現在は屋上なども開放されているが――このソーラーパネル側の区画には、他と違う独特の緊張感《きんちょうかん》のようなものが感じられる。

「はい、黒沼先輩なら、何か知ってるんじゃないかと思って」

八尋はそんな空気に怯《おび》えつつ、さりとて呑《の》み込まれる事もないまま、青葉に言った。

「しかし、首無しライダーの好物《こうぶつ》が鈴《すず》カステラって、適当に言い過ぎだろ。俺の好物じゃんかよ」

そんな後輩《こうはい》に対し、青葉は気さくに答える。

「ま、あいつの居場所《いばしょ》は俺が知りたいぐらいだよ。あの記事を見て、真《ま》っ先《さき》に電話したからね」

「電話には出たんですか？」

「いや、俺が電話した時にはもう電源《でんげん》が切られてたよ。それとも、電波《でんぱ》の届かない所に行ったか……」

一旦《いったん》言葉を切り、ニイ、と笑いながらその続きを口にした。

「電波の届かない所まで、誰《だれ》かに連れて行かれたか……」

「！」

「首無しライダーを追う人間は、首無しライダーに攫《さら》われる……だっけ？」

「首無しライダーさんが攫った、っていうんですか」

緊張しながら吐き出された八尋の言葉に、青葉が目を細めながら反応する。

「へぇ……首無《くびな》しライダー『さん』ね……」

「あ……」

「もしかして、久音《くおん》と一緒《いっしょ》に会ったの？　首無しライダーに」

「……」

言ってしまって良いものかどうか解《わか》らず、八尋《やひろ》は暫《しば》し押し黙《だま》った。

だが、それは肯定《こうてい》も同然の反応だった。

「君、嘘《うそ》つくの苦手《にがて》っぽいね」

「そうですか？」

「そうですよ？」

首を傾《かし》げる八尋を見て、青葉《あおば》は楽しそうに口元を緩ませながら言葉を続けた。

「まあ、君が首無しライダーと会ってようが会ってまいがどうでもいいけど、俺《おれ》から確実な情報として言えるのは一つだけかな」

「なんですか？」

「首無しライダーは、人攫《ひとさら》いをするような人じゃあないよ。……いや、そもそも『人』じゃないんだけど……まあ、それはややこしくなるからいいか」

「？」

まるで首無しライダーを昔から知っているかのような物言いに、八尋は再び首を傾げる。

「君、首傾げるの好きだね」

「あ、すいません。まだ、東京《とうきょう》について解《わか》らない事が多くて……」

「東京は関係ないけどね。……まあ、首無しライダーについては、犯人とは考えなくていいんじゃないかな。もしも何か理由があって人を攫ってたんだとしても、傷つけるような真似《まね》はしてないと思うけどね」

自虐的《じぎゃくてき》に笑いながら、青葉は首無しライダーについての私見《しけん》を述べ続けた。

「簡単な話さ。要はその……首無しライダーはね、お人好《ひとよ》しなのさ」

「お人好し？」

「多分、人間の誰《だれ》よりもね。無《む》免許《めんきょ》運転とかはしてるけど、困ってる人を見かけたら、普通の人間よりも高い格率《かくりつ》で手を差しのばすようなタイプだと思うよ」

「黒沼先輩《くろぬませんぱい》は、首無しライダーさんと知り合いなんですか？」

当然の疑問に対し、青葉は後輩《こうはい》を煙《けむ》に巻くための言葉を紡《つむ》ぐ。

「そうだとしても、君にそれを打ち明けるほど俺達はまだ仲良くなってない。そうだろ？」

その言葉について少し考えた後、八尋は素直に頭を下げた。

「確かにそうですね。ありがとうございました」

「あ、そこは納得《なっとく》するんだ」

やや拍子《ひょうし》抜《ぬ》けしたように肩を竦《すく》める青葉。

彼は、こちらに背を向けようとしている後輩《こうはい》に対し、半分引き留める形で声をかける。

「おっと、もう一つあったかな。君に言える情報」

「?」

「久音《くおん》の家の場所、知ってるかい?」

♂♀

夕刻《ゆうこく》　高田馬場《たかだのばば》某所《ぼうしょ》

「ここが……久音君の家……」

八尋《やひろ》はそう呟《つぶや》きながら、目の前の建物を下から見上げた。

青葉《あおば》から久音の家の場所を聞いた八尋は、放課後《ほうかご》、姫香《ひめか》と共にマンションを訪ねる事にしたのである。

単なる風邪《かぜ》などであればと期待しつつも、八尋は不安を拭《ぬぐ》いきれなかった。

高田馬場駅からかなり離れた所に位置するマンションは、近くの建物と比べてもかなり高く、屋上《おくじょう》に上れば街の様子《ようす》が一望できるだろう。

築30年は超えていると思《おぼ》しき建造物《けんぞうぶつ》で、ゲートセキュリティは疎《おろ》か、出入り口の防犯カメラがついているかも怪《あや》しい始末《しまつ》だ。

そんなマンションを見て、姫香が淡々《たんたん》と感想を口にする。

「大きいけど、かなり古いみたいね」

「そうなの？」

姫香の言葉に、八尋は思わずそう答えた。

そもそも『マンション』が無かった村から来た彼にとっては、新しい古いは良く解《わか》らない。

壁などを見てもヒビなどはなく、自分達の通っている学校と比べても特別古い建造物のようには見えなかった

「うん……この大きさで最近建ったなら、そもそも部屋の前まで行けないと思う」

姫香はそう言いながら、マンションの中へと進んでいく。

やはりセキュリティは無く、宅配便《たくはいびん》の配達人なども直接マンションの部屋まで荷物を運べる形式だった。

エレベーターに乗りながら、二人は久音の部屋のドアに辿《たど》り着いた後の事について話し合う。

「家族の人に、何て言おう」

「今日《きょう》学校を休んでたから、借りてた本を返しに来たとでも言えばいいんじゃない」

そう言いながら、鞄《かばん》から本を一冊《いっさつ》取り出す姫香《ひめか》。

彼女が休み時間などにたまに読んでいた本だ。

タイトルには『池袋《いけぶくろ》、逆襲《ぎゃくしゅう》』と書いてある。

「その本は？」

「池袋を紹介《しょうかい》した本。九十九屋真一《つくもやしんいち》っていう人が書いてるんだけど、首無《くびな》しライダーについても詳しく書いてある」

「へぇ……」

秋田《あきた》にいる時に一通り首無しライダーの事は調べたつもりだったが、ネットが中心で、書籍《しょせき》にまでは気が回っていなかった。

後で貸して貰《もら》うか、自分で買う事にしよう。

八尋がそんな事を考えていると、エレベーターが目的の階に停止した。


『琴南《ことなみ》　望美《のぞみ》　久音《くおん》』


マンションの部屋のドアの横に、そう書かれたプレートが置かれている。

「お母《かあ》さん……かな？」

『望美』という名は、恐らく女性のものだろう。

だとするならば、久音は母子家庭《ぼしかてい》なのだろうか。

そんな事を考えながら、八尋は部屋のチャイムを押した。

暫《しばら》く待ってみるが、反応は無い。

「……留守《るす》、かな」

「一旦《いったん》帰る？」

姫香がそう言った所で、八尋もそれに同意しようとしたのだが――

ふと、彼は動きを止めてドアの方を見た。

「どうしたの？」

「誰《だれ》か、いる」

「え？」

唐突《とうとつ》な事を言う八尋に、姫香が戸惑《とまど》う。

だが、八尋はそのままドアの前に顔を近づけると、中に通るような声で言った。

「すいません、久音君のクラスメイトで、三頭池《みずち》と言います」

扉を軽くノックしながら言うが、やはり反応はない。

「気のせいじゃない？」

「いや、足音が聞こえた」

八尋の特殊《とくしゅ》な憶病《おくびょう》さと、それに起因《きいん》する壮絶《そうぜつ》な『過去』の積み重ねにより、彼は人一倍鋭敏《えいびん》な感覚を身につけていた。

東京《とうきょう》に来てから暫《しばら》くは人の多さや環境《かんきょう》の違いで麻痺《まひ》していたが、慣れてきた事によりようやくその感覚を取り戻しつつあったのである。

背後や物陰から武器《ぶき》を持って近づいて来る不良《ふりょう》達。

それに似た『息を潜《ひそ》める』気配《けはい》を周囲の僅《わず》かな音から察知《さっち》し、八尋は更《さら》に集中して神経《しんけい》を研《と》ぎ澄《す》ませた。

すると、ドア越しの僅かな音で、中に居る『誰《だれ》か』がまだそこに居るのが解《わか》る。

「どうしよう……中に誰かいるのは確かだけど……どうして返事もないんだろう」

「泥棒《どろぼう》とか？」

「……そうかもしれない」

最悪、八尋《やひろ》を攫《さら》いに来た人攫《ひとさら》いと言う可能性もある。

中で久音《くおん》が倒れて死にかけている姿《すがた》を想像《そうぞう》し、焦《あせ》る八尋。

「大家《おおや》さんを呼んで、開けてもらおうか」

「……中から足音がするってだけで開けて貰《もら》えるとは思えないけど」

一方で冷静なままの姫香《ひめか》は、暫《しば》しドアノブの辺りを見つめた後――

ふう、と小さな溜息《ためいき》を吐いて、無表情のまま八尋に言った。

「このタイプなら、いけると思う」

「タイプって、何が？」

「見張ってて」

「へ？」

──何を？

と尋《たず》ねる間もなく、姫香は鞄《かばん》から何か細い金具《かなぐ》を二本取りだし、鍵《かぎ》の前で何かガチャガチャと音を立て始めた。

「え……ええっ⁉」

姫香が何をしているのか察し、八尋は顔を青くして取り乱す。

「ちょっ……辰神《たつがみ》さん⁉」

「開いたよ」

「って……えええ⁉」

脂汗《あぶらあせ》を滲《にじ》ませながら息を呑《の》む八尋の前で、冷《ひ》や汗《あせ》一つ見せぬまま、さらりとした表情でドアノブに手を掛ける。

「……開けるよ」

「……う、うん」

取りあえず色々と聞くのは後回しだと判断《はんだん》し、八尋は緊張《きんちょう》した面持《おもも》ちでドアに目を向けた。

そして次の瞬間《しゅんかん》、姫香の手でドアが開かれる。

すると——

扉の中には、誰《だれ》の姿《すがた》も無かった。

「……え？」

自分の勘違《かんちが》いだったのか。

そう思いかけた八尋《やひろ》だが、彼の目は、廊下にしゃがみ込んだ何かが蠢《うごめ》いているのをハッキリと捉《とら》えた。

「……」

蠢くというよりも、観葉植物《かんようしょくぶつ》の後ろで震えているという方が正確だろう。

「あの、すみません。久音《くおん》君の友達ですけど……」

それが女性であるという事に気付いた八尋は、とりあえず形通りの挨拶《あいさつ》をした。

「久音君の、お母《かあ》さんですか？」

すると、その震えていた人影《ひとかげ》——度の強い眼鏡《めがね》をかけたその女性は、ゆっくりと観葉植物の陰から顔を出し、上目遣《うわめづか》いでカタカタと震えながら声を出す。

「そ……そんな歳《とし》に、見えますか」

陰鬱《いんうつ》な空気を醸《かも》し出すその女性は、壁に手をついてゆっくりと立ち上がりながら、八尋と姫香《ひめか》に対して警戒《けいかい》の色に満ちた瞳《ひとみ》を向けた。

「か、鍵《かぎ》……鍵は？　なんで、開い……」

「ドアノブをガチャガチャ回していたら何故か開きました。壊《こわ》れているのかもしれませんね」

相手の言葉に被《かぶ》せる形で、いけしゃあしゃあと大嘘《おおうそ》を吐き出す姫香。

八尋は目を丸くして姫香を見るが、彼女は涼しい顔で、眼鏡の女性へと問いかけた。

「驚かせてすみませんでした。あなたは、琴南《ことなみ》君の御家族ですか？」

怯《おび》えた目のまま自分の名を口にする。

「こ、琴南望美《のぞみ》、です」

「く、久音の……姉、です」

♂♀

数分後。

リビングルームに通され、お茶《ちゃ》を出された八尋と姫香は、何から話して良いものかと時折《ときおり》視線を交わしていた。

だが、肝心《かんじん》の相手が床の上で体育座《たいいくずわ》りをしながらお茶を注《つ》いでいるという状態なので、何をどう切り出せば良いのか、中々きっかけが摑《つか》めない。

　すると、こちらに視線を合わせぬまま、琴南望美《ことなみのぞみ》がぼそぼそと語り始めた。

「三頭池八尋《みずちやひろ》君と、辰神姫香《たつがみひめか》ちゃん、だよね」

「！」

　先刻《せんこく》は『三頭池』としか名乗らなかったのに、何故《なぜ》フルネームを知っているのかと驚く八尋をよそに、無表情のまま姫香が尋《たず》ねる。

「どうして、私達の名前を？」

「そりゃ知ってるよ。可愛《かわい》い弟の、友達だからね」

　目を逸《そ》らしたままクスクスと笑う望美を見て、八尋は何か不気味《ぶきみ》なものを感じた。

　しかし、こういう都会《とかい》の人もいるのだろうとあっさりと受け入れ、彼は気にせずに話を進める事にした。

「あの、実は、久音《くおん》君が今日《きょう》学校を休んで」

「うん、知ってる」

「え？　じゃあ、やっぱり何か理由があって休んだんですね」

「うん、理由、あるよ」

　ズズ、と、自分で入れた紅茶《こうちゃ》を啜《すす》りながら、暗く澱《よど》んだ笑《え》みを浮かべて、嬉《うれ》しそうにその言葉を口にする。

「ゆうべ、誰かに攫われちゃったみたいだからね」

「……？」

「攫《さら》われた、誘拐《ゆうかい》されたんだよ。うちの久音」

「そんな……」

あまりにもあっさりと言うので、冗談《じょうだん》を言われているのかと思った八尋だが、先刻《せんこく》のやりとりを思い出してハッとする。

「じゃ、じゃあ、俺達《おれたち》が人攫いだと思ったから、さっきはチャイムに出なかったんですね？」

「ううん？　人見知《ひとみし》りだから怖《こわ》かっただけ。私、通販《つうはん》の宅配《たくはい》と久音以外にはドア開けないから」

「？　??」

相手の言葉の意味がよく解《わか》らず、八尋は姫香の顔を見た。

姫香は平静さを保ったまま、静かに望美へと問いかける。

「……警察に連絡《れんらく》した、というようには見えませんね」

「うん。してないよ。したら久音も困るだろうし、私も家に警察上げるの絶対ヤだし」

身体《からだ》を前後に揺らしながら言う彼女は、未《いま》だに小刻《こきざ》みに震えている。

「正直、初対面《しょたいめん》の貴方《あなた》達を家に上げてるのも相当心にキてるわけでね？　私の都合《つごう》で申《もう》し訳《わけ》ないしここまで来て貰《もら》ったのにすっごく悪いと思うんだけど……」

目を宙《ちゅう》に彷徨《さまよ》わせながら、望美は何処《どこ》かからメモ用紙と鉛筆《えんぴつ》を取り出し、テーブルの上に差し出した。

「こ、これに、携帯《けいたい》電話の番号書いて貰《もら》っていいかな。どっちのでもいいから」

「？」

——連絡先《れんらくさき》を教えて帰れ、っていう事かな。

——まあ、押し込み強盗《ごうとう》みたいな入り方したわけだし、当然だよな。

八尋《やひろ》はそう納得《なっとく》して、姫香《ひめか》に視線を送った後、自分の携帯番号をメモして差し出した。

「あ、ありがとう。お茶、飲んでて。冷蔵庫《れいぞうこ》に適当なおやつとか入ってるから、食べて？」

「え、はい？」

帰れと言われるかと思っていた八尋は、どういう事かと首を傾《かし》げる。

すると望美《のぞみ》は、這《は》うように部屋から出たかと思うと、廊下の奥にある自分の部屋へと入っていった。

「なんだろう。どうすればいいのかな？」

「さあ……」

二人で顔を見合わせていると、唐突《とうとつ》に八尋の携帯が鳴った。

「あれ？」

知らない番号から掛かってきた事を訝《いぶか》しみつつ、八尋は電話を耳に当てる。

すると——

『やっほー！　元気？　やー、ごめんね？　まともに相手できなくって！』

と、今しがたリビングから出て行った女性の声が聞こえてきた。

『あー、やっと普通に話せるよ！　私、人と目や顔を合わせるのってすっごく苦手《にがて》でさ！　緊《きん》張《ちょう》しちゃってまともに話もできないんだよねー！　ほんと、御免《ごめん》ね？　君達が嫌《きら》いってわけじゃないから！　寧《むし》ろ大好き！　二人とも愛してるよ！』

もっとも、同じなのは声だけで、どう聞いても別人としか思えないテンションの高さだったのだが。

「あの……望美さん、ですよね？」

『そうだよ？　あ、スピーカーモードのやり方解《わか》る？　姫香ちゃんとも一緒《いっしょ》に話できるから』

「すいません、解りません」

その後、口で色々と説明され、八尋はなんとか自分の電話の新しい機《き》能《のう》を作動させる事に成功した。

『もしもーし？　姫香ちゃんにも聞こえてる？』

「はい、聞こえてます」

『おっけー！　ちゃんとそっちの声も聞こえるよ！』

スピーカーのように周囲に音が響《ひび》くようになり、どうやら普通に会話できる形になったようだ。八尋はそう安堵《あんど》したが、果たしてこれが『普通の会話』なのかという事には少しばかり首を傾《かし》げる。

何しろ。ほんの数メートル先、扉《とびら》一枚隔《へだ》てた所に彼女は存在しているのだから。

『改めて自己紹介《じこしょうかい》するね！　私は琴南望美《ことなみのぞみ》！　引きこもりみたいな事やってるけど、一応お金は稼《かせ》いでるからニートじゃないよ！　久音《くおん》の学費や生活費も私が稼いでるわけだしね』

「もしかして、作家《さっか》さんか何かですか？」

引きこもりでもできそうな職業《しょくぎょう》で真《ま》っ先《さき》に思いついたものを口にした姫香《ひめか》だが、それはあっさりと否定された。

『いやいや、違うって！　あ、でも、ペンネームを使って文章書いてお金稼いでるって意味じゃ、似たようなもんかな！』

「ペンネーム？」

『そ、ハンドルネームって言ってもいいけど、記事書いてるから、ペンネームって言った方がいいのかな、やっぱり！』

そして、電話の向こうから一つの固有名詞《こゆうめいし》が吐き出される。

『リラ・テイルトゥース・在野《ざいや》……って、聞いた事ない？』

リラ・テイルトゥース・在野。

どこの国の出身者かも解《わか》らない奇妙《きみょう》な名前だが、八尋《やひろ》はどこかでその名前を目にしている事に気が付いた。

――あれ？

――なんだか、今日《きょう》その名前見たような……。

八尋が記憶《きおく》の糸をたぐり寄せるより先に、姫香がその答えを口にする。

「……『いけニュ～！』の管理人さん、ですよね」

『ピンポンピンポン！　大正解《だいせいかい》！』

「あっ」

思わず声を上げ、八尋は明確に思い出した。

昼休みにクラスメイト達から見せられた、久音と首無《くびな》しライダーの写真が話題になっていたニュースサイト。それが『いけニュ～』というブログであり、その管理人の名前がリラ・ティルトゥース・在野だったという事を。

「え？　あれ？　でも……」

『そうだよ？　あれは、姉弟の自作自演《じさくじえん》の記事だよー？　元になったブログなんて探してもありゃしないよ。架空《かくう》のブログを元に記事作ったんだからね！　結構《けっこう》みんな騙《だま》されててさ、笑っちゃうよね！』

「？　？　？」

八尋の頭の中にいくつもの疑問符《ぎもんふ》が浮かんでは消えて行く。

架空の日記をニュースサイトの記事にする？

何故《なぜ》、わざわざそんな真似《まね》をするのだろう？

しかも、どうして首無《くびな》しライダーについての嘘《うそ》を交えながら？

ニュースサイトが嘘をついていいのだろうか？

結局、八尋《やひろ》は誰《だれ》に攫《さら》われたのだろう？

数々の『？』が頭の中を駆《か》け巡っている八尋の横で、姫香《ひめか》が電話に問いかけた。

「もしかして……攫われる為《ため》に、ですか」

『……あれれ？　やけに鋭いね？』

「……」

『どうしたのかな、辰神《たつがみ》さん。もしかして、人攫いに心当たりがあるとか？』

妙《みょう》な事を言い出す望美《のぞみ》に、八尋は疑問をとりあえず頭の外に放り出し、言った。

「それはないですよ」

『どうして？』

「だって、犯人を知ってるなら、警察に言えばいいだけの話じゃないですか」

『今更《いまさら》そんな純粋《じゅんすい》でストレートな意見を聞くことになるとは思わなかったよ！』

電話の向こうで呆《あき》れたような笑いが聞こえて来るが、八尋は何か自分はおかしな事を言っただろうかと首を捻《ひね》る。

『八尋君、思ってたより面白いね。君は、誰《だれ》がみんなを攫ったと思う？』

興味本位《きょうみほんい》丸出しの問いかけに対し、八尋は真剣に考えた後、答えた。

「暴力団《ぼうりょくだん》とか……」

『なんでそう思う？』

「いや、根拠《こんきょ》って言うか……。俺《おれ》も中二《ちゅうに》の時に攫われたんで」

『……』「……」

姫香と望美が同時に沈黙《ちんもく》する。

八尋が下らない冗談《じょうだん》を言う類《たぐい》の人間ではないという事は、どちらも既《すで》に理解していた。

だが、何故《なぜ》攫われたのかが解《わか》らない為、姫香には話がまったく呑《の》み込めず、ある程度八尋という人間の噂《うわさ》を知っている望美も、彼の口から想像《そうぞう》以上の言葉が出て来て黙《だま》り込んだのである。

「その時は婆《ばあ》ちゃんが組のエラい人に話をつけて助けてくれたんですけど、あの時はとても怖《こわ》かったです」

『やっぱり君、面白いね』

少し声を低くしながら、望美が言った。

『なるほどねー、久音《くおん》が気に入るわけだよ』

「あの、結局、久音君は無事《ぶじ》なんですか？　そんなに焦《あせ》っているように思えないんですけど」

思った疑問を率直《そっちょく》に口にする八尋に、被害者《ひがいしゃ》の姉はあっけらかんとした調子で答える。

『まあ、無事かどうかは解らないけど、勝算《しょうさん》はあるんじゃないかな？』

『そこのお姫様《ひめさま》の推察《すいさつ》通り……アイツ、わざと攫《さら》われたんだからさ』

六章Ｂ　観察者

東京都《とうきょうと》　某所《ぼうしょ》

　時は、半日前——八尋《やひろ》とセルティが会った後の深夜まで遡《さかのぼ》る。


目隠《めかく》しを外された四木《しき》の目に飛び込んできたのは、見知らぬ部屋の風景《ふうけい》だった。

部屋の隅《すみ》に積まれたダンボール箱や灯油《とうゆ》缶《かん》、壁に掛けられたスコップなどの道具などから見て、恐らくは別荘《べっそう》か何かの広めの物置《ものおき》部屋として使われている部屋だと推測《すいそく》できる。

　窓一つ無い所を見ると、地下室《ちかしつ》の可能性も高いだろう。

　そうした事を考えた後で、目隠しを外した相手の方に目を向けた。

　自分の両手は背中側でガムテープによって縛《しば》られており、足《あし》も同様《どうよう》に拘束《こうそく》されている。

　実際の所、見るか喋《しゃべ》るかしかリアクションできない状態なのだが、それでも四木は喚《わめ》く事をせず、冷静に観察をする事にした。

自分達を拉致《らち》してここまで運んできた、命知らずの人攫《ひとさら》いを。

サングラスにマスクと帽子《ぼうし》という、街中《まちなか》では逆に目立つような変装《へんそう》だ。

せめて目出《めだ》し帽《ぼう》でもつけろと言いたかったが、とりあえず何も言葉を発さぬまま様子《ようす》を窺《うかが》う事にする。

すると、無言《むごん》の四木《しき》の代わりに、足元《あしもと》に転がっていた別の男が声を上げた。

「手前《てめえ》ら、何が目的だぁ！　こんな事してただで済むと思ってんのかコラァ！」

普段は四木の車の運転手をしている、坊主《ぼうず》頭の舎弟《しやてい》である。

「騒《さわ》ぐな」

四木《しき》が一言《ひとこと》そう口にすると、舎弟はビクリと身体《からだ》を震わせ、四木の方に視線を向けた。

彼もまた四木と同じように手足を封じられており、座らされた四木とは違い、床に転がされているような状態だ。

「し、四木の兄貴《あにき》！　すいやせん！　俺《おれ》のせいで……俺のせいで四木の兄貴までこんな事に！」

「喚《わめ》くな。専務《せんむ》と呼べ」

泣き言を言う部下《ぶか》にそう言い放ち、四木はこれまでの事を考える。

――しかし、面倒臭《めんどくさ》い事になったな。

――こいつらの目的は、一体なんだ？

一時間程前。

深夜の東京都内《とうきょうとない》。取引先との会合を終え、運転手と共に粟楠会《あわくすかい》の事務所へ報告に戻るべく車に乗った四木だったが――

運転手からいつもの『お疲れ様です』の声が無い事に気付き、即座《そくざ》に脳味噌《のうみそ》を非常時用の思考回路《しこうかいろ》に切り替えた。

慌《あわ》てず、いつも通りの調子でルームミラーに目を向ける。

運転席に座る男は、スキンヘッドという事は一緒《いっしょ》だが、この駐車場《ちゅうしゃじょう》に来るまでに運転していた部下と別人だという事は一目《ひとめ》で解《わか》った。

いくら四木がその筋《すじ》の人間とはいえ、出入り中でもない現在は、拳銃《けんじゅう》や刃物《はもの》の類《たぐい》を持ち歩いてはいない。

暴対法《ぼうたいほう》が厳《きび》しくなった今では、銃刀法違反《じゅうとうほういはん》一つで組長《くみちょう》を危機《きき》に晒《さら》す事になるからだ。

――さて、これが俺個人への恨《うら》みつらみか、粟楠会への攻撃《こうげき》かで話は変わるな。

――和平《わへい》に納得《なっとく》してねぇ明日機組《あすきぐみ》か、他に揉《も》めてる組の仕業《しわざ》か……。

――あるいは、粟楠会内部の人間……。ありえないとは言い切れないのが嫌《いや》な所だ。

すぐに出られるように左右のドアを確認《かくにん》するが、どうやら逃走《とうそう》を図るのは無駄《むだ》な作業だと理解する。

ドアの両側からサングラスとマスクをした屈強《くっきょう》な男達が近づき、両側から同時に扉《とびら》を開けた。

「四木《しき》さんですね」

「我々に同行してもらう」

重々《おもおも》しく言う男達を見て、四木は思わず眉《まゆ》を顰《ひそ》める。

彼らの立ち振る舞いを見た瞬間《しゅんかん》に、強い違和感《いわかん》を覚えたからだ。

その違和感は、長年《ながねん》裏の組織《そしき》に身を置いていたからこそ感じ取れたものなのだが——四木は逆にその『違和感』が納得《なっとく》できず、静かに言葉を口にする。

「……目的は、俺《おれ》か？」

「答えられない」

「本物の運転手はどうした」

「大人《おとな》しくすれば、あんたにも運転手にも危害《きがい》は加えない」

マスクでくぐもった声を聞き、四木は目を細め、男達ではなく車の周りを見た。

この暴漢達《ぼうかんたち》が拳銃《けんじゅう》などを持っている様子《ようす》はない。持っているとしても、今現在手にしていない時点で、どうとでもあしらえる自信はある。

だが——窓の外に、同じように顔を隠《かく》した者達が十人以上固まっている事に気付き、四木は小さな溜息《ためいき》を吐き出した。

——やれやれ、赤林《あかばやし》か青崎《あおざき》なら、この程度の人数どうとでもなるんだろうが。

——こちとら武闘派《ぶとうは》じゃねえってのに、面倒《めんどう》なもんだ。

「大人しくしてれば殺さない。安心しろ」

——……。

——こいつら……？

四木は、相手の声の裏にあるとある感情に気付き、冷たい声色《こわいろ》で答える。

「いいだろう、とりあえず、話を聞こうか」


それから、隣《となり》に止めてあったワゴン車に乗せられ、目隠《めかく》しをされたまま一時間ほど運ばれた。

車の移動する感覚から、途中《とちゅう》で高速に乗ったという事や、何度も曲がってこちらを混乱させるような真似《まね》はしてないという事が推測《すいそく》できる。

時間やこの物置《ものおき》の様子なども合わせて考えると、二十三区外の東京《とうきょう》西部、府中《ふちゅう》から八王子《はちおうじ》にかけての別荘《べっそう》といった所だろうか。

——いや、決めつけるのもマズいな。

四木はそんな事を考えつつ、地下室《ちかしつ》にいる数人の男達に対して淡々《たんたん》と言う。

「で？　俺になんの用だ？」

「用はないそうだ」

「何？」

「強いて言うなら、暫《しばら》くここに居て貰《もら》うってことらしい」

——なるほど、こいつらはハズレか。

——何も知らされてない兵隊《へいたい》ってとこだろう。

——いや、俺《おれ》の予想が正しいなら、恐らく兵隊ですら……。

そんな事を考えていると、扉《とびら》の方が騒《さわ》がしくなる。

入口のドアが開かれ、新たに数人の男達が部屋に雪崩《なだ》れ込んできた。

僅《わず》かな隙間《すきま》から上に向かう階段だけが見えたので、やはりここは地下室《ちかしつ》らしい。

そして次に、四木《しき》は目に映った新しい一団《いちだん》に目を向けた。

部屋に入って来た三人のうち、二人は他と同じくマスクなどで顔を隠《かく》している。

残る一人は、四木達と同じように手足を縛《しば》られている、緑色《みどりいろ》の髪《かみ》の毛が嫌《いや》でも目に付く少年だった。

「ここで大人《おとな》しくしてろ」

「出来れば綺麗《きれい》な女の人と一緒《いっしょ》の部屋がいいな、俺」

その言葉を無視して、男達は乱暴《らんぼう》に少年を突き飛ばす。

四木の足元《あしもと》に倒れたその少年は、部屋中に響《ひび》き渡るような大声で、ある人物の名前を叫びあげた。

「いるんでしょう！　この建物のどこかに、辰神彩《たつがみあや》さんと愛《あい》ちゃんもさあ！」

そんな少年の腹を、男の一人がゆっくりと踏みつける。

「黙《だま》ってろ」

「アイタタタ！　ギブ！　ギブ！　黙るから止めてってマジで！」

男達は少年に対して冷ややかな視線を向けた後、少年の目隠《めかく》しすら取らずに去って行った。

ドアの前に見張りが一人残っているが、四木達と話をする気はないようで、無言《むごん》のまま壁に寄りかかっている。

こちらが話す分には問題なさそうだと考えた四木は、足元の少年に声をかけた。

「大丈夫《だいじょうぶ》か、坊主《ぼうず》」

「あ、すいません。目隠しだけでも取って貰えませんか」

「悪いな、俺は連中《れんちゅう》の仲間じゃないんだ。目隠しは無いが手足は坊主と同じ状況だ」

「そうですか、すいませんどうも」

四木は値踏《ねぶ》みするように少年を見た後、小声で一つ問いかける。

「お前、今朝《けさ》ネットで話題になってた奴《やつ》だな」

「え？　オジサンも御存知《ごぞんじ》なんですか？」

「普段は見ないサイトだが、少しばかり首無《くびな》しライダーの事を調べててな」

「参《まい》ったな、俺、そこまで有名人になってたなんて」

困ったように笑う少年に、四木《しき》は冷静に告げた。

「ああ、お前さんがホラ吹きだって事も知ってるぜ」

「へ？」

「首無《くびな》しライダーは、好物《こうぶつ》どころか物を食ったりはしない。それに、カラオケになんか行くはずないだろう？　首がないんだからな」

「あらら、オジサン、首無しライダーが本当に首が無い化《ば》け物《もの》だなんて信じてるんすか？」

わざとらしく嘲笑《ちょうしょう》する少年に、四木はただ、事実だけを突きつける。

「信じるもなにも、無いものはないからな。セルティに会ったことがあるお前が一番解《いちばんわか》ってるんじゃあないのか？」

「……やだな、オジサン。その物腰《ものごし》といい、首無しライダーさんの名前知ってる事といい……もしかして、その筋《すじ》の人？」

冗談《じょうだん》めかして言う少年に、横に倒れていた四木の部下《ぶか》が文句《もんく》を付ける。

「おいこら、手前《てめえ》ナニ兄貴《あにき》に生意気《なまいき》な口利いてんだ？　お？」

縛《しば》られたまま凄《すご》む部下に溜息《ためいき》を吐きつつ、四木は更《さら》に少年を問い詰めようとしたのだが——

「専務《せんむ》。俺《おれ》、こいつのこと知ってますよ。事務所の連中《れんちゅう》がこの前騒《さわ》いでたアレっすよ」

その部下が、少年の髪《かみ》の色を見てある事を思い出し、興奮《こうふん》しながら声をあげた。

「確かこいつ、平和島静雄《へいわじましずお》と喧嘩《けんか》でタメ張ったっていうガキの連れですよ」

♂♀

昼　池袋《いけぶくろ》西口公園

西口公園の野外《やがい》ステージ側。

金属《きんぞく》のチューブ状ベンチに、バーテン服の男と漆黒《しっこく》のライダースーツの女という、奇妙《きみょう》な組み合わせの二人が腰を掛けている。

『それじゃあ、あの八尋《やひろ》君って子は、本当に静雄と喧嘩で渡り合ったのか？』

セルティが差し出したスマートフォンの画面を見て、バーテン服の男――平和島静雄は隠《かく》し立てする事なく答えた。

「ああ、緑色《みどりいろ》の頭した奴《やつ》の連れだろ？　なら多分間違いねぇな」

静雄は数日前の事を懐《なつ》かしむように、軽く空を見上げながら言葉を続ける。

「まさかセルティの知り合いとは思わなかったぜ。世の中狭いもんだ」

『いや、私も昨日《きのう》知り合ったばかりだが……。色々とありすぎて、何がなんだか』

四木が行方不明《ゆくえふめい》になったと聞かされたセルティは、独自に情報を探るべく街を回っていた。

その最中《さなか》、赤林《あかばやし》に『あんたを疑ってる連中《れんちゅう》もいるから気を付けろ』と聞かされ、どうしたものかと途方《とほう》に暮れている所で静雄《しずお》に声を掛けられたのである。

セルティがゆうべの八尋《やひろ》と麗貝《リーベイ》の会話を思い出し、まさかと思いつつも話を振ってみたのだが、まさか肯定《こうてい》されるとは思わなかった。

『信じられないな。サイモンとかならまだしも、普通の高校生で静雄とまともに渡り合える奴《やつ》だなんて』

「お前、俺《おれ》の事なんだと思ってんだ？」

『すまない。ただ、お前がまともな殴《なぐ》り合いで苦戦《くせん》してるのを見た事も無かったからな』

セルティの頭の中には、まともな殴り合いとは違う形の喧嘩《けんか》をしていたという意味で、とある情報屋《じょうほうや》の顔が思い浮かんでいたが、静雄が不機嫌《ふきげん》になるのは目に見えていたので敢《あ》えて文字にはしない事にする。

ところが、その情報屋について、珍《めずら》しく静雄の方から切り出した。

「臨也《いざや》の事を覚えてるか？」

『忘れる筈《はず》がない。……というか、静雄からその名前を出すのは珍しいな』

「まあ、俺もあんなノミ蟲《むし》の事は思い出したくもないんだけどよ……。なんつーか、こんな事を頼むのも気が引けるんだが、その三頭池《みずち》八尋って奴と知り合いなら、色々と気を付けて見てやってくれねぇか？」

『？』

首を傾《かし》げるような仕草《しぐさ》でヘルメットを傾けるセルティに、静雄は難しい顔をしながら続ける。

「あの髪《かみ》の毛を緑《みどり》に染めた奴よ……あいつ、臨也の野郎《やろう》と同じタイプの人間だぜ」

『そうなのか？』

「勘《かん》だけどな」

『なるほど』

——確かに、あのグイグイ来る謎《なぞ》のフレンドリーさは不自然だったが。

写真を撮《と》ってきた時の事を思い出し、セルティは心中《しんちゅう》で苦笑《くしょう》した。

今朝方《けさがた》、あの写真がニュースになっているのは確認《かくにん》した。

鈴《すず》カステラやカラオケなど適当に話が盛られてはいたが、セルティとしては『人攫《ひとさら》いじゃないっぽい』という雰囲気《ふんいき》が出ていたので、怒るよりも寧《むし》ろ安堵《あんど》の気持ちの方が大きい。

『しかし、それと八尋君を気に懸《か》ける事がどう繋《つな》がるんだ？　本当に臨也みたいな奴なら、周りにいる奴全員が厄介《やっかい》ごとに巻き込まれる事になるぞ』

当然の疑問を画面に綴《つづ》るセルティに、静雄は少し考えた後に答えた。

「なんつーかな、アイツと殴り合っててよ、昔の俺を思い出してな」

『昔の静雄？』

「あいつぐらい強かったら、色々な面倒《めんどう》ごとに巻き込まれる事にもなるだろうよ。実際、今まで街じゃ見ない顔だからな。余所《よそ》でなんかやって、こっちに来たのかもな」

静雄《しずお》は更《さら》に考え込み、軽く舌打《したう》ちをしてから再び口を開いた。

「なあ、セルティ」

『なんだ？』

「もしもの話だがよ、もし俺《おれ》が、上手《うま》いこと色んなもんが噛《か》み合ってよ……。新羅《しんら》の奴《やつ》と同じぐらい臨也《いざや》の野郎《やろう》とまともな仲だったら、どうなってたと思う？」

『凄《すご》い事を聞くなあ』

セルティは驚きを隠《かく》さず、静雄に真意を確認《かくにん》した。

『なんで、そんな事を聞くんだ？』

「いや……一年半前の件で壊《こわ》れたビルが、この半年の間に完成してな……」

『ああ、あのビルか』

一年半前。

静雄はとある事件の最中《さなか》、犬猿《けんえん》の仲であった折原《おりはら》臨也と本気《ほんき》の殺し合いに陥《おちい》る結果となった。

街から消えた臨也の生死《せいし》は現在も不明《ふめい》だが、二人が壮絶《そうぜつ》に争った爪痕《こんせき》は確かに街に刻まれた。

中でも建築途中《とちゅう》のビルの爆発《ばくはつ》は凄《すさ》まじかったが、犯人である臨也が街から消えてしまっている為《ため》に進展は無いらしい。

静雄が関わっている事にも気付いているのかもしれないが、未《いま》だに彼が事情聴取《ちょうしゅ》すらされていない所を見るに、泳がせているのか、あるいは警察内部で何か特別な動きがあったのだろうという事が予想できた。

そんな爆発《ばくはつ》のせいで開発が遅れに遅れたビルだが、セルティが新羅と旅に出る頃《ころ》には完成間《ま》際《ぎわ》だったと記憶《きおく》している。

「あのビルの事件とか思い出してな……想像《そうぞう》したくもねえが、もしも俺《おれ》とあのノミ蟲《むし》と仲良くやれてりゃ、街にも色々と迷惑《めいわく》が掛からなかったんじゃねえかなって思ってよ……」

――そんな事は……。

ない、と文字を打ちかけて、セルティはそこで手を止めた。

確かに、静雄と臨也の争いに巻き込まれた者達の事を考えると、それが無ければ誰《だれ》もがもっと平穏《へいおん》な人生を過ごせていたのかもしれないと考えてしまったからだ。

もちろん、セルティ自身も含めて。

『まあ、そうかもしれないが、逆にもっと酷《ひど》くなったかもしれないぞ』

「そうか？」

『ああ、別にそれで臨也が善人《ぜんにん》になるわけじゃないからな。仲良くなったお前の事を利用して、何かとんでもない事をやらかしてたかもしれない』

「ああ……それもそうだな」

静雄は小さく息を吐いた後、友人である首無《くびな》しライダーに語り始める。

「その八尋《やひろ》って奴《やつ》な、俺とガチで喧嘩《けんか》してる最中《さいちゅう》よ……なんつーか。こう……嬉《うれ》しそうだったんだよ。多分今まで、嫌々《いやいや》やる喧嘩しかしてなかったんだろうな」

『嫌々やらない喧嘩なんてあるのか？』

「どうかな。俺は少なくとも、あの刀に操《あやつ》られた連中《れんちゅう》相手に生まれて初めて本気《ほんき》出せた時は……なんだ、その、楽しかったぜ」

自分で言っていて恥《は》ずかしいのか、静雄《しずお》は照れ隠《かく》しの為《ため》に目を明後日《あさって》の方に向けた。

「なんつーか、あいつもその時の俺と同じ感覚だったんじゃねえのかな……。どっちにしろ、あんだけ喧嘩が強い奴《やつ》なら、色んな連中が近づいてくるだろうよ。それこそ、ノミ蟲がまだ街に居たら、確実に声をかけてただろうな」

『それは解《わか》る』

「だからよ、学校の後輩《こうはい》って事もあるが……。俺とあのノミ蟲みたいな道を辿《たど》る奴がいねえに越した事はないと思ってよ。とはいえ、ノミ蟲と同じタイプの奴に利用されるってのも見過ごせねえっつーか……。まあ、人は人なんだから余計《よけい》なお節介《せっかい》なんだけどよ。もしも、なんかあったら、俺みたいになるなってセルティの口から言ってやってくれないか？」

『自分で言えばいいだろう』

セルティはそう言ったが、静雄は眉《まゆ》を顰《ひそ》めながら答える。

「お前や新羅《しんら》やトムさんならともかく、ただの高校生が俺なんかと話してたら、ゴタゴタに巻き込んじまって迷惑《めいわく》かけるだろうがよ」

——いや……だったら首無《くびな》しライダーの私が八尋君と仲良くしてても同じっていうか……。

そもそも、私はゴタゴタに巻き込んでもいいのか？

そう言いたくなったが、彼なりに少年達に気を遣《つか》っているのだろうと考え、セルティは敢《あ》えて突っ込まない事にした。

——しかし、静雄がこんな事を言い出すなんて、本当に丸くなったなあ。

——まあ、臨也《いざや》もどこかに消えたわけだし、とげとげしくなる理由もないか。

セルティは友人の変化を緩やかに歓迎《かんげい》しつつ、そのままベンチから立ち上がる。

『せっかくの休憩《きゆうけい》時間を邪魔《じやま》して悪かったな。私もそろそろ行くよ』

「いいのか？　何かお前も大変そうだけどよ、手伝える事があるなら言えよ？」

『ああ、大丈夫《だいじようぶ》だ』

せっかく丸くなったのに、静雄を巻き込むわけにはいくまい。

友人の将来に気を遣ったセルティは、改めて四木《しき》の足取りを追おうとしたのだが——

「首無しライダーさん！」

と、自分を呼び止める声がした。

静雄《しずお》とセルティがそちらに顔を向けると、そこには一人の少女が立っている。

走って来たのか、息を切らせている少女は、呼吸を整えた後、本当に嬉《うれ》しそうな声でセルティに微笑《ほほえ》みかけた。

「やっと……やっと会えた！」

——あれ？

——この子、確か……。

見覚えのある少女の名前が思い浮かぶよりも先に、静雄が先にその答えを口にする。

「よう、茜《あかね》ちゃんじゃねえか」

——ああ、そうだそうだ。

——茜ちゃんだ。

粟楠《あわくす》茜。

泣く子も黙《だま》る『粟楠会《かい》』の会長、粟楠道元《どうげん》の孫娘《まごむすめ》であり、数年前のとある事件で、セルティや静雄と深く関わった少女だ。

「し、静雄さんも、こんにちは」

あたふたしながら静雄にも頭を下げた後、茜は改めてセルティに言う。

「良かった……戻って来てたんですね！」

『ああ、確かに暫《しばら》く旅行に出かけていたけど……』

「旅行？」

『ああ、秋田《あきた》の花火《はなび》大会《たいかい》とか、沖縄《おきなわ》の慶良間《けらま》諸島《しょとう》とか、北から南まで半年ぐらいね』

件《くだん》の事件以外ではあまり多く交流があったわけではない茜が、どうしてここまで興奮《こうふん》して自分の帰還《きかん》を喜んでくれているのだろう？

セルティはそう思ったが、とりあえず深くは考えずに返事をした。

すると、茜は心底安堵《しんそこあんど》したという顔をして、半分涙目《なみだめ》になりながらセルティを見る。

「良かった……やっぱり、首無《くびな》しライダーさんは犯人じゃなかった」

『あっ、その件か』

「はい……実は、私の先輩《せんぱい》も一人行方不明《ゆくえふめい》になってて……。その人、首無しライダーさんの大ファンだったんです！」

——はい？

心中《しんちゅう》で固まるセルティの代わりに、静雄が眉《まゆ》を顰《ひそ》めながら呟《つぶや》いた。

「セルティの……ファン？」

事情を聞いたセルティは、心中で様々《さまざま》な事が腑《ふ》に落ちる。

——なるほどね。

——昨日《きのう》、八尋《やひろ》君達から『知り合いの中学生の先輩《せんぱい》も消えた』って聞いてたけど……。まさか、その知り合いっていうのが茜《あかね》ちゃんだったなんて。

意外《いがい》な所で自分と繋《つな》がった事を奇妙《きみよう》に思いつつも、これも縁《えん》なのか、あるいは世間《せけん》が思っていたよりも狭いのだろうかとセルティは感慨《かんがい》にひたる。

そして、事態《じたい》はそれどころではないという事を思い出し、茜を心配させまいと胸を叩《たた》く。

『安心してくれ。君の先輩も四木《しき》さんも、ちゃんと私が見つけてみせるから』

ところが、そう言った瞬間《しゆんかん》、茜の顔が不安そうに曇った。

「えっ?」

『え?』

「四木さんもって……どういう事ですか?」

——しまった!

茜はどうやら四木が夕べから失踪《しつそう》しているという事までは知らなかったらしい。

事情を知らない静雄《しずお》もセルティが言ってはいけない事を言ったのは理解できたようで、『なにやってんだ』という呆《あき》れた視線がセルティの胸に刺さる。

『ち、違うよ。今のは打ち間違えなんだ。君の先輩「を」四木さん「と」、ちゃんと私が見つけてみせるからって書くつもりだったんだ』

「嘘《うそ》……ですよね?」

直した後の日本語《にほんご》も不自然なため、誤魔化《ごまか》しが丸わかりだったようだ。

『……すまない。君はもう知ってると思ってたんだ』

その後、『自分も一緒《いっしょ》に犯人を捜す』と言いだした茜をなんとか宥《なだ》めつつ、彼女が知る限りの情報を得る事ができたセルティ。

中でも特に彼女が気になったのは、次の言葉だった。

「辰神先輩《たつがみせんぱい》は……首無《くびな》しライダーさんの事を、神様《かみさま》みたいに言ってました」

『神様って』

「大袈裟《おおげさ》な言い方じゃなくって……。自分の世界を変えてくれる人だって……首無しライダーみたいになれるなら、死んでもいいって……」

『……物騒《ぶっそう》な事を言われたなあ』

——そう言えば、前に私と同じ顔に整形《せいけい》した子もいたなあ。

今はアメリカにいるという少女の事を思い出しつつ、セルティは考える。

——私を探している人間が消えたという話は四木《しき》さんから聞いていたが……。

——ファンと言われるとこそばゆいけど、神様扱いされてたとなると逆に申《もう》し訳《わけ》ないなあ。

——私はそんな、大した存在じゃないのに。

『とにかく、あとの事は私や赤林《あかばやし》さんに任せて、茜ちゃんは危ない事はしないでくれ』

下手《へた》に自分と関わったせいで茜に何かあったら申し訳ないという思いと、もしも彼女に何かあったら粟楠会《あわくすかい》がどう動くかという二重の心配により、セルティは彼女に一人で犯人捜しなどをしないようにと念を押した。

「でも、四木《しき》さんもそう言ってたのに……」

『大丈夫《だいじょうぶ》だって！　私を信じてくれ！　半年も消えてたけど、ちゃんと戻って来たろう？』

無理矢理《むりやり》なこじつけで説得《せっとく》をするセルティだったが、その熱意が通じたのか、茜《あかね》はしぶしぶながらも納得《なっとく》したような顔で頷《うなず》いて見せる。

『安心して待っていてくれ、茜ちゃんの先輩《せんぱい》と四木さんは、絶対に連れ戻すから』

太いフォントで文字を打ち込むセルティに、静雄《しずお》が言った。

「おい、俺《おれ》も手伝うぞ。何かできる事はあるか？」

『私でも手に負えないぐらい荒事《あらごと》になりそうだったら頼むよ。それまでは……トムさんあたりに何か心当たりがないか、聞いておいてくれると助かる』

「おう、すぐに呼べ、仕事サボってでも行くからよ」

静雄が笑いながらそう言うのを聞き、セルティは心強く感じながらその場を後にする。

――まあ、静雄を呼ばなきゃいけないなんて、相手が吸血鬼《きゅうけつき》の集団だったとかそういうレベルの話だしな……。

最初から静雄が暴《あば》れれば、大抵《たいてい》の犯罪者《はんざいしゃ》などあっさりと倒せるだろう。しかし今回は攫《さら》われた人質《ひとじち》達がいるのだ。静雄が暴れたら人質ごと危ないので、彼らを救う事を最優先《さいゆうせん》としなければばならない。

そう考えながら、セルティは公園の入口に停《と》めていた黒バイクに跨《また》がった。

なにより、まだ『人質《ひとじち》』として機能《きのう》すべく、攫《さら》われた人々が生きている事を祈りながら。


と――その瞬間《しゅんかん》。

彼女は、背筋《せすじ》に何か嫌《いや》な物を感じて振り返った。

茜と静雄がこちらを見て手を振っているのが見えたので、セルティはとりあえず振り返しつつ、視線を公園内のあちこちに巡らせる。

――なんだろう。

――何か、視線を感じた気がする。

――いつもの好奇《こうき》の視線とは違うような……。

そこまで考えたセルティは、『もしかしたら白バイかもしれない』という考えに到り、背筋を震わせながらその場を去る事にした。


首無《くびな》しライダーに視線を送っていた当人は、バイクが視界《しかい》から消えるのを見送った後、静かに呟《つぶや》く。

「平和島静雄《へいわじましずお》はいいけれど、あの子は駄目《だめ》よね」

西口公園の傍《そば》に停車していた車の中にいた『彼女』は、目を細めながら静雄と茜《あかね》に視線を向け、言葉を続けた。

「あの子も、消えるの」

そして、誰《だれ》かに対する、恋慕《れんぼ》にも似た果てしない憧憬《しょうけい》を含めた声が吐き出される。

「彼女は深く関わってしまったから、あの人に消されるの」

瞳《ひとみ》の中には、粟楠《あわくす》茜に対する憎《にく》しみと憐《あわ》れみを湛《たた》えながら。

魂《たましい》が抜け落ちた、出来の悪い人形のような笑《え》みを顔面に貼《は》り付けながら。

「それが、彼女の運命《うんめい》よ」

♂♀

夕刻《ゆうこく》　新羅《しんら》のマンション　地下《ちか》駐車場《ちゅうしゃじょう》
「やあ、一日ぶりだねぇ」
情報集めの為《ため》に街中《まちなか》を駆《か》け回り、地下駐車場に戻って来たセルティ・ストゥルルソン。

バイクから降りたばかりの彼女に声をかけたのは、夕べ会ったばかりの青年だった。

――……!?

――ああ、嬰麗貝《エイ・リーベイ》か。

セルティは相手が昨日連絡先《きのうれんらくさき》を交換したばかりの知り合いだと解《わか》ってホッとしたが、次の瞬《しゅん》間《かん》、ある事に気付いて慌《あわ》ててスマートフォンの画面を向ける。

『どうしてここが解った⁉　メアドは教えたが住所までは教えてない筈《はず》だぞ！』

「おっと、それは蛇《じゃ》の道は蛇《じゃ》……って奴《やつ》だよねぇ。安心していいよぉ？　警察とかマスコミにたれ込むつもりはないからさぁ」

無邪気《むじゃき》な微笑《ほほえ》みを向ける麗貝に、セルティは暫《しば》し考えた後、ある事に思い当たった。

『そうか……一時期【屍龍《ドラゴンゾンビ》】は臨也《いざや》と組んでたからな。その時に臨也から聞いたんだな？』

「俺《おれ》は、直接その折原《おりはら》臨也って情報屋《じょうほうや》とは会った事ないけどねぇ。俺が入院してる最中《さなか》、仲間が世話《せわ》になったらしい。ま、礼《れい》をしようにも、生きてるか死んでるか解らないんでしょ？」

『まあな。生きてても死んでても迷惑《めいわく》を掛ける奴だというのが今証明《しょうめい》されたよ』

肩を竦《すく》めながら言うセルティに、麗貝も同じように肩を竦めて笑う。

「英雄《えいゆう》も奸賊《かんぞく》も、最後は他人が作りあげるものさ。あなたもこの半年、生きてるか死んでるかも解らない間に奸賊にされつつあるしねぇ？」

『そんな皮肉《ひにく》を言いに来たわけじゃないんだろう？』

「ああ、話が早くて助かるよぉ。粟楠会《あわくすかい》に何かあったんだろぉ？」

『急になんの話だ？』

かまをかけている可能性を考え、セルティは逆に尋《たず》ね返した。

「今朝《けさ》から『邪《ジャ》ン蛇《ジャ》カ邪《ジャ》ン』の連中《れんちゆう》が五月蠅《うるさ》く騒《さわ》いでてねぇ。俺らも容疑者らしいよぉ？」

『邪《ジャ》ン蛇《ジャ》カ邪《ジャ》ン』というのは、『屍《ドラゴン》龍《ゾンビ》』のライバルチームであり、粟楠会の庇護下《ひごか》にある存在である。

粟楠会のような組織《そしき》の幹部《かんぶ》を攫《さら》うなどという恐ろしい真似《まね》をしでかすのは、それなりの力を持った組織だと考えているのだろう。

しかし、『屍《ドラゴン》龍《ゾンビ》』が敵対《てきたい》チームを通り越して、ケツモチである粟楠会に手を出すとは考え辛《づら》い。そういう意味で、セルティの中では麗貝《リーベイ》はとりあえず容疑者からは外していた。

「俺達も疑われたままじゃ困るからさぁ。本腰入れて協力してあげようと思ってねぇ」

『なんだ、最近活発なカラーギャングでも教えてくれるのか？』

仮に何らかの暴力《ぼうりよく》的な組織が犯人だった場合、四木《しき》を粟楠会の幹部だと知った上で攫ったならば、粟楠会を敵に回せる力があるという事だろう。

バックに別の組が動いていてもおかしくないと考えながら、セルティはそう尋ねた。

しかし、麗貝は軽く首を振って答える。

「その逆さぁ。池袋《いけぶくろ》から、影も形もなくぱったりと消えた人間と……組織がある」

少し考え、セルティは訝《いぶか》しみながら文字を打った。

『……まさか、折原臨也《おりはらいざや》が裏で暗躍《あんやく》してるとでも言うつもりか？』

「いやいや、そうじゃないよぉ。ただねぇ、その可能性も零《ゼロ》じゃないかなぁ。少なからず、折原臨也が関わった組織《そしき》だからねぇ。どっちも」

『……「どっちも」？』

「ああ、そうさ。二つあるんだよねぇ。君も知ってるんじゃないかなぁ？」

もったいぶるような仕草《しぐさ》でクルクルと回った後、駐車場《ちゅうしゃじょう》の柱《はしら》に寄りかかりながら、麗貝は二つの組織名を吐き出した。

「……『アンフィスバエナ』っていう地下賭博《とばく》グループと、『ヘヴンスレイブ』っていう、麻《ま》薬《やく》組織なんだけどねぇ？」

『あ……そいつらは確か……』

セルティにとって記憶《きおく》にある名前だった。

かつて、情報屋《じょうほうや》の折原臨也が潰《つぶ》した組織。

詳細《しょうさい》はだいぶ後に知る事となったのだが、臨也がその組織を二つ同時に潰す際、彼に使いっ走りをさせられた記憶がある。

『そいつらは消えたんじゃない。潰されたんだよ』

「だが、根っこは生き残ってたんだよねぇ」

『そうなのか？』

「あぁ、そうだよぉ？　どっちの組織も、中心人物だった奴《やつ》は綺麗《きれい》に生き残ってる。手綱《たづな》は折原臨也《おりはらいざや》が握ってたらしいけれど、今、臨也が消えちゃったろぉ？　どっちも一時期復活してたんだよねぇ」

のんびりとした口調《くちょう》のままだが、どことなく声の色に険が含まれている感じがした。

恐らく『屍龍《ドラゴンゾンビ》』とは敵対的《てきたいてき》な組織だったのだろうと考えつつ、セルティは話の続きを促《うなが》した。

『それが、最近急に消えたっていうのか？　粟楠会《あわくすかい》に徹底的《てっていてき》に潰されたんじゃないか？』

「だったら、その噂《うわさ》ぐらいは入って来てもおかしくないんだけどさぁ。本当に、煙のように消えちゃったとしか思えないんだよなぁ。……街の裏側の、更《さら》に地下に潜《もぐ》ったみたいにねぇ」

『本当に関係あるのか？』

不気味《ぶきみ》な話には聞こえるものの、本当にその組織が人攫《ひとさら》いに絡んでるとは限らない。

そもそも、潰す際に臨也の使いっ走りになったとは言え、その二つの組織にセルティ個人がそこまで恨《うら》まれるような覚えは無い。

——いや、臨也が消えたんだから、仲間だと思われてる私が恨まれても仕方は無いか。

——しかし、それだけで人攫いの真犯人と断定するには弱いな。

『何か、もっと根拠《こんきょ》があるんじゃないか？』

「鋭いねぇ。隠《かく》し事もできやしない」

ふざけた調子で肩を竦《すく》めた後、不意《ふい》に笑いを消し、麗貝《リーベイ》は真剣な表情で話の続きを口にした。

「半年ぐらい前、うちのチームに接触《せっしょく》があった。金に糸目《いとめ》は付けないから、仕事をして欲しいってねぇ。怪《あや》しい話だったし、粟楠会《あわくすかい》を無駄《むだ》に敵に回しそうだったから断ったけど……その時にそいつ言ってたんだよ」

一旦《いったん》言葉を止め、セルティの顔を見ながら言った。

「……『首無《くびな》しライダーをどこまで信じてる？』ってねぇ」

『？　どういう意味だ？』

「言葉通りの意味さ。あなたが本当に、人間の理《ことわり》から外れた異形《いぎょう》の存在だと信じるか……って、聞いてたのさ。妙《みょう》にしつこくね。興奮《こうふん》すらしてた気がする」

『誰《だれ》なんだ、その【そいつ】とやらは』

答えを促《うなが》すセルティに、麗貝はその人物の名を口にする。

「よんじゅうまん、って書いて四十万《しじま》……って読む奴《やつ》なんだけど、知ってる？」

『……聞いた事ないな』

そう答えた後に、ハっと思い当たる事があったのか、慌《あわ》てて文字を打ち直す。

『いや、待て。シジマ……そうか、アイツか』

セルティの記憶《きおく》に蘇《よみがえ》るのは、一年半前に町中《まちなか》を『観察』した時に見かけた、那須島《なすじま》という男に付き従っていた青年だ。

ただ怯《おび》えているだけの青年に見えたが、珍《めずら》しい名字《みようじ》だったので妙《みよう》に印象《いんしよう》に残っている。

「俺《おれ》が断ってから少し経《た》って、あいつは街から消えた。なんか、余所《よそ》でもだいぶあんたについて話を聞いて回ってたらしいからねぇ」

麗貝《リーベイ》はそこで再び顔に笑《え》みを貼《は》り付け、楽しげに言葉を紡《つむ》ぐ。

「誰かが噂《うわさ》してたよ。『首無しライダーに消されたんじゃないか』ってねぇ」

『……まさか』

「そ、『首無しライダーに攫《さら》われた』って噂された失踪者《しつそうしや》の第一号ってわけさ。もっとも、殆《ほとん》ど俺らの間でしか言われてないけどねぇ。とにもかくにも、それから少し経ってから、首無しライダーについて探ってた連中の失踪が始まったってわけさ。最初は一人。一ヶ月して二人。三ヶ月で五人、半年で十五人……っていうペースでねぇ」

『なるほど……当たってみる価値《かち》はありそうだな』

有力な情報を手に入れた事に手応《てごた》えを感じたセルティは、突然の訪問者に対して素直に礼《れい》の言葉を綴《つづ》る。

『ありがとう。突破口《とつぱこう》になるかもしれない。私からみんなにも伝えておくよ』

「みんなって、三頭池八尋《みずちやひろ》君とか？」

『ああ……まあ、一応何か解《わか》ったら教える約束だからな』

「彼は巻き込まない方がいいんじゃないかなぁ」

珍《めず》しく歯切れの悪い事を言う麗貝に、セルティが更《さら》に文字を打った。

『そりゃ、まあ、子供を巻き込まない方がいいとは思うが、手がかりが見つかったという事で少しでも安心させた方がいいと思う。具体的な名前を出さなければ、勝手《かって》に動くような真似《まね》はしないだろう？』

「そっかー。いや、そういうんじゃなくて、ここで巻き込むと、彼、多分君に懐《なつ》いちゃうんじゃないかなぁと思ってねぇ」

『懐くって……』

「彼の事は『屍龍《うち》』でも狙《ねら》ってるんだよねぇ。先代あたりから台湾《たいわん》の人だけじゃなくて、日本《にほん》人《じん》も普通にチームに入れられるようになったしさぁ」

ニヘラと笑う女性的な青年の言葉がどこまで本気《ほんき》なのか解《わか》らず、セルティは昼間の静雄《しずお》の言葉を思い出しながら問いかける。

『やっぱり、彼は色々なチームから注目《ちゅうもく》されてるのか？』

「そりゃあね。あなたが戻ってくるのと並んで、ここ数日の池袋界隈《いけぶくろかいわい》の話題の的《まと》さぁ。まぁ、まだ八尋《やひろ》君の名前とかに辿《たど》り着いてるチームは少ないだろうけどねぇ」

『喧嘩《けんか》が強いのは解るが……お前個人は、どう評価《ひょうか》してるんだ？』

セルティの質問に対し、麗貝は嬉《うれ》しそうに笑いつつ、目を僅《わず》かに伏せながら答えた。

「あれはねぇ、正真正銘化け物《しょうしんしょうめいばけもの》だよぉ。久々に震えが来た」

『化け物、か』

自嘲気味《じちょうぎみ》に肩を竦《すく》めるセルティ。

その意図《いと》を理解した上で、麗貝《リーベイ》は尚《なお》も続ける。

「あなたは身体《からだ》が化け物かもしれない。でも心は人間より人間らしい。だから、こうして仲良く会話できる。でもねぇ、あの子は、君なんかより余程《よほど》人間離れしてるかもしれないよぉ？」

夕べの喧嘩の時の事を思い出したのか、麗貝は背に汗《あせ》を滲《にじ》ませながら強がるように笑う。

「怯《おび》えてるせいで攻撃的《こうげきてき》になる、っていうのは普通の反応なんだけどさぁ……。彼の場合、その反動にまったくと言って良いほど躊躇《ためら》いが無い。恐怖《きょうふ》の感情を、そのまま怒りとか殺意《さつい》みたいに四肢《しし》に乗せて振り回せるんだ。漫画《まんが》とかで良くあるでしょ？　命の危機《きき》になった瞬間《しゅんかん》、力が覚醒《かくせい》して敵を吹き飛ばす……みたいな展開」

『まあ、解る』

「彼は、ほんの些細《ささい》な怯えからでも、脳味噌《のうみそ》のリミッターを外せるのかもねぇ」

そして麗貝は、冗談《じょうだん》めかした調子で、少し物騒《ぶっそう》な事を口にする。

「俺《おれ》だって、平和島静雄《へいわじましずお》や首無《くびな》しライダーを見てなかったら、手を組むなんてとんでもない。真《ま》っ先《さき》に排除《はいじょ》しなきゃ……って思ってたかもしれないよぉ？」

『軽々しくそういう事を言うもんじゃない』

「おっと、ごめんごめん。まあ、実際、彼、あなたや静雄さんと会って、安心したんじゃないかなぁ？　気付いてた？　夕べ、彼、君を警戒《けいかい》してたけど、その割に結構嬉《けっこううれ》しそうだったよ？」

「静雄もあなたも居なかった前の土地じゃ、彼はさぞ大変だったろうねぇ」

♂♀

池袋某所《いけぶくろぼうしょ》　姫香《ひめか》の自宅前

自宅の扉《とびら》を開こうとした瞬間《しゅんかん》、姫香は扉が開かない事に気が付いた。
鍵《かぎ》が掛けられているのは普通かもしれないが、姫香は合い鍵を持っていない。
正確に言うならば、姫香は合い鍵を持つ事を許されていない。
家の電気はついているのだが、チャイムを押しても反応はなかった。
——まただ。
——最近、間隔《かんかく》が短い。
と、彼女は顔色一つ変えずに心中《しんちゅう》で呟《つぶや》いた。

母は、恐らく中で『あの状態』になっている事だろう。

姫香が幼少《ようしょう》の頃《ころ》から続いている、母の発作《ほっさ》のようなものだ。

心の病《やまい》なのか、あるいは演技《えんぎ》を続けているのか、何かの儀式《ぎしき》のような物なのかは解《わか》らない。

なんの前触れもなく、周囲の全てをシャットダウンして、壁に向かってひたすら話し続ける。

壁に浮かぶ自分の影の中に、自分の世界が閉じ込められているかのように——自分への言葉も姉への言葉も妹への言葉も父への言葉も、近所《きんじょ》の誰《だれ》かに対する言葉でさえ、ずっと自分の影に向かって語りかけるのだ。

その間は、こちらからの言葉には殆《ほとん》ど反応しない。

反応したとしても、それに対する答えはやはり自分の影に向かって語られる。

影の中に一体どんな幸せな夢を見ているのだろうかとも思ったが、その孤独《こどく》な『会話』を聞いていると、さほど幸福そうには思えなかった。

自分の頭をゆっくりとすり下ろすように、額《ひたい》を壁に押しつけながら誰かと会話している母の姿《すがた》を思い出し、姫香はやはり表情を変えぬまま鞄《かばん》を開く。

今日《きょう》使うのが二度目となる、ヘアピンなどを弄《いじ》って作った特殊《とくしゅ》な金具《かなぐ》。

鍵屋が使う解錠《かいじょう》道具のようにも思えるが、本物とはだいぶ違う。

そもそも本物の解錠器具《ピッキングツール》を、彼女が持てるわけがないのだから。

ピッキングは、一般人《いっぱんじん》は専用の道具を持つ事すら許可されていない。

専門の資格を持った鍵屋《かぎや》などの人間以外に道具を売ると、その時点で犯罪が成立する。

彼女の歳《とし》では鍵師《かぎし》の資格を持つ事もできないため、非合法《ひごうほう》な行動と言えたのだが――

鍵屋の業務と並ぶ『正当な理由』がある場合には例外となる。

果たして『定期的に閉め出される自分の家の鍵を開ける為《ため》』というものが正当な理由として認められるかどうかは解《わか》らないが、姫香《ひめか》にとっては、もはや同じ事だった。

今日《きょう》、初めて他人の家の鍵を解錠《かいじょう》してしまったのだから。

過去に自分の家の鍵以外に道具と技術を使った事は、今日も含めて二度しかない。

一回は、中学の時、クラスメイトのいじめによって学校の倉庫《そうこ》に閉じ込められていたクラスメイトを助ける為だったが――それを犯罪だと言うのならば、それはそれで構わないと姫香は考えていた。

今日の事も、中に犯人がいるかもしれないと思ったから、久音《くおん》の事を心配して開けたまでだが、そんな事は言《い》い訳《わけ》にはならないだろう。

あの後、久音の姉である望美《のぞみ》に誤魔化《ごまか》しの言葉を顔色一つ変えずに言った自分が、泥棒《どろぼう》と何が違うと言うのだ？

姫香はそんな事を考え、自分は確かに泥棒と同じなのだろうと考えた。

いや、罪悪感《ざいあくかん》がまったく湧《わ》かなかった事を考えれば、泥棒よりも性質《たち》が悪いかもしれない。

そう考えていた姫香は、自分の家の鍵に器具《きぐ》を差し込みながら、夕刻《ゆうこく》の事を思い出す。

久音《くおん》の姉と様々《さまざま》な話をした後の帰り道。

鍵を開ける所を見ていた八尋《やひろ》には、当然引かれ、嫌《きら》われたものだろうと考えていた。

自業自得《じごうじとく》なのだからそれも構わないし、窃盗《せっとう》の常習犯《じょうしゅうはん》と疑われたり、あるいは噂《うわさ》が立ったりしても仕方がないと。

しかし、八尋は引くどころか、エレベーターの中で簡単にその話を切り出した。

「さっきは鍵を簡単に開けちゃうからビックリしたよ。あれって、誰《だれ》に教えて貰《もら》ったの？」

「小学校の時、近所《きんじょ》に住んでる3つ上の先輩《せんぱい》に教えて貰った」

姫香《ひめか》は少し驚いたが、特に隠《かく》し立てする事もないだろうと、あっさりと答える。

「その人がどうしてそんな技術を持ってたのかは知らないけど、よく家から閉め出されてる私を見て、鍵の開け方を教えてくれたの」

「閉め出されてた？」

「うちの家庭の事情。私達姉妹は、合い鍵とか持たせて貰えなかったし、その割にいつも鍵が開いてるわけじゃなかったから」

「へえ、大変だったんだね」

八尋は、『自分の家は年中《ねんじゅう》無休の温泉宿《おんせんやど》だったから、人の出入りが激しいし、いつも誰かがいるのが普通でさ、鍵《かぎ》とかあんまり意識《いしき》した事なかった』と語っていたので、こちらの奇妙《きみょう》な家庭環境《かんきょう》について『都会《とかい》にはそういう事情があるのだ』と思って納得《なっとく》したのかもしれない。

姫香はそう受け取って流していると、八尋は改めて姫香に礼《れい》を言った。

「今日《きょう》は、ありがとう」

「え？」

「辰神《たつがみ》さんがいなかったら、久音君のお姉《ねえ》さんにも会えなかった」

「……」

それも受け流そうと思ったが、姫香は小さく溜息《ためいき》を吐き、八尋を評する一言《ひとこと》を告げる。

「やっぱり、三頭池《みずち》君は少し変わってるよ」

「そう？」

「普通はさ、私がああいう事したら、泥棒《どろぼう》なんじゃないかって思う所だよ？」

すると八尋は、あっさりと言う。

「ああ、うん、さっき驚いたのは、泥棒みたいだと思ったからだしね」

まるで『自分は普通だよ？』と念を押すように、自信を持って答える八尋。

「だったら、私の事を軽蔑《けいべつ》したんじゃない？」

「泥棒してるの？」

「してないよ」

「じゃあ、嫌《きら》いになる理由なんてないさ」

久音《くおん》が居たら『なんだその淡々《たんたん》とした会話は！』と言われそうな流れの中、八尋《やひろ》は過去を懐《なつ》かしむように続けた。

「そうそう、俺《おれ》の知ってる泥棒は、鍵はハンマーで殴《なぐ》って開けてたよ。俺が見かけて声をかけたら、そのハンマーでこっちを殴ってこようとしてさ。あの時は、さっきよりもっとずっと驚いたよ？」


「あれ、笑う所だったのかな……」

彼の言葉が本気《ほんき》なのか冗談《じょうだん》なのか解《わか》らなかったが、必死に空気を盛り上げようとしているのは伝わってきた。

だとすればいつも通りの無表情で申《もう》し訳《わけ》ない事をしたと思いつつ、姫香は扉《とびら》が開かれた事を確認《かくにん》する。

「ただいま」

扉を開けたら人影《ひとかげ》があったので、母だろうと思って反射的に声をあげた。

だが――

「……？　……っ！」

開けた扉《とびら》の中に居たのが、母親ではない事に気付く。

そして、彼女は自分の背後、ドアの外にも複数の気配《けはい》がある事に気付き——

何か声を出す前に、背後から全身を押さえ付けられた。

♂♀

「おっ……おいおいオイオイ！　っんだありゃ、どうなってんだよ一体！」

姫香《ひめか》の家から離れた家の敷地内《しきちない》。

その庭にこっそり入り込んで姫香の様子《ようす》を探っていた複数の人影《ひとかげ》が、視線の先で起きている光景《こうけい》に思わず声を上げた。

突然複数の男達が姫香の家の玄関《げんかん》に殺到《さっとう》したかと思うと、数人がかりで彼女を押さえ込み、入口側に止めていたバンに連れ込もうとしているではないか。

「ど、どうします？　法螺田《ほらだ》さん」

「どうもこうも……ええー？　なんだこりゃぁ!?」

やはり事態《じたい》が把握《はあく》できず、法螺田は完全に混乱する。

『静雄《しずお》と渡り合える高校生』を仲間に引き込むべく、法螺田《ほらだ》達も独自《どくじ》にその少年について後輩《こうはい》達に調べさせていた。

少年の名は三頭池八尋《みずちやひろ》であり、秋田《あきた》出身であるという事。そして、入学初日から緑色《みどりいろ》の髪《かみ》をした少年、琴南久音《ことなみくおん》と行動を共にし、辰神姫香《たつがみひめか》という生徒とも仲が良いという事などを知った法螺田は、とりあえず彼女から落とすという作戦《さくせん》を実行しようと後をつけたのである。

「もしかして、俺《おれ》らと同じ考えの奴《やつ》が、てっとり早く女を攫《さら》おうとしてんのか？」

性根《しょうね》が小悪党《こあくとう》である法螺田の頭に、一瞬《いっしゅん》『彼女を人質《ひとじち》にして八尋に言う事を聞かせる』という考えが浮かんだのは確かだ。

だが、長い付き合いになる事を考えると、そんな刹那的《せつなてき》な手段よりも普通に恩《おん》を売って身内に引き込んだ方が良いと考え直したのである。

尾行《びこう》の末に姫香の家が判明《はんめい》し、今後についてどうするかと言っていた所で、にわかにその事件が起こったのだ。

「どうします、助けますか？」

「い、いや、あいつらなんかガタイ良いしな……」

「前に、黄巾賊《こうきんぞく》のリーダーの女を攫った事があるって言ってたじゃないっすか」

「攫うのと助けるのじゃ全然別だろ！」

まったく自慢《じまん》にならない正論を吐きつつ、法螺田は混乱した頭で必死に考える。

「畜生《ちくしょう》、どうする？　もしもあいつらが粟楠会《あわくすかい》とかだったら手を出すわけにもいかねぇし……」

「偶然《ぐうぜん》通りかかった事にして、警察に通報するってのはどうですか？」

「警察か……。関わりたくねぇなぁ」

法螺田の頭に自分を逮捕《たいほ》した白バイ警官の顔が過《よ》ぎり、一瞬《いっしゅん》にして全身から血の気が引いた。

「あああ、くそ、考えろ考えろ？　頑張《がんば》れ俺《おれ》！」

そして彼は、苦し紛《まぎ》れに結論を先延《さきの》ばしにする手を選ぶ。

「お前、バイクすぐに出してあの車をつけろ」

姫香を尾行《びこう》させていた後輩《こうはい》の一人がバイクでここまで来ていた事を思い出し、裏の路地《ろじ》に停《と》めてあるバイクへと向かわせようとする。

「え⁉　く、車のあとつけるなんてやったことないっすよ⁉」

「人の後をつけられるなら車だってできんだろ！　いいからやるんだよ！」

「は、はい！」

慌《あわ》ててバイクへと駆《か》けていく後輩を見送りながら、法螺田は先の事を考える。

――うん。あれだな。尾行した先にいる連中《れんちゅう》が弱そうな奴《やつ》らだったら、勢いで潰《つぶ》して俺が助けたって事にして恩《おん》を売ろう。

――もしも粟楠会《あわくすかい》とかだったら……。まあ、見なかった事にすりゃいいか。

あっさりとそう割り切った彼の視線の先で、姫香の家の扉《とびら》から出てくる影があった。

「あぁ？」

男達に指示《しじ》を出しながらワゴンへと向かうその人影《ひとかげ》を見て、法螺田《ほらだ》は思わず眉《まゆ》を顰《ひそ》める。

「女……？」

間章　ネットの噂⑤

池袋《いけぶくろ》情報サイト『いけニュ～！　バージョンI・KEBU・KUR・O』

新着《しんちゃく》記事『【悲報《ひほう》】首無《くびな》しライダーと仲良しになった緑色《みどりいろ》の少年が失踪《しっそう》！』

呟《つぶや》きサイト『ツイッティア』より引用《いんよう》。

・今朝《けさ》の『いけニュ～！』で紹介《しょうかい》されてた●●●●の奴《やつ》、今連絡《れんらく》取れないんだけど。
　→マジで？
　→失踪したっぽい。家に連絡しても誰《だれ》もでないってさ。
　　→失踪？
　　→首無しライダーの秘密《ひみつ》を知ったから？

『いけニュ〜！』管理人コメント

「消えてしまったなりよ。

この呟《つぶや》きをしてるのは『ブルースクウェア』のメンバーっぽいなりね。
あの緑色《みどりいろ》の髪《かみ》の少年は、緑なのにブルーの一員だったなりか。

【この少年も堂々《どうどう》と個人情報聞きまくって写真まであげてるけど、攫《さら》われてないなりよ。

これでこの少年が失踪《しっそう》しなかったら首無《くびな》しライダーが人攫《ひとさら》いだっていう都市《とし》伝説《でんせつ》は所詮《しょせん》デマに過ぎなかっって事なりよ

→こんなこと今朝《けさ》の記事で書いたけど、まだ失踪って確定したわけじゃないなりよ。
コメントは差し控えるなりよ。

前の記事のコメント欄《らん》に、うちの記事のせいで失踪したとかいうコメントを書いてる人がいるなりけど、そんなことはないなりよ。
誰《だれ》かのせいにする暇《ひま》があったら、少年の無事《ぶじ》を祈るのが正しい池袋人《いけぶくろじん》のありかたなり」

管理人『リラ・テイルトゥース・在野《ざいや》』

♂♀

呟きサイト『ツイッティア』より、一般人《いっぱんじん》の呟きを一部抜粋《ばっすい》。

・うーん。いけニューの管理人、ぶん殴《なぐ》りたい。

・人が行方不明《ゆくえふめい》になってるのに【悲報《ひほう》】ってなんだよ。ふざけてんのかリラ公《こう》。
→あそこの管理人には言っても無駄《むだ》。そういう炎上案件《えんじょうあんけん》も含めてアクセス稼《かせ》ぎだから。
→人が死んだ時の記事も語尾《ごび》でなりなり言ってるアホに何を今更《いまさら》。
→漫画《まんが》の違法《いほう》UP画像《がぞう》とかも平気《へいき》でトップ絵とかに貼《は》りまくってるよね。
→マジで訴えられて潰《つぶ》れないかなー。いけニュー。

・これ結局首無しライダーが攫ったんじゃないの？
→攫う理由はなんでしょうね？
→鈴《すず》カステラが好物《こうぶつ》だってバラされたから……？
→なんでだよ、鈴カステラ美味《おい》しいだろ。

→っていうかこれ、本当に首無《くびな》しライダーが犯人だったらどうなるの？
→いけニューは首無しライダーが安全だってデマを広めた戦犯《せんぱん》になる。
→デマだったって事がデマだったって事ですね。
→いけニューの謝罪《しやざい》まだ？
→そういうコメント書き込みにいくなよ？　アクセス数増えて喜ぶだけだから。

・ていうか、昼間、普通に首無しライダー見ましたよ。
→池袋《いけぶくろ》ですか？
→西口公園で、平和島静雄《へいわじましずお》さんと話してました。
→あ、それは間違いなく本物ですね。
→私も見ました。中学生ぐらいの女の子とも一緒《いっしょ》でしたよね。
→女の子も新たな都市伝説《としでんせつ》の可能性が……。

・最近、『屍龍《ドラゴンゾンビ》』の連中《れんちゆう》が五月蝿《うるさ》いよね。
→病弱で入院していたリーダーが戻って来たらしいっすよ。
→病弱て。
→いや、マジで身体《からだ》弱かったんだけど、手術《しゆじゆつ》が成功して良くなったらしいっす。

→法螺田《ほらだ》の奴《やつ》も戻ってきたでしょ。

→法螺田って誰《だれ》だっけ？

→法螺田、この前静雄にシメられてたよ。

→ねえねえ、法螺田って誰だっけ？

→ほら、泉井《いずみい》さんの腰巾着《こしぎんちゃく》だった奴。

→あぁ、比賀《ひが》さんの先輩《せんぱい》ね！　いたね、そんな奴！

→手前《てめえ》ら誰だ？　名前調べてシメんぞコラ。

→誰ですか突然？　恐いのでブロックしますね。

・最近、うちの近所の山の別荘地《べっそうち》にたくさん車が出入りしてるんですよね。

→春だから、遠くから花見客《はなみきやく》とか来てるんじゃないですか？

→かもしれませんね。恐《こわ》そうな人もいるけど、家族連れとか、学生っぽい子も多いですし。

→もう学校始まってるのに？

→あれ、そういえばそうだな……。

七章

七章Ａ　後継者①

夜　八尋《やひろ》のアパート

三頭池《みずち》八尋が戻ったとき、大家《おおや》の弟である渡草三郎《とぐささぶろう》が、いつもと同じように車の手入れをしていた。

「よう、遅かったな」

「すいません」

「謝るこっちゃねぇだろ。別に門限があるわけでもないんだしよ」

笑いながら言う渡草に、八尋は改めて頭を下げる。

そして、渡草に対して、少し迷った後に問いかけた。

「三郎さんは、首無《くびな》しライダーを知ってますか？」

「え？　おう、まあ、そこそこにはな」

「どんな人ですか？」

「どんな人って……。いや『人』っていうか。まあ、それはいいか」

少し迷った挙《あ》げ句《く》、三郎《さぶろう》は言葉を選びながら答える。

「まあ、お人好《ひとよ》しじゃねえかなぁ」

「お人好し？」

「無免許無灯火《むめんきょむとうか》ノーナンバー、交通違反《いはん》の塊《かたまり》みてえな奴《やつ》なのに、人には人一倍《ひといちばい》優しい奴だよ。目の前で困ってる奴がいたら、つい助けちまうような奴かな」

三郎は車を磨《みが》きながら、少し上機嫌《じょうきげん》で語り続けた。

「俺《おれ》も、最初は車に乗る身として迷惑《めいわく》な奴だって思ってた……っつーか、まあ、今でも道路で突然横とか走ったら迷惑だとは思うが、事情を知っちまうとなぁ」

「事情？」

「あ……いや、まあ、色々あるのさ」

何かを誤魔化《ごまか》すように、渡草は慌《あわ》てて話を進める。

「ま、この町には、あの首無《くびな》しライダーをおっかながってる奴も多いし、あいつに痛い目にあったチンピラ連中《れんちゅう》もいるけどよ。同じぐらい、アイツに助けられて感謝してる奴らもいるってこった」

「感謝……」

「お前も会えば解《わか》るさ」

しみじみと言う三郎に、八尋《やひろ》があっさりと答える。

「あ、いえ、昨日《きのう》会いました」

「会ったのかよ！」

「メールアドレス、教えて貰《もら》いました」

「めっちゃフレンドリーじゃねぇか！」

ギュギュ、とから拭《ぶ》きを強く押しつける形でよろめき、三郎は驚いた顔で八尋を見た。

「つつーか、お前、どういう高校生活してんだ……？　平和島《へいわじま》静雄《しずお》にぶん殴《なぐ》られて、セルティの奴と仲良くなるなんてよ……」

「あ、セルティさんの名前も御存知《ごぞんじ》なんですね」

「ああ、まあな。向こうにも渡草《とぐさ》三郎って名前出せば通じると思うぜ」

渡草はそこではたと気付き、八尋に一つ提案《ていあん》をする。

「そうだ。セルティと知り合いになったんなら、あれだよ。あいつ、静雄と仲いいからよ。仲を取り持って貰えよ」

「あ、そうなんですか？」

「おお、まあ、俺の知り合いの間じゃ、静雄と一番まともに話せる奴だと思うぜ。真剣に頼めば、親身《しんみ》になってくれる奴だぜ。セルティは」

「そうですね……相談してみます。ありがとうございます！」

素直に頭を下げる八尋《やひろ》に、渡草《とぐさ》は年長者《ねんちょうしゃ》としての言葉を口にした。

「まあ、町にもネットにも色んな噂《うわさ》が転がってるもんだけどよ。結局は、自分の目で見て判断《はんだん》するしかねえさ。それで失敗した時は失敗した時だ」

「はい」

「お前だってそうだぞ？　友達は大事《だいじ》にした方がいいぜ。噂に流されてお前を色眼鏡《いろめがね》で見る奴《やつ》もいるだろうが、お前の面《つら》を実際に見て判断する奴だってちゃんといるさ」

その言葉には思う所があったのか、八尋は暫《しばら》く考え込んだ後、一際《ひときわ》深く頭を下げた。

「……ありがとうございます」

八尋は僅《わず》かに微笑《ほほえ》みを浮かべ、三郎《さぶろう》に対して問いかける。

「三郎さんは、素敵《すてき》な友達が多いんでしょうね」

「はは、喧嘩《けんか》ばっかしてたからな。多いってほどじゃねえよ」

照れ隠《かく》しの苦笑《くしょう》を浮かべつつ、三郎は車体を磨《みが》く布を手早く動かした。

「まあ、色々いるさ。正義の番長《ばんちょう》みたいに頼りになる古風《こふう》な奴とか、胡散臭《うさんくさ》さの塊《かたまり》みてえなダフ屋のおっさんとか……。あとは……」

そこで、声のトーンが僅かに落ちる。

彼の目が、車体後部の窓に勝手《かって》に貼《は》られたアニメのステッカーを発見したからだ。

そして、犯人であろう男女の顔を思い出しつつ、暗い声を絞《しぼ》り出す。

「まあ……友達は大事にしろ。ただ、その分だけ友達は最初にちゃんと選んだ方がいいぜ、な？」

♂♀

八尋の部屋

自室に戻った八尋は、部屋の床に転がりながら、先ほどの三郎の言葉を思い出す。

――自分の目で判断するしかない、か。

自分は、姫香《ひめか》や久音《くおん》、そして首無《くびな》しライダーの目にはどう映っているのだろうか。

そんな事をふと考える。

中学までは、噂で自分の事を知った人間達が多く襲《おそ》いかかって来た。

返《う》り討ちにした後は、そんな自分を見て『化《ば》け物《もの》』と怖《おそ》れ、怯《おび》えた目を向けてきた。

噂を聞いて『倒してやる』と判断した人間が、倒された後に自分を見て怯えていたわけだが、
自分の噂と現実には、どのぐらい差があったのだろう。

首無しライダーは、自分が噂を聞いて想像《そうぞう》していたよりもはるかに人間らしい存在だった。

平和島静雄《へいわじましずお》は、予想していたよりも遥かに強く、そして、やはり想像していたよりも人間ら

しい存在だったと思える。

静雄《しずお》が怒ったのは、自分達が首無《くびな》しライダーを人攫《ひとさら》いだ見世物《みせもの》だと貶《おとし》めたからだ。友人をバカにされて、あそこまで本気《ほんき》で怒るというのは、八尋《やひろ》にとってはとても崇高《すうこう》な事に感じられる。

何しろ、八尋には友人がおらず、漫画《まんが》や映画の中でしか見た事のない存在だったのだから。

──俺《おれ》は、どうなんだろう。

──もしも久音《くおん》君や辰神《たつがみ》さんが誰《だれ》かにバカにされてたら……。あそこまで怒る事ができるんだろうか。

──会ってまだ数日だから、無理《むり》かもしれない。

──でも、時間なんて関係あるのかな?

──あるんだとしたら……俺はこの先、あの二人と……いや、もっと多くの人と、友達になれるのかな。

──平和島《へいわじま》静雄さんと、首無しライダー……セルティさんみたいな親友同士に。

セルティと静雄が直接仲良くしている場面を見たわけではないが、八尋には今の所それを疑う理由は無かった。

本物の『化け物《ばけもの》』だと思っていた二人。いや、想像《そうぞう》以上の『怪物《かいぶつ》』だった二人が、自分などよりも遥かに人間らしく感じられる。

噂《うわさ》も真実であったのかもしれない。だが、決してそれだけの存在ではなかった。

――町やネットに転がる情報、か。

――確かに、情報って怖《こわ》いなあ。

三郎《さぶろう》の言葉をきっかけに、八尋は夕刻《ゆうこく》の事を思い出す。

琴南望美《ことなみのぞみ》によって語られた、久音という人間についての話を。

♂♀

数時間前　琴南久音の部屋

『折原臨也《おりはらいざや》さん、って知ってる？』

部屋に籠《こ》もった望美が、電話越しにとある男の名前を出した。

「……いえ、知らない人です」

答えながら八尋が視線を向けると、姫香《ひめか》も知らないと首を振る。

『そっか、そうだよね。知らないのも無理はないか。まあ、池袋《いけぶくろ》じゃそこそこ有名な情報屋《じょうほうや》さんでさ。とにかく凄《すご》い人だったよ、うん』

「はあ」

突然『情報屋《じょうほうや》』などという単語《たんご》を聞いて戸惑《とまど》ったが、どうも名前には聞き覚えがあるような気もしていた。

——なんだろう。最近聞いたような……。

——あ。

——昨日《きのう》、嬰《エイ》さんが首無《くびな》しライダーさんと話してる時に、そんな名前が出てたような……。

しかし本当に『オリハライザヤ』という名前だったかどうかは確信が持てず、やはり知らない人間として大人《おとな》しく話を聞く事にする。

一体その情報屋が久音《くおん》とどう繋《つな》がるのかと思って首を傾《かし》げていた八尋《やひろ》と姫香《ひめか》だったが——

『私はね、その折原臨也《おりはらいざや》さんの奴隷《どれい》だったんだ』

「はあ……。……え？」

八尋は一瞬《いっしゅん》流しかけ、単語の意味を呑《の》み込むと同時に疑念の声を上げた。

『今から思うと奴隷って言えるけど、当時は全然辛《ぜんぜんつら》いと思ってなかったから、「狂信者《きょうしんしゃ》」って感じだったかもね』

「狂信者……ですか？」

『私と久音はね。小さい頃《ころ》から父《とう》さんと母《かあ》さんがいなくてさー。引き取られてた家で相当なイジメに遭《あ》ってたの。半年ぐらい学校の給食《きゅうしょく》以外の御飯《ごはん》を食べさせて貰《もら》えなかったり、服を雑《ぞう》巾《きん》代わりされて、そのままその服を着せられたりなんて可愛《かわい》い方でさ。姉弟揃《きょうだいそろ》って裸《はだか》にされたり、ここでは言えないような事も散々やられてたよ。まあ、良くある話だけどね』

「……」

凄惨《せいさん》な話をあっけらかんと語る望美《のぞみ》に、八尋は言葉を失ってしまう。

そんな彼の空気を電話越しに察しているのかいないのか、望美はなおもハイテンションで語り続けた。

『それでね、どこから噂《うわさ》を聞いたのか知らないけど、臨也さんが助けてくれたの』

「助けてくれた？」

『うん、そう。学校の帰りにさ、私に声を掛けてきたの』

ざっくりとした説明のようだったが、次の瞬間《しゅんかん》、結果だけを効率的《こうりつてき》に突きつける。

『臨也さんがね、私達の家を滅茶苦茶《めちゃくちゃ》にしてくれたの。私達を虐《いじ》めてた人達は、みんな自殺するか逮捕《たいほ》されるか、誰《だれ》かに攫《さら》われてどこかに消えちゃった』

「……」

『残された私達に、臨也さんは生き方を教えてくれた。久音には直接会ったことがないけど、私、毎日毎日久音に教えて上げてたの。臨也さんがどんなに凄《すご》い人かって。臨也さんがどんなに素敵な人かって。臨也さんのお陰で私達は生きてるんだって。私は臨也さんの為《ため》なら何でもするって！　私は臨也さんの為なら命だって惜《お》しくないって！』

一体どこに面白い要素があるというのか、興奮《こうふん》したように笑いながら語り続ける望美《のぞみ》の声を聞き、八尋《やひろ》も姫香《ひめか》も黙《だま》って話を受け入れる事しかできなかった。

『アハハ！　もう解《わか》るよねぇ！　久音《くおん》ったら、会ったこともない臨也《いざや》さんに嫉妬《しっと》しちゃってさ、私みたいな駄目《だめ》な姉貴《あねき》の事なんかを心配しちゃってさ！　私に彼氏《かれし》ができた時なんか、もう臨也さんを殺してやるなんて言って大変だったんだよー？』

「？　彼氏って……臨也さん？」

『違う違う！　私なんかが臨也さんの彼女になれる筈《はず》ないじゃん！』

あっさりと否定し、望美は少しばかり複雑な事情を説明する。

『んーとね、黄巾賊《こうきんぞく》っていうカラーギャングの人達がいたんだけどさ。4年ぐらい前にね、そのカラーギャングの幹部《かんぶ》の人達に声をかけて、仲良くなって、そのまま恋人になったの』

そして、次の言葉を聞いて、八尋と姫香は同時に眉《まゆ》を顰《ひそ》める事となった。

『臨也さんが、そうしろって言ったから』

「……え？」

『沙樹《さき》ちゃんって子はリーダーの子の彼女になれたんだけど、私はサブリーダーの谷田部《やたべ》って子の彼女になったの。まあ、臨也さんが「君は自由にしていい」って言ってたから、適当に付き合ってたらすぐにフラれちゃったんだけどね』

「本当に、その折原《おりはら》臨也っていう人に『あいつと付き合え』って言われたから付き合ったの？」

姫香の問いに、望美は考える間も無く答える。

『そうだよー？　それが当然だったんだもん。あの時はね』

──『あの時は』？

──過去形だ。

八尋がそう考えていると、彼女が再び笑った。

『そんなこと続けてたらさー、久音がどうなるか、解るでしょ？　私なんかの事を唯一《ゆいいつ》の家族だって思ってくれて、大事《だいじ》にしてくれた久音がさ。「どんなに辛《つら》い事があっても、絶対にお姉《ねえ》ちゃんは守ってみせるから」なんて可愛《かわい》いこと言ってた久音がさぁ！』

カラコロケラリと笑い続ける望美だが、その声は、僅《わず》かに震えているような気がした。

『でもね、私には解らなかったんだ』

「あ……」

『解らなかったんだよ？』

やや声のトーンを落としながら言う彼女に、八尋が問う。

「今は……違うんですよね？」

『……』

少し黙《だま》った後に、望美が答えた。

『一年半ぐらい前かなあ。臨也さん、いなくなっちゃったんだ』

「いなくなった？」

『うん。池袋《いけぶくろ》の街から、煙みたいに消えちゃったの。平和島静雄《へいわじましずお》に殺されたとか、ロシア人の傭兵《ようへい》に刺されたとか色んな噂《うわさ》があったけど』

平和島静雄という名前が出て来た事にドキリとしたが、数ある噂の一つだろうと判断《はんだん》し、特に言葉には出さずに話の続きを聞く事にする。

『それから私さ、ずっと家に引きこもってるんだ。笑い話だけど、臨也《いざや》さんがいなくなっちゃって、何したらいいのか解《わか》らなくなっちゃってさ。人とどう話していいのかも解らなくなって、今みたいに電話越しでも人と話す事できなかったぐらいだよ？』

現在の流暢《りゅうちょう》な話し方からは想像《そうぞう》もできないが、先刻《せんこく》、直接話していた時の感じを思い出し、八尋《やひろ》は何となく理解する事ができた。

『ずっとね、部屋の隅《すみ》で臨也さん臨也さん臨也さんって言ってたような気がする』

その頃《ころ》の記憶《きおく》は曖昧《あいまい》なのか、少し自信なさげな声になる。

すると、彼女は少しだけ声の質を落ち着かせながら言った。

『そしたらさ、久音《くおん》が言ったの。「俺《おれ》が、折原《おりはら》臨也になる」って』

「久音君が……？」

『うん。「俺が、臨也の代わりになって、姉《ねえ》ちゃんが生きていけるようにするから」って』

望美《のぞみ》は嬉《うれ》しそうに、僅《わず》かに寂しげな色を含めた言葉を口にする。

『だからね、一年半前から、弟は折原臨也さんみたいになろうとしてるの。……ううん。臨也さん以上の何かになろうとしてるのかもしれない』

『それが私の為《ため》なのか久音自身の為なのか、私にも久音にも、もう解らないんだけどね』

♂♀

現在　八尋の部屋

天井《てんじょう》を見上げながら、八尋は小さな溜息《ためいき》を吐きだした。

「世の中って、俺の知らない事ばっかりだな……」

情報に踊《おど》らされる以前に、自分は世の中の事を何も解っていなかったような気がする。

八尋は寝そべったまま右手を上げ、軽く握り締《し》めた拳《こぶし》を見つめながら去年までの自分を思い返した。

『世の中なんてこんなものだ』

そう考え、希望を持たず、絶望もせず、ただ何となく生きてきた。

どう足掻《あが》いても化《ば》け物《もの》呼ばわりされる事から逃《のが》れられなかった自分を疎《うと》ましく思っていた。

だが、今日《きょう》聞いた久音《くおん》達姉弟の歩んだ人生は、自分よりも遥かに凄惨《せいさん》だったのではないか？

——俺《おれ》はただ、人を傷つけてただけだ。

——それなのに俺は、周りのせいにして、ただ拗《す》ねてただけなんじゃないか？

——久音は、傷つけられて、ずっと我慢《がまん》して、それでも諦《あきら》めなかった。

裏のある御調子者《おちょうしもの》というイメージしかなかった久音について、八尋《やひろ》は素直に尊敬《そんけい》の念《ねん》を抱く。

——やってる事が正しいとは思えないけど……。

——あいつ……凄《すご》い奴《やつ》だったんだな。

そんな事を考えながら部屋に視線を巡らせると、ベッドの横に置かれた木製フレームのラジオが目に入った。

——辰神《たつがみ》さんも、色々と複雑な家庭環境《かんきょう》みたいだし。

——俺なんかより、ずっと辛《つら》い思いをしてきたのかもしれない。

——俺はただ怖《こわ》がられるだけだったし、家族は優しかったし……。

——無い物ねだりしてただけなのかな、俺。

自己嫌悪《じこけんお》に陥《おちい》りかけた八尋は、拳《こぶし》にできた比較的《ひかくてき》新しい傷を見ながら思う。

——それでも。

平和島静雄《へいわじましずお》と殴《なぐ》り合った時の興奮《こうふん》が、高揚《こうよう》が、生まれて初めて抱いた『この世界は楽しい』

という気持ちが、まだ拳の中で震えている。

「俺は、この町に来て良かったと思う」

想《おも》いを声にして呟《つぶや》いた後、何かを決意《けつい》したように起き上がった。

そして、慣れないスマートフォンを操作《そうさ》しながら、何か情報はないかとネットを探る。

池袋《いけぶくろ》の失踪《しっそう》事件について検索《けんさく》した所、まずでてきたのは『いけニュ～!』というニュースブログサイトだった。

久音とセルティのツーショット写真をニュースにしていたサイト。

そして――久音の姉が運営しているサイトだ。

♂♀

数時間前　久音の部屋

『なんとか立ち直ってさ。今は久音と一緒《いっしょ》に、さっき言った「いけニュ～!」を運営してるってわけ。おかげさまで収入《しゅうにゅう》ができて、マンションの家賃《やちん》もちゃんと払えるようになったしね』

「?」

サイト運営と収入という単語《たんご》が結びつかずに首を捻《ひね》る八尋。

姿《すがた》は見えていないものの、その空気を察したのか、望美《のぞみ》がサイトについて説明を始めた。

『ああ、ほら、サイトにいくつも広告があったでしょ？　その広告収入《しゅうにゅう》』

「そういえば、色々広告があったような……」

『クリックするだけで収入になるタイプと、商品を買って初めて収入になるタイプ。あとは、直接企業《きぎょう》とスポンサー契約《けいやく》する形かな』

「へえ」

何故《なぜ》あんなに広告が出てくるのかと思っていたが、それならば確かに納得《なっとく》できる。八尋《やひろ》が感心していると、

『普通は小遣《こづか》い稼《かせ》ぎにやるもんだから月収《げっしゅう》一万円いけば良い方だけどね。私の場合だと、最近は平均《へいきん》して、月収二八〇万って感じかなあ』

「にひゃく……っ⁉」

『うちの規模《きぼ》だと破格《はかく》な方だよ。池袋《いけぶくろ》のニュース限定だからね。……ああ、もちろん、私が運営してるのはあのサイトだけじゃないから、他のサイトの収入も合わせてだけど』

「そっ……そんなに儲《もう》かるんですか、ネットって⁉」

『ピンキリだよ？　真面目《まじめ》にやって私の倍以上稼ぐところもあるし、あくどい事をやった挙《あ》げ句《く》に閉鎖されちゃう所もあるからね』

諸行無常《しょぎょうむじょう》だね、という望美に、八尋は更《さら》に尋《たず》ねた。

「あくどい事って、なんですか？」

　すると、望美の声のテンションが僅《わず》かに上がる。

『まあ、アフィブログっていうのは魔窟《まくつ》だからね！　まともな所も多いけど、犯罪《はんざい》スレスレの事を平気《へいき》でやってるサイトもあるんだよ？　中には、総会屋《そうかいや》まがいの事をやってるブログなんかもあるからさあ』

「総会屋？」

　またネットと関係無さそうな単語《たんご》が出て来たと訝《いぶか》しむ八尋に、望美が例を出して解説する。

『うん。最初に狙《ねら》った企業に「うちのブログのスポンサーになれ」とか「情報を優先的に回せ」とか無茶《むちゃ》振《ぶ》りするのね。で、断ったら、その企業が不利になるようなニュースをたくさん取り上げて、「ほら、えらい事になったよ？」ってプレッシャーをかけるの。「やめて欲しければ金か情報を寄越《よこ》せ」って言ったら恐喝《きょうかつ》になっちゃうから、あくまで遠回しにね』

「ひどい」

『名誉毀損《めいよきそん》にならない範囲で悪意のある記事なんていくらでも書けるからね。例えば、ある雑誌が電子書籍版《しょせきばん》を出したけど、その値段《ねだん》が紙の本より高かった時があったのね？　そしたら、あるサイトは【紙代が掛からない電子書籍の方が高いなんてどういう事だ！】っていう記事を書いたの』

「？」

それだけならば、確かに紙の雑誌《ざっし》の値段《ねだん》より高いのはおかしいのではないかと思える。

八尋《やひろ》達の疑問に答える形で、望美《のぞみ》は事の真相《しんそう》を話した。

『でも、その電子書籍版《しょせきばん》は特別でさ、紙の本にはないオマケのページがたくさんついて、紙の雑誌と比べて倍近いページ数だったんだよ？　つまり、電子書籍の方がちょっと高くなるのは、当たり前だったってわけ』

「あっ……」

『当然、そのサイトは知った上で、それを隠《かく》して記事を書いたんだよ？　本当はお得なのに、【電子書籍でぼったくる】って印象《いんしょう》づけるためにね。拡散された後に、事情を知ってる人が「デマを書くな！」って怒ってサイトにコメントを書きにきても、それも含めてアクセス数、コメント数稼《すうかせ》ぎになるからねー。データだけ見せればスポンサーもつきやすくなるってわけ』

そんな事をする人がいるのかと驚く八尋に、望美が楽しげに笑いながら続ける。

『いざ訴えられそうになったら「気付いてませんでした」って形だけの謝罪《しゃざい》して記事を消すってわけ。まあ、そのタイミングを見誤ると本当に裁判沙汰《さいばんざた》になってジ・エンドだけどね』

「はあ……でも、流石《さすが》に望美さんはそんな事はしてませんよね？」

『いやあ、ウチはもっとタチ悪いよー？』

「もっと⁉」

片眉《かたまゆ》を上げて携帯《けいたい》電話を見る八尋に、望美が電話越しに頷《うなず》く。

『そ。うちはネタ元として、他のサイトに記事のネタを売る事もやってるからねー。どこよりも早くネタを得る為《ため》に、どうしたらいいか解《わか》る？』

　すると、姫香《ひめか》がハっとして答えた。

「自分で……事件を起こす？」

『せいかーい！』

「そんな無茶《むちゃ》な……」

　テンションの高い望美の声を聞きながら——八尋はそこで、違和感《いわかん》を覚える。

「……？」

「……」

　——辰神《たつがみ》さん……。少し震えてる？

　常に冷静沈着《れいせいちんちゃく》である彼女が、何故《なぜ》自分の放った答えに動揺《どうよう》しているのだろう。

　不思議《ふしぎ》に思っている間も、望美の口は止まらなかった。

『まあ、事件って言っても犯罪《はんざい》行為とかじゃあないよー？　多分ね！　まあ、池袋《いけぶくろ》に謎《なぞ》の紙がばらまかれてたりとか、UFOっぽくラジコンを飛ばして貰《もら》って、それを自分達で撮影《さつえい》してツイッティアでばらまいて貰うとかね！　不気味《ぶきみ》であればあるほど、記事は広まりやすいしね』

　そして、八尋達は即座《そくざ》に久音の写真の記事を思い出す。

「じゃあ、今朝《けさ》の久音君の記事も自作自演《じさくじえん》だったんですね」

姫香《ひめか》の質問に、望美《のぞみ》が電話の向こう側で頷《うなず》いた。

『そうそう、そうだよ？　うちの場合、基本的にああいうのの三割は自作自演《じさくじえん》。池袋《いけぶくろ》に住んでる芸能人《げいのうじん》の呟《つぶや》きなんかは仕込み無しだけどね。まあ、どっちにしろ、うちのサイトの記事をまともに受け取ったら駄目《だめ》だよー？　インチキやデマが多いんだから』

「なんでそんなインチキやデマを記事に？」

八尋《やひろ》は眉《まゆ》を顰《ひそ》めながらそう尋《たず》ねた。

昼休みにざっとサイトの記事を眺《なが》めたが、セルティに関しては、迷惑《めいわく》も良い所という記事が多く、犯人扱いしたかと思えば手《て》の平《ひら》を返したりと、サイトの主体性すら感じられない。

『そりゃ、うちは誠実《せいじつ》な記事よりインパクトと胡散臭《うさんくさ》さ重視で、人や企業《きぎょう》や世間《せけん》を煽《あお》れるだけ煽るスタイルだからね！』

「どうしてそんな……」

『それが一番稼《いちばんかせ》ぎ安いっていうのもあるけど……』

少し間を空《あ》けて、望美は再び『彼』の名をだした。

『もしも臨也さんが、ニ、ニュ、ニュースサイトをやってたら、絶対こういう感じにするだろうしね』

「？」

『私のハンドルネームさ、【リラ・テイルトゥース・在野《ざいや》】はね……テイル《尾》とトゥース《歯》を翻訳《ほんやく》して並び替えるとさ……。オ・リ・ハ・ラ・イ・ザ・ヤになるんだよねー』

「はあ……」

だから何だというのだろう。

立ち直ったと言っていたが、臨也《いざや》という人間への未練《みれん》がまだ強いのだろうか。

首を傾《かし》げる動作は、八尋が池袋に来てからもはや癖《くせ》のようになってしまっていた。

しかし、八尋はすぐに数秒前の自分を恥《は》じる事となる。

『私みたいな子さ、まだたくさんいるんだ』

「……たくさん？」

『臨也さん、私みたいな女の子を何人も作ってたみたいでさ……臨也さんが消えたのに絶望《ぜつぼう》してる子、結構《けっこう》多いんだよね。中には自殺を図って入院した子もいるし……。でもね、そういう子達は、すぐに気付いてくれたよ。サイトの存在と、さっき言った文字の並び替え《アナグラム》に』

「あっ……」

そこで八尋は望美の意図《いと》に気付き、『だから何だ』と思っていた自分の迂闊《うかつ》さを恥じ入った。

『そういう子達は、気付いた瞬間《しゅんかん》に安心するんだよ？「ああ、良かった、臨也さんは消えてなんかいない」って。「ネットの中に、ちゃんと生きてる」ってさ。たったそれだけで生きる理由になる事もあるから、人間って面白いよね』

望美は、自分と同じ『狂信者《きょうしんしゃ》』だった少女達の為《ため》に、自分の手で『教祖《きょうそ》』である折原《おりはら》・臨也を演じ続けている。

彼女の行動の意味を考え、姫香《ひめか》が核心《かくしん》とも言える問いを口にした。

「でも、それって……ずっと彼女達を騙《だま》し続ける……って事ですか？　これからも、ずっと」

『んー……。騙されたい子は、騙され続けてくれるだろうね』

少し悲しげに言葉を紡《つむ》ぐ望美《のぞみ》。

『でもね、臨也《いざや》さんじゃないって事実を受け入れる事ができちゃうなら……。臨也さんが消えたっていう事実を受け入れられる子には、もう臨也さんは必要ないんだと思うよ？　……なんて考えれば、罪悪感《ざいあくかん》も薄まるかな』

なんとなく、八尋《やひろ》には電話の向こうで望美が肩を竦《すく》めている光景《こうけい》が思い浮かんだ。

『ま、結局私がインチキの詐欺師《さぎし》って事には変わりないよ』

『そもそも、インチキとデマで成り立ってるサイトだしね！　騙される方が悪いって！』

♂♀

現在　八尋の部屋

「あっ」

『いけニュ〜！』の記事を遡《さかのぼ》っていると、自分の事が描かれている記事を見つけた。

——俺《おれ》の事も、記事になってる。

当然ながら、平和島静雄《へいわじましずお》と喧嘩《けんか》をしていた時の記事だ。

どうやら自分は、静雄に勝てそうな人間として話題にされたらしい。

——とんだ買い被《かぶ》りだ！

——結局、手も足も出なかったのに……！

動画《どうが》も撮《と》られていたが、どうやらカメラの解像度《かいぞうど》が悪いようで、自分の顔だとハッキリは解《わか》らない。

だが、久音《くおん》は当然ながら自分の正体は知っていた筈《はず》だ。

姉には黙《だま》っていてくれたのだろうか？

——いや、望美さんは俺の事を知ってたし、そんな隠《かく》し事をするだろうか？

——参《まい》ったな。そんな事、あの部屋では一言《ひとこと》も……。

溜息《ためいき》を吐く八尋だが、本名《ほんみよう》などを公開しないでくれた事には感謝するべきなのかもしれないという複雑な想《おも》いが絡まり合い、自分が金儲《かねもう》けのネタとして使われたというのに、激昂《げっこう》するような事にはならなかった。

——まあ、こんな映像《えいぞう》じゃバレないだろうし。

——そもそも結局負けてるんだから、ただの身《み》の程《ほど》知らずのバカと思われて終わりだろうな。

『静雄《しずお》にダメージを与えている』という時点で十分異常な事だと彼自身は気付かず、望美《のぞみ》が書いたという記事についても『大袈裟《おおげさ》にも程《ほど》がある』としか思わなかった。

逆に、紹介《しょうかい》されている映像《えいぞう》に映っている緑色《みどりいろ》の髪《かみ》を見て久音《くおん》の事が心配になる。

本当に彼は大丈夫《だいじょうぶ》なんだろうか。

望美が言っていた言葉が思い出される。

──『犯人の目星《めぼし》が完全についていたわけじゃないけど、犯人が首無《くびな》しライダーを凶悪《きょうあく》な人攫《ひとさら》いにしたいなら、自分の事は放っておかない筈《はず》だ……久音はそう言ってたね』
──『まさか、記事をアップしてから数時間で攫《さら》われるとは思わなかったけど』
──『あいつなら大丈夫だよ。勝算《しょうさん》があってやった事だろうし……』
──『臨也《いざや》さんみたいになるなら、命ぐらい懸《か》けるよ。久音も、私も』
──『思う事はあるだろうけど、臨也さんに会ったこともない人の説教《せっきょう》を聞く気は無いよ』
──『まあ、自分がいつ刺されてもおかしくないロクデナシだって自覚はあるけどね』

その時は何も言えなかったが、八尋《やひろ》は今になって少し腹が立ってきた。

自分の命をなんだと思ってるんだ、と。

更《さら》に彼女は、八尋についても言っていた。

――『八尋君が気負《きお》う事はないよ。あの子は君の事も利用する手駒《てごま》としか思ってないから』

関係無い、と八尋は思う。

「絶対に探し出して、直接文句《もんく》を言ってやる」

軽く笑いながら、八尋はキュウ、と拳《こぶし》を握り締めた。

そして、それにタイミングを合わせるかのように――彼の携帯《けいたい》電話が鳴り始める。

「？」

電話に出ると、聞き覚えのある声が響《ひび》き渡った。

『やあ、俺《おれ》だよ、黒沼青葉《くろぬまあおば》』

「ああ、……どうしたんですか、先輩《せんぱい》」

そういえば放課後《ほうかご》に携帯番号を交換したんだったと思い出しつつ、相手の話を聞く八尋。

『今すぐ、家、出れるかい？』

「もう夜中ですよ？　何があったんですか？」

訝《いぶか》しむ八尋に、青葉は淡々《たんたん》とその答えを口にした。

『君の友達、辰神《たつがみ》さん？　攫われたよ』

「えっ……？」

ゾクリ、と背筋《せすじ》に嫌《いや》な汗《あせ》が滲《にじ》み出す。

冗談《じょうだん》だろうと言う前に、青葉《あおば》が言葉の続きを吐き出した。

『犯人はともかく、連れ去られた先は解《わか》ってる』

「⁉」

『どうする？　一緒《いっしょ》に助けにいくかい？』

七章B　後継者②

数十分前　都内某所《とないぼうしょ》

　人通りの無い、都心《としん》から少し離れた公園の傍《そば》。

　普段の茜《あかね》ならば、夜には近づかないような場所だ。

　昼間であっても、出向く理由は特にないのだが——何故《なぜ》か茜は、四木《しき》が攫《さら》われた直後だというのに、そのような裏通りに赴《おもむ》いていた。

　誰《だれ》かと待ち合わせでもしているのか、キョロキョロと周囲を見回している。

「ここでいい筈《はず》だけど……」

　そんな事を呟《つぶや》く茜の前に、一台のワゴン車が止まる。

「？」

　次の瞬間《しゅんかん》、ワゴン車から数人の男が降りてきて、彼女をゆっくりと取り囲んだ。

「茜《あかね》ちゃんだね？」

「……」

危険を察したのか、茜は背負っていた細長い袋《ふくろ》に手を伸ばす。

だが、男達はニコニコと笑いながら、ワゴン車の横のドアを開いた。

茜は車内にいた人影《ひとかげ》を見て、驚きの目を向ける。

そして、次の瞬間《しゅんかん》——安堵したように微笑み、自らワゴンに一歩近づいた。

「おいコラ！　手前《てめえ》ら、何しとんじゃ！」

茜が何か言おうするよりも一瞬《いっしゅん》早く、男の野太《のぶと》い怒声《どせい》が響《ひび》き渡る。

その場にいた全員が声の方に振り返ると、こちらに向かって駆《か》けてくる数人の男達の姿《すがた》が見えた。

どう見ても堅気《かたぎ》ではない面子《メンツ》だったが、茜は特にその外見には怖《おそ》れない。

彼らが、いつも四木《しき》と共にいる面子だと理解していたからだ。

「……！」

ワゴンから降りてきた男達は、それに気付いた瞬間、慌《あわ》ててワゴンに乗り込む。

そのうち一人が茜を無理矢理《むりやり》乗せようと手を伸ばしたが——

「いやっ！」

男の形相《ぎょうそう》に何か危険なものを感じ、慌ててその手を振り払った。

「くっ……」

そのままワゴンの扉《とびら》は閉じられ、強面《こわもて》の男達が追いつく寸前に車を発進させる。

「待てコラぁ！」

男の一人が車の屋根《やね》に飛びかかろうとするが、ワゴンの屋根には届かず、そのまま地面に転がってしまい——路地《ろじ》には茜と強面の男達だけが残される結果となった。


「茜お嬢《じょう》さん、なんだってこんな夜にこんなとこまで……」

「みなさんこそ、どうしてここに？」

「あ、いや、たまたま通りかかっただけっすよ」

茜が四木の失踪《しっそう》を知っているとは思いもしないため、強面の男達は互いに目くばせをしながら誤魔化《ごまか》す言葉を口にする。

「んな事より、どうしたんすか茜お嬢さん。今、自分からあの怪《あや》しいワゴンに乗ろうとしてたでしょう……っ！」

「……はい」

気まずそうに俯《うつむ》いた後、彼女は嘘偽《うそいつわ》り無く理由を告げた。

「ワゴンの中に、知ってる人がいたから……」

♂♀

新羅《しんら》のマンション　地下駐車場《ちゅうしゃじょう》

『結局、その四十万《しじま》って奴《やつ》が犯人なのか？　それとも、最初の被害者《ひがいしゃ》なのか、どっちなんだろうな……』

「さあねぇ。どちらにせよ、あなたが戻って来たからには、何かしら動くと思うんだけど……」

セルティの疑問に対し、麗貝《リーペイ》は自分も当事者になりつつあるというのに、肩を竦《すく》めて他人事《ひとごと》のように答える。

「まあ、こうして俺《おれ》と君が仲良く話してるのを見たら、俺もターゲットになるかもねぇ。緑《りょく》頭《とう》の彼みたいに」

『ん？　どういう事だ？』

「へ？」

『え？』

話が微妙《びみょう》に噛《か》み合わない事に気付いた麗貝が、まさか、という顔で言った。

「あー……もしかして、まだ知らない？」

『何をだ？』

「あの緑頭の彼も、攫《さら》われたよぉ？」

——……。

——……は⁉

予想外の事態《じたい》を知らされ、セルティの時間が一瞬《いっしゅん》止まる。

そして、そのタイミングを見計らったかのように、セルティの携帯《けいたい》電話から、派手《はで》な着信《ちゃくしん》音《おん》が鳴り響《ひび》いた。

『もしもし、運び屋さんかい。合ってるなら電話を二回指で叩《たた》いてくれ』

——赤林《あかばやし》さん。

四木《しき》と同じ粟楠会幹部《あわくすかいかんぶ》である男の声に、セルティは久音《くおん》の事で混乱しつつも、慌《あわ》てて通話口を指で叩く。

『いやあ、緊急《きんきゅう》なんで、メールじゃなくて直接電話させて貰《もら》ったよ。実は、いましがた茜《あかね》ちゃんが攫われかけてねえ』

——っ⁉

昼間に話したばかりの茜が攫われかけたという話を聞き、セルティの心はますます掻《か》き乱された。

「あんたと茜《あかね》ちゃんが昼間に話したのは知ってる。ずっとうちの若い衆《しゅう》が茜ちゃんを陰から見張ってたからな。あんたが犯人じゃないってのも俺《おれ》には解《わか》るし、実際《じっさい》攫《さら》おうとしてたのは見た事ねえ男衆《おとこしゅう》だった。筋物《すじもの》にも見えなかったが、それだけに正体は分からねえってとこだ」

赤林《あかばやし》は軽く状況を説明した後に、本題に入る。

「で、その連中《れんちゅう》を今、おいちゃんの仲良くしてる『邪《ジャ》ン蛇《ジャ》カ邪《ジャ》ン』にバイクでこっそり追わせてるんだけどね……」

「自分の手で真犯人を捕《つか》まえて、汚名返上《おめいへんじょう》、名誉挽回《めいよばんかい》と行く気はあるかい？」

♂♀

都《と》内某所《ないぼうしょ》

『法螺田《ほらだ》さん、なんとかバレずについてけました……。あいつら、八王子《はちおうじ》の森んところにある別荘《べっそう》の中に入っていきましたよ』

「でかした！　そのまま見張ってろよ？」

使いっ走りの後輩《こうはい》からの電話連絡《れんらく》を聞いた法螺田は、上機嫌《じょうきげん》で答える。

『ええ……でも、正直ヤバイですよ？』

「何がだ？」

眉《まゆ》を顰《ひそ》める法螺田に、後輩が焦《あせ》ったような声で言った。

『広い敷地《しきち》にワゴン車が何台も止まってて……何か、結構《けっこう》人が出入りしてるんすよ……』

「どこのチームの連中だ？　ま、まさか、粟楠会《あわくすかい》とかじゃねえよな？」

その手の集団だった場合は即座《そくざ》に手を引くと決意《けつい》しながら尋《たず》ねる法螺田。

『いや、そういうんじゃなくて……何か妙《みょう》っすよ。暴力団《ぼうりょくだん》とかじゃなくて、明らかに普通の連中も出入りしてるっつーか……高坊《こうぼう》か中坊《ちゅうぼう》ぐらいのガキもいるような……』

「なんだそりゃ？」

『ただ、人数は……俺が見ただけでも軽く十人以上いるみたいっすよ』

「マジか。くそ、あのワゴンに乗ってた四、五人だけなら仲間集めりゃなんとでもできんだがなぁ……。まあいい、取りあえずあれだ、場所の地図でもなんでもいいからメールで寄越《よこ》せ」

法螺田はそう言って電話を切るが、その瞬間《しゅんかん》、別の人間から着信《ちゃくしん》があった。

三頭池《みずち》という少年を見張らせていた、ブルースクウェア時代の仲間からである。

「よう、どうだった？」

『あー、三頭池って小僧《こぞう》の家は割れたんだけどよ……ヤバイぜ』

「そっちもかよ！　どいつもこいつもヤバイヤバイ言いやがって。何がヤバイってんだよ」

苛立《いらだ》つ法螺田《ほらだ》に、仲間が言った。

『そいつのアパートよ……あれだぜ、渡草《とぐさ》の実家だぜ』

『いつものワゴン車磨《みが》いててよ、その三頭池《みずち》って奴《やつ》となんか話してたぞ』

「っ⁉」

渡草。

かつて同じ『ブルースクウェア』に所属《しょぞく》していたが、泉井《いずみい》という当時のリーダーを裏切《うらぎ》って、門田《かどた》という男と共に反旗《はんき》を翻《ひるがえ》したメンバーの一人だ。

「おいおい、まさか門田がもうそのガキを取り込んでるってのかよ……っ！」

『いや、わかんね。ほら、渡草んとこアパートだろ？　そこにたまたま間借《まが》りしてるだけじゃねえか？』

「ぐぬぅ……」

苦虫《にがむし》を噛《か》み潰《つぶ》したような呻《うめ》き声を上げ、法螺田は暫《しば》し考え込む。

――くそ、どうする？

――三頭池ってガキに恩《おん》を売るのはいいが、門田が出てくると不味《まず》い。

――なんとか、俺の手を汚さずに、安全だって解《わか》った所で恩を売るには……。

――そもそも、得体《えたい》の知れない連中《れんちゅう》にぶっ込みかけるのも何かやばそうだしな……。

手持ちの情報を元に、頭の中で必死に考えた結果――

彼は、一つの結論に辿《たど》り着いた。

——そうだ。

——こんな時の為《ため》のブルースクウェアじゃねえかよ。

——あいつらに突っ込ませて、なんかヤベえ事になったらバックレりゃいいか。

——全部上手《うま》く行って、ブルースクウェアの中に三頭池って奴が取りこまれたらしめたもんだぜ。そしたら俺は溜《た》まり場《ば》に行って『お前の彼女を探してやったのは俺だぜ』って言えばいいだけだしな。

——……嘘《うそ》はついてねぇから、ブルスクの現役《げんえき》連中にも文句《もんく》は言われねえよな、うん。

自分にとって都合《つごう》の良い事だけを考えながら、泉井は携帯《けいたい》電話をプッシュする。

——あとは、泉井さんが出てこねえのを祈るだけだな。

背筋《せすじ》をゾクリと震わせつつ、電話に出た少年に対し、わざとらしいほど上機嫌《じょうきげん》な声で言った。

「よう！　黒沼青葉《くろぬまあおば》君だったっけ？　俺だよ俺！　俺オレ！　優しい法螺田先輩《せんぱい》だよ！　手前《てめえ》ら可愛《かわい》い後輩《こうはい》に、ちょっと美味《おい》しいネタを教えてやろうと思ってなぁ！」

「平和島静雄《へいわじましずお》とタメ張れるっつービッグなルーキー君がいるんだけどよぉ。そいつに、ちょいとばかし恩を売らせてやろうと思ってな！」

♂♀

都内某所《とないぼうしょ》　地下室

地下室に監禁《かんきん》されてから半日以上が経過したが、四木《しき》も久音《くおん》も冷静なままだった。

四木の部下《ぶか》の男は時折弱音《ときおりよわね》を吐きかけていたが、その度《たび》に上司《じょうし》に無言《むごん》で睨《にら》み付けられ、即座《そくざ》に気を引き締《し》め直すという事を繰り返している。

お互いに情報を出し惜しみしているのか、あるいは見張りに話が聞かれるのを警戒《けいかい》しているのか、あまり多くを語らないまま、時だけが刻々《こくこく》と過ぎ去っていった。

監禁中のトイレに関しては、その時だけ足を解かれ、辿《たど》り着くまでの目隠《めかく》しとドアの外の見張り付きで許可されたが——その一方で、食事に関してはまだ水の一滴《いってき》も口にできていない。

トイレの内装《ないそう》やそこに辿り着くまでに歩かされた感覚などから計算して、やはりどこかの別荘《べっそう》のようだと四木は推測《すいそく》する。

何度か会話を試みたが、見張りの男は『何も話す事はできない』の一点張りだった。

これは自分達の業界《ぎょうかい》のやり方ではない。

四木はそう断定していた。

監禁の仕方一つをとっても、どれもこれもが『素人《しろうと》の力押し』という感覚が強い。

本当に素人ならばまず人攫《ひとさら》いを実行する必要もないのだが、四木は今まで集めた情報から、一つの結論に達しかける。

そして、それを確認《かくにん》するように、久音に言った。

「おい、坊主《ぼうず》」

「はい、なんでしょう」

相手が筋物《すじもの》と解《わか》ってからは、妙《みょう》に素直に敬語《けいご》を使ってくる少年。

だが、四木はその敬意《けいい》が偽《いつわ》りだと見抜いていた。

かつて彼が重用《じゅうよう》していた折原臨也《おりはらいざや》という男と、立ち振る舞いから言葉使いまで良く似ていたからだ。臨也はここまで軽くは無かったが、言葉の奥底にある、こちらを見透《みす》かそうとしてくる毒気《どっけ》が共通している。

「……お前、最初にここに来た時、『辰神彩《たつがみあや》と愛《あい》もここにいるんだろ』みたいな事を言ってたよなあ」

「はい、言いました」

「あれは、どっち、どっちだ？」

「どっち……と言いますと？」

首を傾《かし》げる久音に、四木は『芝居《しばい》の必要は無い』とでも言いたげにハッキリと言い放つ。

「その二人は、俺《おれ》らと同じように、攫《さら》われた人質《ひとじち》としてここにいるのか？　それとも……」

「……その疑問が出てくるぐらいなら、俺に答え聞く必要ないんじゃありませんか？」

困ったように久音《くおん》が笑った時、部屋の入口の辺りがにわかに騒《さわ》がしくなる。

「おっと……新しいお客さんか？」

一旦《いったん》話を中断し、開かれた部屋のドアに注視《ちゅうし》する四木《しき》と久音。

すると、そこに現れたのは、四木達と同じように手足を縛《しば》られた一人の女学生だった。

久音と同じ制服《せいふく》を着ている事から、来良学園《らいらがくえん》の生徒だという事が解《わか》る。

「あっれー？　姫香《ひめか》ちゃん！」

「……琴南《ことなみ》君。良かった、無事《ぶじ》だったのね」

目隠《めかく》しを取られた少女は、まず最初に琴南の緑色《みどりいろ》の髪《かみ》を見て、無表情のままそう言った。

「感動の再会なんだからさ、もっとこう、『生きてて良かったー！』って涙ながらに喜んでくれる展開はないの？」

「ごめんなさい。今の所、無事に帰れる保証《ほしょう》もないから……」

「そんな淡々《たんたん》と謝られると、本当に絶望的になるからやめようよ、ねえ？」

「お姉《ねえ》さんが、心配してたよ」

姫香と呼ばれた少女がそう口にした瞬間《しゅんかん》、久音の顔から笑《え》みが消える。

「……会ったの？」

「二人で、会ってきた」

周囲の男達に三頭池《みずち》の名前を聞かれないように、姫香は敢《あ》えて『二人で』と答えた。

人攫い達だけではない、久音の横に縛《しば》られている男は一目《ひとめ》で『堅気《かたぎ》の人間ではない』という鋭い目つきをしていたので、固有名詞《こゆうめいし》はできるだけ出さない方が良いと判断《はんだん》したのである。

久音は数秒沈黙《ちんもく》していたが、やがて大きく溜息《ためいき》を吐きながら首を振った。

「まいったな……。姉ちゃんが馴染《なじ》みの宅配《たくはい》業者以外に玄関《げんかん》のドアを開けるなんて、珍《めずら》しい事もあったもんだ」

「ごめんなさい。迷惑《めいわく》だった？」

「いや、いいよ。姉ちゃんが受け入れたなら、俺がどうこう言う理由はない」

鍵《かぎ》を無理矢理《むりやり》開けた経緯《けいい》は告げず、彼女は結果だけを口にする。

「勝算があって攫われたんだろう、って言ってたけど……もしかして、犯人、もう解ってるの？」

「……姉ちゃん、マジでどこまで話した？」

「……折原臨也《おりはらいざや》、って人のことまで」

「……」

折原臨也。

その名前を聞いて、久音《くおん》の後ろにいた四木《しき》はピクリと眉《まゆ》を上げた。

だが、学生二人はそんな彼の反応は気付かず会話を続けている。

「……あー、そっか。姉《ねえ》ちゃん、そこまで言っちゃったのか」

ニヘラと笑った後、冷めた目をしながら久音は言った。

「じゃあ、もう猫被《ねこかぶ》る必要ないな」

いつものおちゃらけた調子ではなく、獲物《えもの》を狙《ねら》う蛇《へび》のような目で姫香《ひめか》を見ながら問いかける。

「逆に質問するけど。姫香ちゃんは、どこで犯人に気付いた？」

「嫌《いや》な予感はずっとしてた。もしかしたらそうなんじゃないかって。正直に言うと、首無《くびな》しライダーがいい人だって解った時点で……もう、それしかないだろうって思ってた」

いつも通り淡々《たんたん》とした調子で答える彼女だが、その声は、普段より幾分《いくぶん》弱々しく感じられた。

「それでも、信じたかった。この結果を覚悟《かくご》はしてたけど……。まだ、何かの間違いであって欲しいって思ってる」

すると、それまで黙《だま》って聞いていた二人の大人《おとな》の内、坊主頭《ぼうずあたま》の方が叫び出した。

「おい、なに手前《てめえ》らだけで勝手《かって》に話進めてんだ！　俺《おれ》らにも解るように言えや！」

次の瞬間《しゅんかん》、その頭が上司《じょうし》と思《おぼ》しき男の縛《しば》られた両足によって蹴《け》りつけられた。

「ぐべっ」

「黙《だま》ってろ。解ってないのはお前だけだ」

「へ？　ど、どういう事っすか、四木の兄貴《あにき》！」

混乱する坊主頭の男に、久音が冷たい笑《え》みを浮かべて言う。

「この事件の最初の被害者は、お兄さん達って事ですよ」

「……は？」

「次が俺、そんで今、この女の子も被害者《ひがいしゃ》になった感じですよ」

「何言ってんだテメェ！　俺らが調べただけで、十五人も攫《さら》われてんだぞ！」

坊主頭の男の声に、四木と呼ばれた男が答える。

「攫われたんじゃない。最初から、俺達は事件を勘違《かんちが》いしてたんだ」

「はい？　ど、どういう事っすか四木の兄貴！」

「消えた連中《れんちゅう》は首無しライダーに攫われたんじゃない。そう見せかける為《ため》に、自分から姿《すがた》を消したって事だ」

「……？」

意味が解らない、という顔をする部下《ぶか》に、更《さら》に四木が何か言おうとしたが——

それを遮《さえぎ》る形で、入口のドアが開かれた。

「どう？　少しは落ち着いた？」

入口から現れた女は、手足を縛《しば》られたままの姫香《ひめか》に優しく微笑《ほほえ》みかける。

姫香はそれに対し、なんら感情を見せずに答えた。

「私は最初から落ち着いてるよ。そっちこそ、落ち着いてるって言えるの？」

そして、姫香は少し間を置いてから、久音《くおん》達に聞かせるようにその単語《たんご》を口にする。

「……姉さん」

♂♀

中央自動車道
八王子《はちおうじ》方面に向かう高速道路を、一台のワゴン車が進む。
誘拐犯《ゆうかいはん》達のものではない。
ブルースクウェアの成人メンバーが所有している、チーム専用車の一台だ。
車に揺られつつ、黒沼青葉《くろぬまあおば》は思う。
——まさか、あの法螺田《ほらだ》って人が先に情報を掴《つか》むなんて。
——少し見くびってたか……？　思ってたよりでヽきヽる奴なのかも。

よもや単なる偶然《ぐうぜん》と勢いだけで相手の本拠地《ほんきょち》を突き止めたとは知らずに、青葉《あおば》の中で法螺田《ほらだ》の評価《ひょうか》が揺れ動いていた。

普段は助手席《じょしゅせき》に座る事が多い青葉だが、今は後部座席《こうぶざせき》に座り、隣《となり》にいる後輩《こうはい》に対して今後の事を話している。

「まさか、本当についてくるとは思わなかったよ。三頭池《みずち》君」

「どうしてですか？　クラスメイトが攫《さら》われたっていうなら、当然でしょう」

「……君、本当にところどころ浮世離《うきよばな》れしてるね。普通はこういう事は警察に任せたりするものじゃないかな？」

常識的《じょうしきてき》な事を言う青葉に対して、八尋《やひろ》は少し考えてから言った。

「言われてみればそうですね。どうして警察に通報しないんですか？」

「俺達《おれたち》も色々と脛《すね》に傷があってね、警察に下手《へた》に通報して目をつけられるのはまずいんだよ。匿名《とくめい》の通報だとすぐに動いてくれなさそうだしね」

苦笑《くしょう》を交えつつ、青葉は後輩に対して自分達の意志《いし》をぶっちゃける。

「こっちも慈善事業《じぜんじぎょう》じゃないさ。その団体の弱みを握れるなら警察沙汰《ざた》にする前に色々とできる事があるって事さ。っていうか、警察に通報するって手段を、言われるまで気付かなかったって……逆に凄《すご》いね君」

「警察には迷惑《めいわく》かけてばっかりなんで、なるべく関わらないようにしてるんです」

「なるほど」

青葉は一度頷《うなず》いた後、手札《てふだ》を一つ切り出した。

「波布良木村《はぶらぎむら》の警察には、いい思い出がないかい？」

「……」

八尋は沈黙《ちんもく》したまま、ゆっくりと青葉に目を向ける。

青葉はそんな八尋に顔を向けず、窓の外を見ながら話を続けた。

「悪いけど、君の事は少し調べさせて貰《もら》ったよ。故郷《こきょう》じゃ、随分《ずいぶん》とヤンチャしてたみたいじゃないか。足の骨を全部砕《くだ》かれて、未《いま》だに病院から出てこれない奴《やつ》もいるってね」

「……」

楽しげに語りつつ、青葉はおもむろに八尋の方に振り返る。

「そんな君が、どうして池袋《いけぶくろ》に来たんだい？　地元の連中《れんちゅう》じゃ飽き足らず、東京《とうきょう》に強い奴でも探しに来たのかな？　例えば、平和島静雄《へいわじましずお》とか……」

そして――彼の言葉は、途中《とちゅう》で遮《さえぎ》られた。

八尋が何かをしたわけではない。

ただ、青葉と目があっただけだ。

「……」

しかし、青葉が言葉を止めるには、それで十分だったのである。

車内の温度が、二、三度急に下がったように感じられた。

底知れぬ闇《やみ》が、青葉《あおば》の目の前に唐突《とうとつ》に現れたと錯覚《さっかく》する。

三頭池八尋《みずちやひろ》の目は、今までとは別人と思える程に暗く澱《よど》んでおり、青葉は一瞬《いっしゅん》にして悟《さと》った。

自分が今、高層ビルの合間《あいま》の綱渡《つなわた》りにも等しい状況に追い込まれていると。

何か一つ手順《てじゅん》を間違えれば、自分に途轍《とてつ》も無い災厄《さいやく》が降りかかる状況だと。

「黒沼先輩《くろぬませんぱい》」

抑揚《よくよう》の無い声。

次の瞬間《しゅんかん》に、『死んで下さい』と言いながら首を折りに来ても不自然ではない声色《こわいろ》だ。

しかし、それで怯《おび》えて腰が引ける程、青葉も柔《やわ》な性根《しょうね》ではない。

「なんだい？」

薄い笑《え》みを浮かべる
「俺《おれ》が両手両足を折ったそいつは……俺を、ダ、ン、プ、で、撥ね、ま、し、た」

「……」

「無免許《むめんきょ》運転って事もあったのと、俺を撥《は》ねた後に数人がかりで、ツルハシを振り上げて襲《おそ》ってきたって事もあって……、俺がそこまでやっても、正当防衛《せいとうぼうえい》で済みました」

日記でも読み上げるかのように、淡々《たんたん》と、ただ淡々と事実だけを口にしていく八尋。

本当にそれで正当防衛が適用されたのかと青葉は疑ったが、敢《あ》えて深くは指摘《してき》しなかった。

八尋の今の言葉の前では、そんな事は些末《さまつ》な疑念に過ぎなかったのだから。

「今日《きょう》はダンプで轢《ひ》き殺しに来た。次は、家にまで突っ込んで来たらどうしよう、家族まで死んだらどうしようって、怖《こわ》くて怖くて仕方ありませんでした」

「……それで？」

「それなら、二度と車が運転できないようにするのが一番いい。そう思っただけです」

あっさりと言った八尋に、青葉は背筋《せすじ》をゾクリと震わせた。

恐怖《きょうふ》による戦慄《せんりつ》ではなく、目の前の人間があまりにも『異質』だという事実に、歓喜《かんき》まじりの感情が迸《ほとばし》ったのである。

──なるほどね、コレが、三頭池八尋か。

──……面白い。


「黒沼先輩は、俺《おれ》が飽きる飽きないの暇《ひま》つぶしで喧嘩《けんか》をしてたと思ってるんですか……？」

複雑な表情で黙《だま》り込んだ青葉に、八尋は尚《なお》も言葉を続けた。

「俺は、楽しんだ喧嘩なんてこれまで一度も──」

無い、と言いかけ、思わず言葉を止める。

先日の平和島静雄《へいわじましずお》との喧嘩、ひいてはその時の自分に迫る静雄の拳《こぶし》がフラッシュバックしたからだ。

トラウマになるとしか思えない、強烈《きょうれつ》な一撃《いちげき》。

しかし、それでも——あの時の喧嘩は、今までと違うと感じられる。断言する事ができた。

何故《なぜ》か、と問われたとしても、八尋《やひろ》には、すぐにその理由を言語化《げんごか》する事は難しいだろう。

彼自身も混乱しており、同時に、感じ取っていたのだ。

化《ば》け物《もの》としてしか扱われてこなかった自分が、何かに変わる事ができるチャンスなのだと。

しかし八尋は、そのチャンスに暗雲《あんうん》が立ちこめている事も理解した。

——ああ、そうか。

——結局、こうなるのか。

黒沼青葉《くろぬまあおば》が外見通りの大人《おとな》しい人間ではないという事は、ここ数日で思い知らさている。

だが、流石《さすが》に自分の過去まで調べられて、こうして池袋《いけぶくろ》の人生の中に持ち込まれた事は想像《そうぞう》外《がい》だった。

——ここでも、俺は結局逃げられないのか。

考えてみれば当然の事だ、自分が首無《くびな》しライダーや平和島静雄《へいわじましずお》の情報を調べる事ができたように、東京《とうきょう》の人間も、自分の情報など簡単に調べられるのだろう。

つまりは、自分はそれだけの事を地元でしてきてしまったという事だ。

八尋はそのような慚愧《ざんき》の念に囚《とら》われ、ゆっくりと目を瞑《つむ》る。

「……すいません、少し、感情的になってました」

そのまま青葉《あおば》から目を逸《そ》らし、窓の外の景色《けしき》に目を向ける。
高速道路を照らすオレンジ色の明かりが、八尋の物憂《ものう》げな顔を照らし続けた。
――俺《おれ》は、何をしに行くんだろう。
――辰神《たつがみ》さんを助けに？
――そんな資格が、俺にあるのか？
――化け物の俺に、誰《だれ》かを助ける事なんて……
少年の頭の中に、過去の記《き》憶《おく》が走《そう》馬《ま》燈《とう》のように蘇《よみがえ》る。
様々《さまざま》な人間達が、自分に向けてきた目。目。目。
その視線に耐えられず、八尋はその全てから目を背けたくなった。
――駄目《だめ》だ、乗り越えないと何も変わらない。
――何でもいい、些《さ》細《さい》なきっかけが欲しい。
――前でも後ろでもいい、ただ一歩、どこかに進むためのきっかけが――
強く拳《こぶし》を握りしめた八尋は、具体的な神や悪魔《あくま》を想定《そうてい》せず、ただ、何かに祈った。
刹那《せつな》――
影が。

唐突《とうとつ》に現れた『特異点《とくいてん》』が、八尋の思考《しこう》を強制的に中断させた。

——……⁉

高速道路のオレンジ色の照明《しょうめい》や、後続車のヘッドライトに照らされながらも、そうした光を一切反射しない純粋《じゅんすい》な『闇』が、八尋の視線の先——ブルースクウェアのワゴンの真横《まよこ》を通り過ぎたのである。

「首無《くびな》しライダーさん……？」


「おい、どうなってる青葉《あおば》！　首無しライダーにも連絡《れんらく》したのか⁉」

運転手の困惑《こんわく》した声に、青葉が答えた。

「いや、確証《かくしょう》を取ってからにしようと思ってからな……まだ連絡してない」

「前で誘導《ゆうどう》してるバイク、見た事があるぞ！『邪《ジャ》ン蛇《ジャ》カ邪《ジャ》ン』の奴《やつ》だ！」

「そうか、もしかして、粟楠会《あわくすかい》が何か摑《つか》んだのか？」

少し悔《くや》しそうに言うと同時に、青葉は気付く。

「ん……？」

白いライダースーツを纏《まと》った数人のバイカー達が、少し遅れる形でセルティを追従《ついじゅう》しているという事に。

「あれは……『屍龍《ドラゴンゾンビ》』の連中か⁉」

黒に連なる白の群という、不思議《ふしぎ》な連帯が高速道路上に生まれている。

青葉はその奇妙《きみょう》な流れに呑《の》まれつつある事に気付き、口元を嬉《うれ》しそうに歪《ゆが》めた。

「こりゃまた……想像《そうぞう》以上に騒《さわ》がしくなりそうだ」

「ある意味、この祭に乗り遅れなくてラッキーだったよ」

♂♀

辰神姫香《たつがみひめか》は、自分を不幸だとは思わない。

さりとて、幸福だと感じた事も無かった。

果たして、己《おのれ》の人生が幸運なのか不幸なのか。

姫香には、それを主観的に判別《はんべつ》する事ができない。

彼女は、強い人間だ。

とはいえ、腕力《わんりょく》が強いわけでも、頭が特別良いわけでもない。

ただ、肝《きも》の据《す》わり方だけは、生来《せいらい》の頃《ころ》より周囲と比べて群を抜いていた。

幼少《ようしょう》の頃から、お化《ば》け屋敷《やしき》などに入っても泣きわめく事はなく、ジェットコースターに乗っても悲鳴一つあげはしない。

感想を聞かれると「凄《すご》く怖《こわ》かった」とは言うのだが、淡々《たんたん》とした調子で語られるその言葉を信じられる者は少なかった。


物心《ものごころ》が付いた頃から、彼女はただ、周囲の現実を受け止め続ける。

父親が、恐ろしく怖い顔で母を怒鳴《どな》りつけ、見知らぬ他人を殴《なぐ》りつけている光景《こうけい》を。

まるで別人になったかのように、優しい笑顔で頭を撫《な》でる父の手の平の温《あたた》かさも。

妹が生まれた時に、父が犯罪者《はんざいしゃ》だと知った事も。

非合法な金利の貸付業者《かしつけぎょうしゃ》。つまりは闇金融《やみきんゆう》を経営していた父親が、多くの人々を苦しめていたという事も。

姫香《ひめか》がまだ小学生の頃――父親が逮捕《たいほ》される事を望んだ姉が、父の会社の秘密《ひみつ》を警察に告発《こくはつ》した事も。

逮捕された父親の一件で、クラスメイトから嫌《いや》がらせを受けた事も。

なんの躊躇《ためら》いもなくその逆境《ぎゃっきょう》を払いのけ、逆にクラスの中で強い立場になった事も。

その途端《とたん》に、クラスの子供達がこれまでとは逆に媚《こ》びへつらってきた事も。

父が家から消えた後、母が、緩やかに壊《こわ》れていった事も。

母は怒鳴《どな》ってばかりの父を恐れながらも、やはり愛していたのだろうか。

それとも、恐怖《きょうふ》による忠誠《ちゅうせい》を愛と勘違《かんちが》いしていたのだろうか。

姫香には理解できなかったし、それは当人同士の事なので、自分が詮索《せんさく》する必要はないと考えていた。

どちらにせよ、母は喪失感《そうしつかん》を埋める為《ため》に、自分の理想《りそう》の世界を自分の『影』の中に作り上げ、壁に生まれた暗闇《くらやみ》にただ、ただ、語り続けた。

その『架空《かくう》の現実』の中では、母は父に怒鳴られるだけではなく、暴力《ぼうりょく》まで振るわれているらしかった。常々《つねづね》姫香や姉妹の名を呼びながら『私を一人にしないで。あんな人と二人きりにしないで』と呟《つぶや》き続ける。

何故《なぜ》妄想《もうそう》の世界でまで、わざわざ現実以上の苦労を背負い込むのか、それが理想だとでも言うのだろうか。姫香には理解できなかったが——理解できないなりに、そんな母をも受け入れ、家族として大事《だいじ》に想《おも》ってきた。

更《さら》に言うなら、姫香は警察に逮捕《たいほ》された父親の事も、人間としてはどうしようもないクズだと断じた上で、家族としては愛している。

是非《ぜひ》とも、刑務所《けいむしょ》で更生《こうせい》して真人間《まにんげん》になって戻ってくればいいと思っているし、立ち直る為にきちんと支えていくつもりだった。

姫香《ひめか》にとって誤算《ごさん》だったのは、彼女は自分が強い人間だと気付いていなかったという事。それ故《ゆえ》に、姉や妹も、同じように全ての現状を正面から受け止めているのだろうと信じ、疑問にも思わなかった。

姉の口から、世界そのものへの恨《うら》み言《ごと》を聞くまでは。

姫香が中学に上がった頃《ころ》、当時大学生だった姉が、父の顧客《こきゃく》から刺された事があった。

『自分が情報を漏《も》らしたと疑われたせいで、他の闇金融業者《やみきんゆうぎょうしゃ》にも金を回して貰《もら》えなくなった』

と、取り調べ室で喚《わめ》いていたそうだ。

男は小さな町工場《まちこうば》の社長であり、銀行にも貸し渋られ、緊急時《きんきゅうじ》に闇金を利用していたようだ。だが、その風評《ふうひょう》のせいでその男の工場は倒産《とうさん》し、路頭《ろとう》に迷った末に凶行《きょうこう》に出たらしい。

確かに、彩《あや》とその社長は顔見知りであり、その貸し付け資料を警察に差し出したのは事実だ。

当然ながら、そんな結果になるとは彩も思っていなかったのだろう。

姫香は後から知ったが、世の中には、違法《いほう》な金利《きんり》と知っていても、闇金を自ら利用する者達が多く存在しているらしい。

さりとて、闇金が必要悪だとは姫香は考えない。

父が自分の利益《りえき》だけを追い求めてきた事は確かだし、その町工場の社長は助かっていたのかもしれないが、それ以上に多くの人間を取り立てで路頭に迷わせている事実があるのだから。

だから、姉が間違った事をしたとは思っていないし、その社長は恨《うら》むのならばそもそも貸し渋りした銀行や景気《けいき》の悪さを恨むべきではないか。

淡々《たんたん》とそんな事を考えていた姫香は、姉が刺された事に酷《ひど》く気を病《や》んだものの、そのショックを気力で乗り越え、姉の支えになろうと身の回りの世話《せわ》を続けていた。


――「どうして、私がこんな目にあったの？」

――「私は、正しい事をしたのよね、そうだよね？　姫香？」


その通りだ、姉は正しい事をした。

姫香はそう思っていたからこそ、ハッキリと言った。

姉《ねえ》さんは正しい事をした、でも、それが報《むく》われるとは限らない。

世界はそういう風《ふう》にできてるのかもしれない。

神も仏《ほとけ》も絶対に存在しないとまでは言わない。いるのかもしれないけれど、正しい事をした人をその場で助けてくれるわけではないのだろう。だから、私達は一緒《いっしょ》に頑張《がんば》ろう。

何の裏も表《おもて》もなくそう言い切った姫香に、姉は言った。


――「……よく、そんな残酷《ざんこく》な事が言えるね」

──「壊《こわ》れた母《かあ》さんが、壁に向かってなんて言ってたか解《わか》る？」

──「……『お父《とう》さんを警察に突き出すなんて止めなさい。私達は家族なのよ』……って」

──「それが、母さんにとって正しい世界なの？」

──「母さんにそんな事を言われる世界が正しい姿《すがた》だとでも言うの？」

──「私はイヤよ、あなたみたいには思えない」

──「全部《ぜんぶ》悟《さと》ったみたいに世の中を冷めた目で見て、簡単に諦《あきら》めるなんて、絶対にイヤ」

姉の言葉は、姫香の心を強く抉《えぐ》った。

図星《ずぼし》だったからではない。

冷めた目で見た覚えなど無いし、心底《しんそこ》辛《つら》いと思うからこそ、諦めたくないと思っていた。

なのに、まったく逆に受け取られてしまった事が悲しくて仕方が無かった。

しかし、性根《しょうね》が頑健《がんけん》である姫香は、そんな悲しみにも耐え、泣きわめく事も激昂《げっこう》する事もなく、健気《けなげ》に怪我《けが》で動けない姉の世話をし続けた。

だが、他人は疎《おろ》か、母や姉妹の目にさえ、そんな姫香の強さは奇異《きい》として映ってしまう。

『あの子には感情がない』

そう勘違《かんちが》いされる事も暫《しば》しあった。

彼女は周囲の人間と比べても遜色《そんしょく》ない感受性はあったし、心には喜怒《きど》哀楽《あいらく》も存在している。

楽しい事があれば笑う。それは他の人間と同じだ。

ただ、彼女には、楽しいと思う間よりも、悲しみや苦しみを耐える時間の方が多すぎた。

それ故《ゆえ》に、彼女は滅多《めった》な事では動じないし、激しい怒りを堪忍袋《かんにんぶくろ》の中に溜《た》め込む事ができるし、悲しみの涙を呑《の》み込む事もできる。

決して、感情を露《あら》わにする事が人間として弱いわけではない。

だが、辰神姫香《たつがみひめか》という少女にとっては、それ以前の問題だった。

良かれ悪かれ、彼女は自らの感情を揺さぶろうとする、ありとあらゆる障害《しょうがい》に対して耐性が強すぎたのである。


その強さ故に、彼女はすれ違ってしまった。

自分自身よりも大切に思っていた、大切な姉妹達と。

妹の愛もまた、父親が警察に捕《つか》まった事やそれに端《たん》を発する苦労や、正しい事をした筈《はず》の姉が刺された事や壊《こわ》れていく母親など、立て続けに襲《おそ》い来る『現実』に耐えられる程、強くはなかった。

姉は怪我《けが》も治り無事《ぶじ》に大学に復帰したものの、入院していた事が原因で、就職先《しゅうしょくさき》すら決まっていない事態《じたい》に陥《おちい》っており、そんな所にも現実の理不尽《りふじん》さを感じていたようだ。

そんなある日、姉はテレビを見て呟《つぶや》いた。

――「首無《くびな》し……ライダー……」

池袋《いけぶくろ》に長く住んでいる身としては、知らない者はいないだろう。

姫香《ひめか》も初めてエンジン音のないバイクを見かけた時は驚いたが、その時は、ただ単に『変わったバイクに乗る奇妙《きみょう》な暴走車《ぼうそうしゃ》』ぐらいにしか思っていなかった。

彼女だけではない。当時池袋に住む多くの人間にとっては、その程度の認識《にんしき》の者が多かったのである。

しかし、ある日、転機《てんき》が訪れたのだ。

正体不明《しょうたいふめい》の存在である『首無しライダー』が、テレビカメラの前にその姿《すがた》をさらけ出したのである。

まるで自分自身の姿を誇示《こじ》するかのように、『首無しライダー』は現実ではありえない動きを見せ、身体《からだ》から湧《わ》き出す『影』で大鎌《おおがま》を作り、ビルの壁すら疾走《しっそう》してみせた。

姫香は凄《すご》いと思っていたが、特撮《とくさつ》かもしれないという思いも捨てきれない。

だが、その頃《ころ》から、首無しライダーは昼間でも、人前《ひとまえ》でも、普通にその超常的《ちょうじょうてき》な力を使うようになっていった。

まるで、町からその存在を受け入れられたとでもいうかのように。

姉もそんな姿を直接目にしたのだろう。

彼女は何かに取《と》り憑《つ》かれたように首無しライダーについて調べ始め、それが如何《いか》に常識外《じょうしきはず》れで、この世の理《ことわり》から外れた存在かを語り続けていた。

姫香は気付いていた。

姉のそれは、信仰《しんこう》なのだと。

絶対に崩《くず》れる事のない理不尽《りふじん》な社会に風穴《かざあな》を開ける、更《さら》に理不尽な存在、別の世界から来た何かなのだと信じ切っていた。

もしかしたら本当に幽霊《ゆうれい》なのかもしれない。あるいは、天使《てんし》や悪魔《あくま》の類《たぐい》かもしれない。

ただそれが証明《しょうめい》されるだけで、世界の理は変わるだろう。

時計の針が過去に進むのか未来に進むのかは解《わか》らない。

科学として解明されるのか、あるいは神秘《しんぴ》として崇《あが》められるのか。

どちらにせよ、世界は変わる。

自分達を、この理不尽な世界から連れだしてくれる。

何の根拠《こんきょ》もなく、姉はそう思い込んでいた。

首無《くびな》しライダーが本当に世の理を超えた存在だとしても、誰《だれ》かを救いに来たわけではないというのに。

そもそも、首無しライダーは20年も前から池袋《いけぶくろ》にいるらしいのだ。本当に誰かを救う為《ため》の存在ならば、何故《なぜ》姉が刺された時に助けてくれなかったのか。

だから、姫香にとって首無しライダーは『不思議《ふしぎ》な力を持った他人』に過ぎなかった。

しかし、それを強く主張《しゅちょう》する気も無い。

姉にとって『首無しライダー』は生きる活力を与えてくれる存在であり、ただ町に存在しているだけで彼女を救ってくれたという事に間違いはないのだから。

そう思っていた。

首無しライダーが、池袋の街からその姿《すがた》を消すまでは。


最初はただの噂話《うわさばなし》だったが、本当に首無しライダーが姿を見せなくなってから日を追うにつれ、姉の焦燥《しょうそう》が目に見えて解るようになっていく。

時々、母と同じように、壁に向かって独《ひと》り言《ごと》を呟《つぶや》いているのを見かけた事もあった。

――「首無しライダーは私達をどこかに連れて行ってくれる」

「絶対に、こんな世界から逃がしてくれる」

そんな事をブツブツと呟いていた姉だが、その頃《ころ》には妹の愛《あい》も既《すで》に感化されており、二人揃《ふたりそろ》って首無しライダーを探しに街を彷徨《さまよ》う事すらあった。

姉妹に希望を与えるだけ与えて、何もせずに消えてしまった首無しライダー。

逆恨《さかうら》みだという事は百も承知《しょうち》で、姫香は首無しライダーを好きにはなれなかった。

あるいは本当に、人に中途《ちゅうと》半端《はんぱ》な希望だけを与えて、その後に絶望に突き落とす為に現れた悪魔なのかもしれないとさえ思う。

同時に、会ったこともない首無《くびな》しライダーに対してそんな事を考える自分が酷《ひど》くゲスで醜《みにく》い存在であると気付き、姉を刺した男と同類か、あるいはそれ以下なのだと落ち込んだ。

自分の方こそ、あの首無しライダーにとっては理不尽《りふじん》な存在なのだろうと。

顔には出さなかったものの、鬱屈《うっくつ》とした想《おも》いが姫香《ひめか》の中に積み重なって行った。


ところがある日、姉の機嫌《きげん》が急に良くなった。

それに続いて、妹の様子《ようす》もおかしくなる。

姫香はその頃《ころ》、姉に幾度《いくど》となく聞かれていた。

――「姫香の言う通り、この世に神も仏《ほとけ》もないのかもね」

――「ねえ、神様がいないなら、私達で作ればいいと思わない？」

意味が解《わか》らず、姫香は曖昧《あいまい》にしか答えていなかったが――姉は上《うわ》の空《そら》で言い続ける。

――「姫香も、もう無理《むり》をしなくていいの。いつか解る日が来るわ」

首無しライダーが消えた池袋《いけぶくろ》の街で、姉は誰《だれ》よりも首無しライダーを渇望《かつぼう》していたのである。


それから一ヶ月後――姉は姿《すがた》を消した。

同じぐらい首無しライダーを追い求めていた妹と共に。

普通ならば、姉と妹が同時に行方《ゆくえ》を眩《くら》ませたショックで、そこまで冷静には考えられなかったかもしれない。しかしながら、姫香《ひめか》はそのショックからすぐに立ち直れる強さを持っていたが故《ゆえ》に、一つの推測《すいそく》に思い至る余裕《よゆう》が生まれてしまった。

──姉は、本当に攫《さら》われたのだろうか？

雑誌《ざつし》編集部《へんしゅうぶ》に残されていたという書きかけのメモを見て、姫香は違和感《いわかん》を覚えた。

あれほどまでに首無しライダーを信仰《しんこう》していた姉にしては、あまりにも淡々《たんたん》とし過ぎている上に──家で姉が熱く語っていた内容よりも、首無しライダーに関する情報があまり、に、も、少な過、ぎ、たのである。

──まさか。

嫌《いや》な予感はあった。ある可能性にも気付いてはいた。

しかし、それを否定したかった。

いくらなんでも、そんな馬鹿《ばか》げた事をするわけがないと。

姫香は姉も妹も家族として愛していた。

だからこそ、首無しライダーと家族ならば、姫香は家族を信じようと決めたのである。

そして現在。

姫香はそんな姉と、最悪に近い形で再会する。

死体や再起不能《さいきふのう》の大怪我《おおけが》をした状態で対面する事を最悪とするならば、その次に嫌な形での再会であるとも言えた。

池袋《いけぶくろ》から少し離れた場所にある別荘《べっそう》の地下室で、姫香は知る事となる。

自分の姉が被害者《ひがいしゃ》ではなく――『加害者《かがいしゃ》』の側だったと言う現実を。


「久しぶりね、姫香。何日ぶりかしら」

姉《ねえ》さんと呼ばれた女は、どこか虚《うつ》ろな笑《え》みを浮かべながら床に転がる姫香を見下ろした。

一方の姫香は、冷めた表情で実の姉を見上げている。

「さっき、ワゴンの中でずっと一緒《いっしょ》だったじゃない。私は転がされていただけだから、顔もろくに見れなかったけど」

「あら、そうだったかしら、……ああ、そうだったかもしれないわね」

穏《おだ》やかな顔つきでそんな事を言った姫香の姉、辰神彩《たつがみあや》は、その微笑《ほほえ》みを崩《くず》さぬまま妙《みょう》な事を言い出した。

「でも、姫香も無事《ぶじ》にここにこれて良かったわ。大丈夫《だいじょうぶ》よ、ここにいる人達は、みんないい人だから」

「……何を言ってるの、姉さん？」

「首無《くびな》しライダーのセルティ様が戻って来たの。だから、もう大丈夫」

「姉さん？」

話が微妙《びみょう》に噛《か》み合っていない事に気付いた姫香《ひめか》は、怪訝《けげん》な顔をする。

「私達は、新しい時代を目にするの。あなたもその目撃者《もくげきしゃ》になれるのよ」

「何を言ってるの……姉《ねえ》さん……母《かあ》さんは無事《ぶじ》なの？」

「母さん？　ああ、お風呂場《ふろば》で壁と話してたけど、大丈夫《だいじょうぶ》よ、あの人は父《とう》さんのものだから。もう姫香や愛《あい》が父さんや母さんの事で苦しまなくていいの。それもこれも、全部セルティ様のお陰なの。きっと父さんは刑務所《けいむしょ》のどこかで死んでるわ。母さんもそのうちセルティ様が助けてくれる。そうよ、大丈夫、きっと全部上手《うま》くいくから大丈夫よきっと……」

「もう止《や》めて……。姉さんはただ、逃げ出す理由に首無《くびな》しライダーを利用してるだけ。そんなのは、あの人にも迷惑《めいわく》よ」

姫香がそう言うと、姉はグギリ、と激しく首を傾《かし》げ、姫香に問いかける。

「あの人？　あの人って、セルティ様の事？」

その顔は笑顔のままだったが、底知れぬ冷気を感じさせる声だった。

「……そうよ」

「あなたにあの方の何が解《わか》るの？」

「解るよ、だって直接そう言ってたから」

その言葉に、彩《あや》は顔から笑顔を消した。

「……何？　どういう事？」

「それは……」

言い淀む姫香の代わりに、久音《くおん》が口を開く。

「姫香ちゃんも一緒《いっしょ》に会ったんですよ。セルティさんにね」

挑発《ちょうはつ》するような一言《ひとこと》。

同時に、部屋の中の時間が止まる。

彩の重々しい沈黙《ちんもく》に、周りの男達も、釣《つ》られて声を発する事ができなくなっていた。

「……どうして？」

自らその沈黙を破り、彼女は静かに言う。

「どうして？　どうして貴女《あなた》なの？」

「姉さん……」

「やっぱり、おかしいわ。この世界はおかしい。早く逃げ出さないと……。早く、黒い煙の中に……」

ブツブツとおかしな事を言い出す姉に、姫香が叫ぶ。

「もう止めて姉さん！　こんな事、姉さんが始めたとは思えない！　誰《だれ》が最初に姉さんをこんな事に引きずり込んだの!?」

「引きずり込む……？　違うわ、姫香。私達は、引き上げられたの。あの腐《くさ》った泥《どろ》の沼《ぬま》みたいな所から……。その証拠《しょうこ》に、ほら、私今、凄《すご》く良い気分なの。ね？　解るでしょう？」

「何を言って……」

やはり会話が噛《か》み合っていない。

姫香《ひめか》が返答に窮《きゅう》していると、背後にいた四木《しき》が小声でそっと囁《ささや》いた。

「説得《せっとく》は、今は無駄《むだ》だと思いますよ、お嬢《じょう》さん」

「え……？」

「あー……。気を強くもって聞いて欲しいんですが、あんたのお姉《ねえ》さん、クスリか何かキメてるようだ」

い、い、

「……！」

鉄仮面《てつかめん》のように冷静だった姫香の顔が、僅《わず》かに青ざめる。

「あの日と顔つき……見覚えがあります。『ヘヴンスレイヴ』ってクスリに手を出した奴《やつ》が、みんなあんな感じになるんですよ。嫌《いや》な事を感じたら、その直後に反動があるらしい。多幸感に包まれて、自分にとって都合《つごう》の良い事しか見えないし、聞こえなくなる」

嫌な事を感じたというのならば、当然ながら姫香が自分よりも先にセルティと接触《せっしょく》していたという事だろう。姫香はそれを即座《そくざ》に察し、確かに今の姉はまともでないと理解した。

「そんな……！」

「だが、まだ初期だ。今やめさせりゃ、なんとかなる」

久音《くおん》はそのやり取りを聞いて、ショックを受けている姫香の代わりに辰神彩《たつがみあや》へと問いかけた。

「ねえねえ、お姉さん？　ってことは、愛《あい》さんも無事《ぶじ》なんですね？」

姫香の妹の名前を出すと、彩は少し考えてから言葉を返す。

「愛？　愛……。ああ！　ええ、そうよ、安心して。愛もちゃんとやるべき事をやってるだろうから。セルティ様や平和島静雄《へいわじましずお》と馴《な》れ馴《な》れしくお話をしてた後輩《こうはい》の女の子を、ここに連れてくるって」

その答えに、四木とその部下《ぶか》がピクリと身体《からだ》を反応させた。

「つかぬ事を聞きますがお嬢さん、その後輩の女の子ってぇのは、なんという名前です？」

「あら、あなた誰《だれ》？　まあいいわ……ええと……そうよ、アカネちゃん、って言ってたかしら」

「……」「あ、兄貴《あにき》！」

苦虫《にがむし》を噛み潰《つぶ》したような顔をする四木と、あからさまに狼狽《ろうばい》する部下。

四木はすぐに表情を戻し、冷静なまま会話を続けた。

「どうして、その女の子を？」

すると、それは彼女にとって『都合の良い事』だったのか、姫香の時とは違い、ちゃんとした答えを返してくる。

「平和島静雄も人間を超えた人だもの、あの方と話をする資格があるわ。だけど、普通の子が軽々しくあの方と仲良くしてるなんて、許せないじゃない」

そう言って微笑《ほほえ》みながら、久音の頭を蹴《け》りつけた。

「ぐぁ……っ！」

「やめて、姉《ねえ》さん！」

「大丈夫《だいじょうぶ》よ、姫香《ひめか》。彼を殺すつもりはないわ。ただ、少し反省して貰《もら》って……その後、行方《ゆくえ》不明《ふめい》になって貰うだけよ」

さらりととんでもない事を言う姉に、姫香は尚《なお》も食い下がる。

「それも……それも全部セルティさんのせいにするつもりなの！」

すると、彩《あや》は不思議《ふしぎ》そうな顔をして首を傾《かし》げる。

「？　何を言っているの？　みんな、セルティ様が消すのよ？　セルティ様の意志《いし》は私達はちゃんと解《わか》っているもの。私達の意志は、セルティ様の意志なんだから」

「……」

「池袋《いけぶくろ》から消えてしまった首無《くびな》しライダーの伝説《でんせつ》を、私達が守り通したのよ？　今は失踪《しっそう》事件になっているけど、そのうちみんな噂《うわさ》するわ。首無しライダーに連れて行かれた人間は、影を通って苦しみの無い世界に辿《たど》り着くって」

話がまったく通じていない。

適当にはぐらかしているわけではなく、本当にそれが真実だと思い込んでいるような顔だ。

雑誌記者《ざつしきしゃ》としての理知的《りちてき》な面影《おもかげ》はもはやなく、彩はただ、何かを盲信《もうしん》する狂信者《きょうしんしゃ》として姫香の前に立っている。

姫香は僅《わず》かに目を伏せ、そのどうしようも無い現実を真《ま》正面《しょうめん》から受け止めた。

——姉さんは、間違ってる。

——それでも私は、姉さんからも、愛《あい》からも逃げ出さない。

——現実からも、首無しライダーさんからも……絶対に逃げない。

そう決意《けつい》しながら、姉に向かって口を開いた。

「姉さん……。お願いだから、首無しライダーさんとちゃんと会って、向き合って話をして？　そうすれば、姉さんもきっと解ると思うから」

「大丈夫よ、姫香。私達は今、もうとっくに幸せなんだから。都市伝説《としでんせつ》を生み出して広めていくとね、まるで自分達がその伝説の一部になったように錯覚《さっかく》する……先輩《せんぱい》の記者さんがそう言ってたけど、まさにその通りよ。錯覚なんかじゃない。私はもう、首無しライダー様の一部なのよ」

目に穏《おだ》やかな狂気《きょうき》を孕《はら》んだ姉の姿《すがた》を真《ま》正面《しょうめん》から見据《みす》え、姫香は尚も何か言おうとした。

だが——それよりも先に、部屋の扉《とびら》が開かれ、入って来た男が何かを彩に耳打ちする。

「……愛が？」

そう呟《つぶや》いた後、慌《あわ》てて外に向かう彩。

「ごめんなさい、姫香。愛ったら、そのアカネっていう女の子を攫《さら》うの、失敗しちゃったみたいなの」

「え？」

姫香《ひめか》はキョトンと目を丸くし、その背後で、四木《しき》が小さく安堵《あんど》の息を吐き出した。

「大丈夫《だいじょうぶ》よ、次は私が上手《うま》くやるから」

「待って、姉《ねえ》さ……」

彩《あや》は勢い良く扉《とびら》を閉め、後に見張りの男一人だけを残して去って行った。

まるで、姫香が語る言葉という現実から逃げだしていくかのように。

♂♀

八王子《はちおうじ》某所《ぼうしょ》

『……まさか、こんな所で会う事になるとは思わなかった』

三頭池《みずち》八尋《やひろ》からのメールを見たセルティは、粟楠会《あわくすかい》の関係者が集結しつつある中、少し離れた場所で少年と落ち合う事にした。

「すいません、俺《おれ》もビックリしてます」

『一体どうしてここに？』

「実は……」

八尋が事情を説明すると、セルティは肩を落としながら納得《なっとく》する。

『黒沼青葉《くろぬまあおば》か。一体どこで情報を手に入れたんだ？』

不思議《ふしぎ》には思ったが、あの少年も臨也《いざや》に近い情報網《もう》を持っている。

もしかしたら粟楠会の人間を盗聴《とうちょう》していたのかもしれないと思いつつ、特に深く追及《ついきゅう》はしない事にした。

『だが、どうする気だ？　こんな所まで来て、青葉達と一緒《いっしょ》に人攫《ひとさら》いの所に乗り込む気か？』

「友達が二人も攫われてるんです。放って置けません」

『警察に任せておけ……とは私も立場上言えないんだが、君まで危ない目に遭《あ》う必要はない』

「必要はなくても、やらなきゃいけない気がするんです。手伝わせて下さい」

自分でも理不尽《りふじん》な事を言っているのは理解しているが、八尋は引き下がらない。

「ここで引いたら、掴《つか》みかけた『きっかけ』が、手《て》の平《ひら》から逃げてしまうような気がして……」

『きっかけ？』

セルティの問い掛けに、八尋は慌《あわ》てて首を振り、僅《わず》かに話を逸《そ》らして言った。

「理不尽な事を言っているのは解《わか》ってます。だけど……久音《くおん》君と辰神《たつがみ》さんが攫われたなら、次は俺が狙《ねら》いかもしれません、囮《おとり》ぐらいにはなれると思います」

『確かに、まさか姫香ちゃんまで攫われているとは思わなかったからな……』

八尋が普通の高校生ならば、一も二も無く『危ないから』と押し通す事ができるのだが、八尋が普通ではない事はセルティも既《すで》に知っている。

言わば、少しマイルドな平和島静雄《へいわじましずお》のようなものだ。喧嘩《けんか》に関しては止める必要もないのだろうが、何しろ今回は相手の正体すら分かっていない。早い話が、突然銃《とつぜんじゅう》を乱射《らんしゃ》してくるような類《たぐい》の人間達かもしれないのだ。

――粟楠会《あわくすかい》の血の気の多い連中《れんちゅう》に加えて、屍龍《ドラゴンゾンビ》の連中まで来てるしな……。

それに加えてブルースクウェアの面子《メンツ》も集まっているという。

屍龍《ドラゴンゾンビ》とブルースクウェアの関係は、決して良好であるとは言えない。屍龍《ドラゴンゾンビ》と犬猿《けんえん》の仲である『邪《ジャ》ン蛇《ジャ》カ邪《ジャ》ン』までいるとなれば、下手《へた》な刺激《しげき》一つで抗争《こうそう》状態となるだろう。

――何しろ、組長《くみちょう》の孫《まご》の茜《あかね》ちゃんを攫《さら》おうとした連中相手だ。粟楠会も容赦《ようしゃ》する気はないだろうし、下手をすれば銃器《じゅうき》の類を持ってきているかもしれない。

ネガティブな方向に思考《しこう》が偏《かたよ》ったセルティは、慌《あわ》ててヘルメットを左右に振り、改めて八尋《やひろ》に問いかけた。

『君は、何が目的なんだ？』

「えっ？」

『昔、非日常を求めて池袋《いけぶくろ》に来た子がいた。その子がこういう裏側の道に来た時、それを止めなかったのが良かったのか悪かったのか、今では良くわからない。ただ、その子は大きな怪我《けが》をして「こっち側」から身を引いた。何か信念があって怪我をするのは自業自得《じごうじとく》だ。だが、一時的な感情の流れで「こっち側」に関わるのはお勧《すす》めしない』

セルティは目の前の少年と向き合い、とある少年の事を思い出しながら更《さら》に続ける。

『教えてくれ。君は、何か強い目的や理由があってこの街に来たのか？』

すると八尋は、暫《しばら》く沈黙《ちんもく》した後——ハッキリとセルティに目を向け、その口を開いた。

「セルティさん」

『なんだ？』

「……これから、凄《すご》く失礼《しつれい》な事を聞きます。殴《なぐ》られても仕方ない事を」

『？　いや、質問だけで殴ったりはしないが……』

ヘルメットを傾《かし》げるセルティに、八尋は大きく息を吸った後、思い切って告白《こくはく》する事にした。

何故《なぜ》、自分がこの街に来たのかを。

地元で、何と呼ばれていたのかという事を。

「みんなに『化《ば》け物《もの》』って呼ばれるのは……どんな気分ですか？」

♂♀

別荘地下《べっそうちか》

「どうしよう、早くなんとかしないと、そのアカネちゃんっていう子が……」

まったく話が通じなかった事を悲しんでいた姫香《ひめか》だが、やはりすぐにその悲しみを抑え込み、淡々《たんたん》とした調子でそう言った。

すると、背後にいた四木《しき》が口を開く。

「貴女《あなた》のお姉《ねえ》さん達に、『次の機会《きかい》』なんてありませんよ」

「？」

姫香の疑問を察した久音《くおん》が、四木の代わりに答える。

「そのアカネちゃんって子はね、多分、粟楠《あわくす》茜ちゃんさ。粟楠会《かい》の組長《くみちょう》のお孫《まご》さんのね」

「……良く知ってるな、坊主《ぼうず》」

「同じ道場《どうじょう》なんで」

「……ああ、お前、楽影《らくえい》ジムの人間か」

得心《とくしん》がいったように頷《うなず》く四木。

久音はそれに頷き返した後、見張りに聞こえないように、小声で言った。

「つまりね……ここの別荘《べっそう》にいる人達は、粟楠会を敵に回したって事だよ」

それを引き継《つ》ぐ形で、四木が言う。

「茜お嬢《じょう》さんには見張りをつけさせてる筈《はず》だ。そうなったら、攫《さら》いかけた連中《れんちゅう》は尾行《びこう》されてると思っていいだろう」

「え、それって……」

「栗楠会の人間が、何人もここに向かってる……って事ですよ、お嬢さん」

「……」

四木の話を聞いて、姫香が難しい顔をした。

助けが来るという安堵《あんど》よりも、『姉がその筋《すじ》の人間達を敵に回してしまった』という事実の方が重要なのだろう。

「おい、何をコソコソ話してる」

小声で話し続ける四木達を不審《ふしん》に思ったのか、見張りの男が眉《まゆ》を顰《ひそ》めながら近寄ってくる。

「ああ、すいませんねぇ。血で床を汚しちまいそうで、困ってたんですよ」

「血？」

怪訝《けげん》な顔をして近寄る男。

やはり彼は素人《しろうと》なのだろう。なんの警戒《けいかい》もせずに四人の陰を覗《のぞ》き込み——

その鼻柱《はなばしら》に、四木の掌底《しょうてい》が叩《たた》き込まれた。

「ぶごっ……」

大きく仰《の》け反《ぞ》った顔から、鼻血《はなぢ》が勢い良く零《こぼ》れ始める。

いつの間にか四肢《しし》の拘束《こうそく》を解《と》いていた四木が、勢い良く立ち上がってその男の右手首と頭を両手でそれぞれ摑《つか》みあげた。

「さてと……」

「ひっ……」

手を背中に回された挙《あ》げ句《く》。髪《かみ》の毛を強く引かれている男。

四木《しき》はそのまま男の重心《じゅうしん》を操《あやつ》り、顔面から思い切り棚《たな》の角《かど》へと叩《たた》きつけた。

「～っ！」

声にならない悲鳴を上げた男に対し、四木はもう一度大きく身体《からだ》を操《あやつ》り、そのまま男の顔面を床へと叩き落とした。

ベチャリ、と嫌《いや》な音がし、男の鼻が潰《つぶ》れたのが久音達《くおんたち》にも理解できた。

気絶《きぜつ》したまま、ドクドクと鼻血《はなぢ》を流し続ける男に、四木は言う。

「な？　汚れただろ？」

肩を竦《すく》める四木に、久音が驚いたように口を開いた。

「いつの間に手足が自由に……あれ……？」

「最初からいつでも抜け出せたんだが、正体が解《わか》るまでは大人《おとな》しくしておこうと思ってな。あの程度の拘束《こうそく》、この筋《すじ》でメシ食ってる俺《おれ》らが抜け出せないわけが……」

「あ、あの……」

倒れた男のスマートフォンを漁《あさ》る四木に坊主頭《ぼうずあたま》の部下《ぶか》が気まずそうに言う。

「四木の兄貴《あにき》……俺、抜け出せなかったんで、外して貰《もら》っていいっすかね……？」

♂♀

別荘地《べっそうち》周辺

『なるほど。それで君は、私や静雄《しずお》を探してた……ってわけか』

八尋《やひろ》の告白《こくはく》を聞いたセルティは、落ち着いた調子で少年に文字を見せた。

『静雄の奴《やつ》は、化《ば》け物《もの》だったか？』

「……強さだけなら」

『強さ以外は？』

「……いい人でした」

その答えを聞いて、セルティは心の中で口笛《くちぶえ》を吹く。

静雄に思い切り殴《なぐ》り飛ばされて、即座《そくざ》に彼を「いい人だ」と言い切れる人間など今まで滅多《めった》にいなかった。

「あの人は、セルティさんや弟さんの為《ため》に怒ってました。俺、自分の事じゃなくて、友達をバカにされたから怒るあの人を見て、正直凄《しょうじきすご》いと思いました」

『ああ、そうだな』

——まあ、静雄《しずお》は自分の事でキレるのもしょっちゅうだけどな。

セルティはそう思ったが、話の腰は折るまいと敢《あ》えて文字にはせず、話を聞き続ける。

「俺《おれ》なんかよりもっと多くの人に化《ば》け物《もの》だって言われてたのに、凄《すご》く真《ま》っ直《す》ぐに生きてるっていうか……。俺はどうしてああいう風《ふう》になれなかったんだろうって……」

——……まっすぐ……かな……。

静雄に折られた道路標識《ひょうしき》やポスト等を頭に思い浮かべ、セルティは『流石《さすが》にそれは過大評価《かだいひょう》し過ぎなのでは』と思ったものの、無免許《むめんきょ》運転をしている自分がどうこう言える事ではなかろうとやはり気にしない事にした。

「俺、もしかしたら、一人じゃないのかもしれないって……。池袋《いけぶくろ》にくれば、他に化け物って呼ばれてる人達と話す事ができれば、自分が生きる意味とか解《わか》るんじゃないかと思って……本当に、すいませんでした」

『別に、謝る事じゃないさ。私が人間から見て化け物なのは本当の事だからな』

セルティはそう言うと、ヘルメットをあっさりと脱《ぬ》いで見せた。

「！」

そこにはただ、漆黒《しっこく》の影が滲《にじ》み出す首の断面だけが存在している。

八尋は突然の事に驚いたが、呼吸を整えつつ、セルティに言った。

「本当に……人間じゃないんですね」

『怖《こわ》がらないな』

「いえ、足が竦《すく》んでます」

ゴクリと息を呑《の》みながら八尋はそう呟《つぶや》き、拳《こぶし》をぐっと強く握りしめながら、申《もう》し訳《わけ》なさそうに口を開く。

彼が本当に怯《おび》えていたのは、首が無いセルティの容姿《ようし》についてではなく――そんな『本物』を前にして、自分の矮小《わいしょう》さを突きつけられた事に対する怯えだった。

「俺みたいな、ただ行動で化け物化け物って言われてる中途半端《ちゅうとはんぱ》な奴《やつ》と一緒《いっしょ》にされたら、本当に迷惑《めいわく》ですよね」

『なればいいじゃないか』

再び頭を下げようとした八尋の言葉を遮《さえぎ》る形で、セルティはスマートフォンを突きつけた。

「……え？」

『中途半端がイヤなら、化け物になるのも悪くないと思うぞ』

それは、数年前のセルティからは、決して出てこない言葉だった。

『化け物になる事を怖《おそ》れるな』

セルティには、所詮《しょせん》自分は人間ではないという想《おも》いが強かった時期がある。

それ故《ゆえ》に、全ての人間達との間に自ら溝《みぞ》を引いていた。

『例え私と同じような首無《くびな》しの身体《からだ》になったとしても……それでも、君は君だ』

彼女が自ら引いた溝《みぞ》を埋めたのは、人間になろうと思ったからではない。

ただ、今の彼女にとって幸運な出会いがあっただけだ。

『世界は広い。人生を信じろ……なんて偉《えら》そうな事は言えないが……例え化《ば》け物《もの》だろうと、お前を信じてくれる奴《やつ》や、お前を愛してくれる奴は、きっとどこかに居る』

彼女の頭に浮かぶのは、ただ、化け物である自分を純粋《じゅんすい》に愛してくれた男の顔。

それは同時に、純粋に自分が愛している男の顔でもあった。

「俺《おれ》を……信じてくれる人？」

『その、いつか出会うどこかの誰《だれ》かを信じる事を諦《あきら》めない限り、お前は人であり、化け物であり──』

『お前はずっと、三頭池八尋《みずちやひろ》だ』

「あ……」

八尋にはその瞬間《しゅんかん》、首の無い女性が微笑《ほほえ》んだように思えた。

ただそれだけの事で、十分だったのである。

首無しライダーの笑顔は、八尋が前に進む為《ため》の『きっかけ』として、恐らく最高の物だった。

別荘地下

四木は坊主頭の拘束を解くと、彼に指示を出して久音と姫香を自由にさせた。

その間、四木は見張りの男の持っていたスマートフォンを起動させ、地図のアプリケーションで現在位置を確認する。

そして、その住所を元にネットで検索をかけ、自分達がいる物件がなんなのかを割り出した。

「まったく、便利な時代になったもんだ」

眩く四木の目に映るのは、『四十万不動産所有　別荘地』の文字だ。

どうやらこの周辺一帯が、四十万グループが所有、販売している土地らしい。

四十万という名前には覚えがある。

――なるほど、俺が攫われたのは、そっちの絡みかもな。

『ヘヴンスレイヴ』を扱ってるのは四十万だけだしな……たまたま俺が首無しライダーの一件を調べてたから、目を付けて一石二鳥を狙ったってわけか。

その筋の人間である自分を攫えば、『首無しライダーはとうとう粟楠会に手を出した』と世間に思わせる事ができると同時に、自分の組織《そしき》を潰《つぶ》した粟楠会《あわくすかい》への意趣返《いしゅがえ》しにもなる。

――だが、何故《なぜ》今なんだ？

――首無《くびな》しライダーの信者を利用して人を集めて、それを隠《かく》れ蓑《みの》に麻薬《まやく》組織を復活させたってわけか……？

――いや、素人《しろうと》を中心近くに引き込むなんて下手《へた》な真似《まね》をするような奴《やつ》だったか？

そもそも、本当に四十万《しじま》が絡んでいるのなら、とっくに自分を始末《しまつ》しに来てもおかしくはない筈《はず》だ。

四木《しき》の頭にはいくつもの疑問符《ぎもんふ》が浮かぶが、手持ちの情報だけでは何も解決しないだろうと判断《はんだん》し、とりあえず今後の事について考える事にした。

まず、スマートフォンで組の人間、上司《じょうし》である粟楠幹彌《みきや》に連絡《れんらく》を入れる。

こんな時の為《ため》に重要幹部《かんぶ》の電話番号を全て頭に叩《たた》き込んでいる四木は、直接番号を打ち込み相手の着信《ちゃくしん》を待った。

『……誰《だれ》だ？』

知らない番号からの着信だったからだろう。訝《いぶか》しげな幹彌の声が聞こえる。

「すいません、幹彌さん。俺《おれ》です」

『！　四木か⁉　今、どこにいる！』

「八王子《はちおうじ》です。人攫《ひとさら》いどもの懐《ふところ》に潜《もぐ》り込んだ所ですよ。お嬢《じょう》さんは御無事《ごぶじ》ですか」

『さっき、攫われかけたって連絡があったが、お前んところの部下《ぶか》に助けられた。感謝する』

短い礼《れい》の言葉だが、四木は特に気にせず、自らの状況を幹彌に伝えた。横にいる姫香《ひめか》に気を遣《つか》ってか、彩達《あやたち》の事には触れていない。

「中毒者《ちゅうどくしゃ》が何人か居ますが、裏で絵図《えず》描《か》いてるのは恐らく四十万でしょう。その更《さら》に裏で糸を引いてる奴がいるのかどうかは、これから調べます」

『……赤林《あかばやし》の子飼いの族《ぞく》と、青崎《あおざき》の所の若い連中《れんちゅう》がそっちに向かってる。巻き込まれないように気を付けろ』

幹彌の言葉に、四木は眉《まゆ》を顰《ひそ》めた。

「青崎の奴、まさか銃器《どうぐ》は持たせてないでしょうね」

粟楠会きっての武闘派《ぶとうは》である青崎の派閥《はばつ》は、本人を含めて血の気の多い人間ばかりだ。麻薬中毒者とは言え堅気《かたぎ》の人間に銃弾《じゅうだん》が撃《う》ち込まれた、などという事になれば、粟楠会自体が無くなりかねない。

『奴の理性を信じるしかない。俺もこの立場じゃなきゃ、直接カチコミに行ってる所だ』

「まあ、私も騒《さわ》ぎを大きくしないように努力はしますがね」

その後、幹彌といくつかやり取りをした後に電話を切り、四木は背後にいる久音《くおん》と姫香に振り返った。

「私達はこれから外に出ますが、お嬢さん達は迂闊《うかつ》に動かない方がいいですよ」

「いえ……行きます。姉が心配ですから」

四木《しき》がどういう職業《しょくぎょう》の人間かに気付いた後でも、姫香《ひめか》は物怖《ものお》じせず凛《りん》とした言葉を響《ひび》かせた。

大した度胸《どきょう》だと思いつつも、四木としては素人《しろうと》を連れ歩く理由はない。

簡単に拘束《こうそく》を解《と》くべきではなかったかと思案《しあん》していると、ドアの辺りから階段を下ってくる足音が聞こえて来た。

ちらりと目で合図《あいず》すると、坊主頭《ぼうずあたま》の部下《ぶか》が頷《うなず》きながらドアに忍《しの》び寄る。

そして、ドアが開かれると同時に、坊主頭の男は勢い良く来訪者《らいほうしゃ》に躍《おど》り掛かり――

あっという間に殴《なぐ》り返され、白眼《しろめ》を剥《む》いて気絶《きぜつ》する結果となった。

「！」

こめかみを的確《てきかく》に狙《ねら》った鮮《あざ》やか過ぎる一撃《いちげき》に、四木は思わず息を呑《の》んだが――

警戒《けいかい》するよりも先に、その来訪者の奥にいる人影《ひとかげ》に気が付いた。

ヘルメットを除き、まさしく人の形をした影そのものとでもいうべき存在に。

「辰神《たつがみ》さん！　久音《くおん》君！　大丈夫《だいじょうぶ》！」

慌《あわ》てて駆《か》け寄ってきたのが八尋《やひろ》だと気付くと同時に、姫香と久音は双方《そうほう》目を丸くする。

「三頭池《みずち》君⁉」

「八尋⁉　それに……セルティさん⁉」

こちらの名を呼ぶ二人を見て、特に怪我《けが》がなさそうだと喜んだのも束の間《つかま》——

その傍《そば》にいた一人の男を見て、八尋はゾクリと背を震わせる。

長年培《つちか》ってきた経験と、生まれながらの本能が即座《そくざ》に告げた。

目の前にいるこの男は、静雄《しずお》と方向性こそ違えど、とても危険な存在だと。

しかし、その危険な空気を纏《まと》う男は——セルティに対して深々と一礼《いちれい》した。

「やれやれ、助かりましたよセルティさん」

『四木さん！　無事《ぶじ》だったんですね！』

「ええ、何とか。よく、地下にいると解《わか》りましたね」

『裏口からこっそり忍《しの》び込んできたんですけど、途中《とちゅう》にいた見張りを捕《つか》まえて脅《おど》して、ここの事を教えて貰《もら》いました』

セルティの文字を見て、四木が言う。

「……脅す必要は無かったと思いますよ？」

『？　そういえば、なんだか笑いながら涙を流してて……変な反応でしたけど……』

「でしょうね。まあ、とにもかくにも、貴女《あなた》が先に来てくれて助かりました。揉《も》め事《ごと》の最中《さいちゅう》、安心して学生さん達を預けられる」

久音と姫香をチラリとみながら言う男を見て、八尋はどうやらその男が敵では無いらしいと悟《さと》ったが——

同時に、ハッと気付く。

「あの、この人、もしかして……人攫《ひとさら》いの仲間じゃなかったんですか？」

足元で伸びている坊主頭《ぼうずあたま》の男を見て狼狽《うろた》える八尋《やひろ》だが、鋭い目つきの男は小さく溜息《ためいき》を吐いた後、苦笑《くしょう》交じりに答えた。

「先に勘違《かんちが》いして仕掛けたのはこちらですから、お気になさらず。こいつも、学生さんに殴《なぐ》り倒されたなんて恥《は》ずかしくて喧伝《けんでん》したりはしないでしょうし、させませんよ」

八尋はそれを聞いて安堵《あんど》した後、改めて頭を下げる。

「解《わか》りました。起きたら、本当にすみませんでしたと伝えて下さい」

本来ならしっかりと男を起こして詫《わ》びたい所だったが、その時間が無いとばかりに、八尋は姫香《ひめか》達に向き直った。

「早く逃げよう。ここはもうすぐ、厄介《やっかい》な事になる」

すると、それに対して姫香が首を振る。

「まって、姉《ねえ》さんは置いていけない」

『そうか、君のお姉さん達もここに捕《つか》まってるんだな。一緒《いっしょ》の部屋じゃなかったのか……』

セルティは、姫香を安心させようとする文字を打ち込んで姫香に見せた。

『私が囮《おとり》になるから、その隙《すき》に八尋君達と裏口から逃げるんだ。いいね』

「……違う、違うんです、セルティさん」

『え？』

戸惑《とまど》うセルティに、姫香は唇《くちびる》をキュウ、と噛《か》みしめた後に事の顛末《てんまつ》を語りだした。

「私の姉さんも妹も……人攫いの一味《いちみ》だったんです……」

『なっ……ど、どういう事だ⁉』

驚くセルティに、四木《しき》が皮肉《ひにく》げに言葉を紡《つむ》ぐ。

「どういう事もなにも、貴女《あなた》が羽を伸ばしすぎたのが原因ですよ」

♂♀

別荘《べっそう》周辺
「……なんで『屍龍《ドラゴンゾンビ》』の雑魚《ざこ》どもがこんな所にいる？」
「それはお互い様だろ？『邪《ジャ》ン蛇《ジャ》カ邪《ジャ》ン』が八王子《はちおうじ》で集会って事は、とうとう池袋《いけぶくろ》からその臭《くせ》え息ごと消えてくれるって事か？」
複数の組織《そしき》が現場の別荘地に集結しつつある中、当然ながらチーム同士の諍《いさか》いも起こりつつあった。当然ながら『屍龍《ドラゴンゾンビ》』も『邪《ジャ》ン蛇《ジャ》カ邪《ジャ》ン』も、上層部《じょうそうぶ》は状況を理解して冷静なのだが、血の気の多い構成員《こうせいいん》による小競《こぜ》り合いも始まりつつあった。

「あぁ？　まさか、手前《てめぇ》らが人攫《ひとさら》いに関わってるわけじゃぁねえよなぁ？」

「吼《ほ》えるなよ、粟楠会《あわくすかい》の犬は、人攫いと俺《おれ》らの区別もつかねぇほど鼻が腐《くさ》っちまったか？」

「っぁあ？」

「っだらぁ！」

もはや言葉にすらなってない怒声《どせい》を浴びせ合う彼らを、遠くからカメラで録画《ろくが》する者達も存在していた。


「やれやれ、あれじゃもう、別荘《べっそう》の中の連中《れんちゅう》には気付かれてるだろうな」

少し離れた駐車場《ちゅうしゃじょう》の片隅《かたすみ》。青葉《あおば》がそう言って、ワゴン車の中からビデオカメラを回している。

「声が入るぞ」

「いいよ、俺達の声は後で編集《へんしゅう》するから」

「つーか、俺らはどのタイミングに殴《なぐ》り込みゃいいんだ？」

仲間の言葉に、青葉が答えた。

「相手の正体を摑《つか》んでから。場合によっちゃ、屍龍《ドラゴンゾンビ》と邪《ジャ》ン蛇《ジャ》カ邪《ジャ》ンの小競り合いになるだろうから、そのタイミングで出る事になるかもね」

そんな事を話していると、暗視装置《あんしそうち》付《つ》きの双眼鏡《そうがんきょう》を覗《のぞ》いていた仲間が、現場に動きがあった事を伝えて来る。

「おい、団体さんが別荘の入口に向かったぞ」

「どれどれ……おっと、ありゃ『邪《ジャ》ン蛇《ジャ》カ邪《ジャ》ン』じゃないな。その一個上《いっこうえ》。粟楠会《あわくすかい》の怖《こわ》いお兄《にい》さん達だね……」

カメラのズーム機能《きのう》を使って様子《ようす》を探る青葉。

別荘の入口近くで、何やら小競り合いが起きているらしい。

「始まるかな？　さて、鬼《おに》が出るか蛇《じゃ》が出るか……」

楽しそうに事の成り行きを見守っていた青葉だが、次の瞬間《しゅんかん》、画面の左上に揺らめく光に気が付いた。

「ん？」

小さな炎《ほのお》だと気付いた時には、その光点は一回り大きく膨《ふく》らみ、別荘の二階から敷地《しきち》の外に向かって、光の軌跡《きせき》を描いて落ちていく。

――火炎瓶《かえんびん》⁉

青葉がその正体を看破《かんぱ》した刹那《せつな》――ガラスの破砕音《はさいおん》と共に、勢い良く地面に炎が広がった。

「うおおお⁉　んだありゃぁ⁉」

「どこの連中だぁ！」

「手前《てめえ》らの仕業《しわざ》かぁ！」

火炎瓶《かえんびん》がどこからともなく投げつけられる。

それは、爆発《ばくはつ》寸前だった両チームの起爆剤《きばくざい》としては十分過ぎる出来事だった。

誰《だれ》かが最初に相手を殴《なぐ》りつけると同時に、喧嘩《けんか》があらゆる場所で一斉《いっせい》に膨《ふく》れあがる。

「あぁ、やれやれ、血の気の多い連中《れんちゅう》だなぁ。邪《ジャ》ン蛇《ジャ》カ邪《ジャ》ンの連中も、うちが相手だと妙《みょう》にムキになりやがるし、逆もまた然《しか》り、と」

少し離れた場所で様子《ようす》を見ていた麗貝《リーベイ》は、呆《あき》れた目でその抗争《こうそう》を眺《なが》めていた。

「まぁ、始まったものはしょうがないかねぇ」

呆れた声を出しているが、その目は楽しそうに笑っている。

そんな彼の後ろから、邪《ジャ》ン蛇《ジャ》カ邪《ジャ》ンの若手メンバーが数人、鉄パイプを持って迫っていた。

「死ねや麗貝ィイイ！」

鉄パイプを振り上げながら叫ぶ男達に、麗貝は振り返り様《ざま》に銀の閃光《せんこう》を煌《きら》めかせる。

ガキン、ガギン、と、鋭い金属《きんぞく》の衝突音《しょうとつおん》が聞こえたかと思うと、男達の鉄パイプがバラバラになって転がった。

呆然《ぼうぜん》とする男達の目に映ったのは、麗貝の両手にそれぞれ握られた柳葉刀《りゅうようとう》。

自分達の鉄パイプの惨状《さんじょう》とその刀を見比べた後、男達は短い悲鳴を上げて逃げていった。

「あんなのが向こうの新入りかぁ。お互い、人材不足は深刻《しんこく》だねぇ」

首を振りながら苦笑《くしよう》しつつ、麗貝はゆっくりと歩を進めた。

仲間達を止めるわけでもなく、ただ、始まってしまった『祭』の顛末《てんまつ》をその中心から確かめる為《ため》に。


一方で、それが別荘《べつそう》の中から投げられたという事を理解した粟楠会《あわくすかい》の若衆達《わかしゆうたち》は、一瞬怯《いつしゆんひる》んだものの、怒声《どせい》を上げて別荘の入口に押し寄せる。

すると、今度はそれに狙《ねら》いを定めるように、新しい火炎瓶が投げつけられた。

それだけではない。

周囲にあった別の家屋《かおく》の敷地内《しきちない》からも、組織《そしき》問《と》わず、集まった集団に対して手当たり次第に火炎瓶を投げつけ始めたではないか。

更《さら》にはそれに混じって、催涙弾《さいるいだん》のようなものまで投げつけられ――四十万《しじま》グループ所有の別荘地は、酷《ひど》いパニック状態に陥《おちい》った。

「くっそ！　おい、チャカ持ってこい！」

「バカ野郎《やろう》！　青崎《あおざき》さんに殺されるぞ！」

「このままじゃ埒《らち》があかんだろうがぁ！」

「泉井《いずみい》はどうした！　アイツに得物《えもの》持たせてカチ込ませろ！」

「奴《やつ》は駄目《だめ》だ！　泉井の野郎、火だけは駄目だからよ！」

悲鳴と怒号《どごう》が入り交じる中、反撃《はんげき》とばかりに、車で別荘《べっそう》の中に突っ込む者まで現れ、破壊音《はかいおん》が森の静寂《せいじゃく》を殺し、火炎瓶《かえんびん》の炎《ほのお》が催涙弾《さいるいだん》の煙によって照り返され、夜の闇《やみ》を煌々《こうこう》と明るく照らしている。


「えらいことになったな」

ビデオを回している青葉《あおば》は、小声でそう呟《つぶや》いた。

「おい、八尋《やひろ》ってガキはどうしたんだ？」

「首無《くびな》しライダーと会ってるよ。首無しライダーは、俺《おれ》が顔を出すと嫌《いや》な顔……っていうか嫌な仕草《しぐさ》をするからね」

「だからって、放っておくのか？」

「いや、首無しライダーと八尋がどう動くかが楽しみなんだよ。それをビデオに納めるのが目的みたいなもんだからね」

ニヤニヤと笑いながらビデオカメラを回し続ける青葉。

そんな彼の期待に応《こた》えるように――


Qrrrrrrrrrrrrrrrhhhhh――――

混沌《こんとん》と破壊が渦巻《うずま》く別荘地《べっそうち》に、馬の嘶《いなな》きのようなエンジン音が響《ひび》き渡った。

その不気味《ぶきみ》なエンジン音を聞いて、一番激しく反応したのは、別荘の中にいる者達だった。

「この音……間違いないわ……首無しライダー様のバイクよ！」

「本当だ！　どこ……どこにいるの⁉」

ある別荘の二階から火炎瓶を投げていた彩《あや》と愛《あい》が、恍惚《こうこつ》とした目から涙を零《こぼ》した。

窓から身を乗り出し、彩はその音の発生源《はっせいげん》を必死に探す。

すると、炎の明かりと煙に紛《まぎ》れ——隣《となり》にある別荘の屋根《やね》の上に、その姿《すがた》を発見した。

彼女達の歪《ゆが》んだ『信仰《しんこう》』の源《みなもと》である存在——首無しライダー、セルティ・ストゥルルソンの姿を。

「あぁ……あぁ……来たわ……ついに来てくださったんだわ！　私達を助けに！」

涙を流しながら、屋根の上でバイクに跨《また》がるセルティの姿を仰《あお》ぎ見る彩。

ところが——

「彩姉《ねえ》ちゃん……でも……」

戸惑《とまど》いながら、妹の愛が、ゆっくり指を上げる。

「あれは……誰《だれ》？」

その指の先は、首無《くびな》しライダーの後ろにいる漆黒の影を指していた。

ソレは、黒い闇《やみ》そのものだった。

首無しライダーが闇の色のライダースーツを纏《まと》っているのだとすれば、ソレは、ドライアイスの煙のように蠢《うごめ》く影が、そのまま人の形として立ち上がったかのような存在に思える。

一体あれは誰《だれ》なのか。

いや、あれはそもそも人なのか。

そんな事を疑問に思うのは、セルティ達の姿《すがた》に気付いた極一部《ごくいちぶ》の者達だけだった。

しかしながら——次の瞬間《しゅんかん》、その場所にいた全員が、その『影男』の存在に気付く事となる。

「————————」

屋根《やね》の上で、ソレは雄叫《おたけ》びを上げた。

夜の闇を劈《つんざ》き、悲鳴を消し去るような叫び声だった。

殴《なぐ》り合っていた男達や、火に怯《おび》えて逃げ惑《まど》っていた者達でさえ、思わず手と足を止めた。

その雄叫びに、彼らは本能的に感じたのである。

迫り来る火や、目の前の喧嘩《けんか》相手を上回る、圧倒的《あっとうてき》な『恐怖《きょうふ》』を。

「なん……だ、ありゃ」

暴走族《ぼうそうぞく》の一人がそう呟《つぶや》くが、答えられる者はいなかった。

池袋《いけぶくろ》において、首無《くびな》しライダーはもはや知らぬものはいない、既知《きち》の怪物《かいぶつ》である。

だが、そこに居た化《ば》け物《もの》は、彼らにとってまったく未知の存在だった。


現場にいた全員に緊張《きんちょう》が走る。

炎《ほのお》が燃える音と、催涙《さいるい》ガスを浴びた者の咳《せ》き込む音だけが響《ひび》く中、緊張に耐えかねた暴走族の一人が、屋根《やね》の上にいる男に鉄パイプを投げつけた。

「なんだぁテメェはぁ！」

だが、影男は飛来《ひらい》した鉄パイプをあっさりと掴《つか》み取ると——そのまま、屋根の上から駆《か》け下りる。

そのまま地上まで飛び降りるのかと思いきや、二階のベランダに下り立ち、その中にいた『人攫《ひとさら》い』達と対峙《たいじ》した。

その別荘《べっそう》の二階にいたのは、体格の良い男達が五人程。火炎瓶《かえんびん》を破壊《はかい》しようと手を伸ばす影男を見て、男達は「な、なんだお前！」と叫んで取り押さえようとする。

しかし、そんな男達があっさりと叩《たた》き伏せられ、ねじ伏せられていく。

別荘の敷地《しきち》の入口あたりで粟楠会《あわくすかい》の人間達と小競《こぜ》り合いを起こしていた者達は、二階から聞こえた悲鳴を聞いて、思わず心が怯《すく》んでしまう。

ヘブンスレイヴの影響《えいきょう》で感覚が鈍くなっていたとはいえ、あまりにも異様《いよう》な光景《こうけい》の前に、クスリの効果を超えた恐怖を感じてしまったようだ。

「おい、今だ！　こいつらぶっ殺せ！」

その隙《すき》にとばかりに、粟楠会の若衆達《わかしゅうたち》が人攫い達に躍《おど》り掛かり、何人かを地面に殴《なぐ》り倒す。

「死ねこらぁ！」

勢いで歯止めの利かなくなった若衆達は、倒れた者達のアバラや頭に蹴《け》りを入れ続けた。

すわ、このままでは確実に人死《しとし》にが出るという状況の中——二階の窓が派手《はで》に割れ、そのまま外に『影男』が飛び出して来た。

影男は異様なスピードで若衆達に近づくと、男達の中心に勢い良く割り込んだ。

「な、なんだ手前《てめえ》！　どっちの味方《みかた》だっらぁ！」

突然邪魔《じゃま》をしてきた『影男』に焦《あせ》りつつも、若衆の一人が勢い良く殴り掛かる。

だが、『影男』はそれを紙一重《かみひとえ》で躱《かわ》し、手首を握ってそのまま相手の身体《からだ》を捻《ひね》り倒す。

「ぐぁっ⁉」

「んだっ！　っらぁ！」

言葉にならない怒声《どせい》を上げ、次々と襲《おそ》いかかる粟楠会の若衆達。

彼はそんな男達を軽くいなしつつ、そのまま混沌《こんとん》とした別荘地《べっそうち》の中を駆《か》け回った。

『邪《ジャ》ン蛇《ジャ》カ邪《ジャ》ン』だろうと『屍龍《ドラゴンゾンビ》』だろうと、『人攫《ひとさら》い』だろうと『粟楠会《あわくすかい》』だろうと、まったく分け隔《へだ》て無く戦いを挑《いど》み続ける。

もっとも、無差別に喧嘩《けんか》を売っているわけではなく、近くで最も派手《はで》に争っている場所に行き、双方《そうほう》の敵意《てきい》を一斉《いっせい》に自分に向けるような戦い方だった。

まるで、自分一人を共通の敵と認識《にんしき》させる事で、周囲の争いそのものを和らげるかのように。

——あれ……もしかして、八尋《やひろ》か？

ビデオを回しながら、青葉《あおば》は心中《しんちゅう》で呟《つぶや》く。

大勢《おおぜい》を相手に立ち回り、その鋭く無駄《むだ》の無い動きが、平和島静雄《へいわじましずお》と喧嘩していた少年の映像《えいぞう》に酷似《こくじ》している事に気付いたからだ。

「アッハッハ！　さっきの雄叫《おたけ》び、聞いたかぃ？」

楽しそうに笑いながら、『影男』の正体に気付いたもう一人の男——嬰麗貝《エイ・リーベイ》が、いつの間にか傍《そば》に居た二人の姉に向かって語りかける。

「なんて楽しそうに叫ぶんだい……八尋君さぁ」

それから数分後。

炎《ほのお》と煙に塗《まみ》れた喧噪《けんそう》の地を駆け巡った『影男』は、最終的に家の外壁《がいへき》を身軽に駆け上り、とある別荘の一室に足を踏み入れた。

そこに居たのは、二人の若い女性。

辰神姫香《たつがみひめか》の姉と妹だった。

「なんなの……貴方《あなた》は……一体なんなの⁉」

彩《あや》は目の前に現れたソレに、潜在的《せんざいてき》な恐怖《きょうふ》を感じる。

これは、首無《くびな》しライダーではない。

自分達の知らない、まったく異質《いしつ》な化《ば》け物《もの》だ。

「首無しライダーと……セルティ様とどういう関係なの……？」

都市伝説《としでんせつ》の一部になりつつあると錯覚《さっかく》していた彩達にとって、まさに『影男』は、冷や水を浴びせかけるかの如《ごと》き存在である。

人間離れした動きと姿《すがた》で自分達を駆逐《くし》するその姿は、まるで『お前達のようなただの人間は、首無しライダーには似合《にあ》わない』と言っているかのように感じられた。

「なんなのよぉ！」

叫びながら、彩は火炎瓶《かえんびん》を投げつける。

すると、『影男』は投げつけられた火炎瓶《かえんびん》を空中で掴《つか》み取り——その炎《ほのお》を黒い手で握り消しながら、淡々《たんたん》とした声で答えた。

「見ての通り……化《ば》け物《もの》です」

♂♀

10分前　地下室

『うあああ、そんな……私が原因だったなんてえええ！』

文字を乱雑に打ち込みながら床を転げ回るセルティ。

『ええええ。えー？　えええー⁉　どういう事⁉　私を信仰《しんこう》するカルト宗教《しゅうきょう》って……なんだそれは⁉　聞いてない！　私は何も聞いてない！』

およそ『伝説《でんせつ》の首無《くびな》しライダー』からは程遠い醜態《しゅうたい》を見て、姫香《ひめか》や久音《くおん》は呆然《ぼうぜん》とし、セルティという存在の人間らしさを先ほど理解していた八尋《やひろ》は、『大丈夫《だいじょうぶ》ですか』とセルティの肩をさすっていた。

「やれやれ、この姿《すがた》を見せれば、全員幻滅《げんめつ》するでしょうけどね」

四木《しき》の言葉に、ハッとして立ち上がるセルティ。

『そうですよ！　私がそいつらの前に躍《おど》り出て、「こんなことはやめろ」って言えば、それで全部解決するんじゃないですか⁉』

「どうですかね。ヘブンスレイヴのせいでまともじゃない連中《れんちゅう》ばかりだとすると、『教義《きょうぎ》のためなら本尊《ほんぞん》だろうと叩《たた》き壊《こわ》す』って考えになってもおかしくないでしょうね。まあ、普通に『首無しライダー様がこんな事を言う筈《はず》がない』って言って、偽物扱《にせものあつか》いされて終わりですよ」

『そんな！　じゃあ、どうすれば！』

焦《あせ》るセルティに、四木が淡々《たんたん》と告げた。

「後は我々の仕事ですよ。貴女《あなた》の疑いは晴れました。原因の一端《いったん》が貴女とは言え、粟楠会《あわくすかい》としては貴女に責任を取らせる、という真似《まね》はしませんので御安心を」

その言葉には暗《あん》に『貸し一つな』という意味が含まれているのだろうと気付き、セルティの暗鬱《あんうつ》とした気持ちに拍車《はくしゃ》が掛かる。

「待って下さい……姉《ねえ》さんは……姉さんと妹はどうなるんですか？」

「……素人《しろうと》さんを十人以上纏《まと》めて始末《しまつ》する……という までの事はしないでしょうが、この後の混乱を考えると、怪我《けが》をしないとは保証《ほしょう》できませんね」

「そんな……」

何とかならないかという目をしている姫香。このまま否定を続ければ、自ら姉妹を助ける為《ため》に走り出してしまいそうな勢いだった。

『私が、揉《も》め事が起こる前に無理矢理《むりやり》全員を縛《しば》り上げましょうか？　そうすれば、粟楠会《あわくすかい》の人達も無理はしないでしょう？』

「……確かに、そうなれば首謀者《しゆぼうしゃ》の四十万《しじま》以外は警察か病院に引き渡して終わりですかね」

四木《しき》はそう答えたが、それに異《い》を唱《とな》える者がいた。

「それは、止めた方がいいんじゃないですかね……」

『久音《くおん》君？　どうしてだ？』

セルティの問いに、久音は自嘲《じちょうぎ》気味《み》に笑いながら答える。

「その……姫香《ひめか》ちゃんのお姉《ねえ》さん達がセルティさんを信仰《しんこう》してるみたいに……同じように、折《おり》原臨也《はらいざや》って奴《やつ》を信仰してた女を一人知ってますけどね……。もしも、折原臨也に要《い》らない物扱いされたら、その場で自殺しかねないって感じでしたよ」

——なんでここで臨也の名前が出てくる⁉

驚くセルティに、久音は更《さら》に語り続けた。

「セルティさんが直接全員を止めたら、一人か二人、下手《へた》すりゃもっと多くの人に、とりかえしのつかない心の傷を負わせる事になるんじゃないっすかね？　姫香ちゃんのお姉さんなんか、特にその口でしょ？」

「……否定はしないよ」

僅《わず》かに悲しげな感情を混ぜて言う姫香に、セルティはどうしたものかと考え込むが――

八尋《やひろ》が、そこで姫香に対してあっさりと言った。

「じゃあ、俺《おれ》がやるよ」

「え？」

「俺が、全員抑え込むよ。その、辰神《たつがみ》さんのお姉さん達も、場合によっては、その、なんとか会の人達も」

『何を言ってるんだ、八尋君、そんな事は……』

セルティが止めようとすると、八尋が薄く笑いながら言った。

「さっき、セルティさんが言ってくれたじゃないですか。寧《むし》ろ、化《ば》け物《もの》になれって」

『それとこれとは……』

止める間もなく、羽織《はお》っていた上着を脱いで肩を回し始める八尋。

「何を言ってるの……なんで八尋君が、そんな危ない事を……」

「おいおい、マジか？」

姫香と久音も口々にそう言うが、八尋は少し考えてから、二人に言った。

「……」

「俺さ、暴力《ぼうりょく》しか、取《と》り柄《え》がなかったんだ」

「俺は、久音君や辰神さんみたいに強くない。それこそ、いつも現実から逃げてばかりだった」

それは、八尋《やひろ》の本音《ほんね》だった。

姫香《ひめか》の過去も久音《くおん》の過去も知った今、自分では、二人のようにその過去を乗り越えてはこられなかったかもしれないと考える。

二人は心が強い。しかし、自分は心が弱く、ただ、たまたま暴力《ぼうりょく》の才能があっただけだ。

「だけど……なんていうのかな、こんな俺《おれ》が世界とまた繋《つな》がれるきっかけがあるとすれば、やっぱり、暴力しかないんだろうなって思ってる」

「……」

「うん、俺はきっとさ、頭がイカレてるんだよ」

どこか吹っ切れたように笑うその笑顔は、久音と姫香が初めて見る、八尋の最も生き生きとした表情だった。

「だから、せめてさ……後悔《こうかい》が無いように生きたいんだ」

そして、上着を丁寧《ていねい》に畳《たた》み、なんとか顔に巻こうとし始める八尋。

彼の行動を見て、何がしたいのか気付くセルティ。

『あ、顔は隠《かく》すのか』

「家族には、心配も迷惑《めいわく》もかけたくないですし……。顔バレしたら、仕返しが怖《こわ》いですから」

『大胆《だいたん》な事をしようって割に、変な所で慎重《しんちょう》だな、君』

セルティの紡《つむ》いだ文字に、八尋は困ったように笑いながら答える。

「……臆病《おくびょう》なだけですよ」

セルティは、そんな八尋の微笑《ほほえ》みを見て、止めても無駄《むだ》だと判断《はんだん》した。
過去に何人かこういう少年を見てきているが、人の意見で考えを変える顔ではない。
彼女は溜息《ためいき》を吐くような仕草《しぐさ》で肩を上下させた後――手《て》の平《ひら》から、色濃く蠢《うごめ》く『影』の布地《ぬのじ》を生み出した。

『せめて、正体を隠す仮面《かめん》は貸してやろう』

影でできたその不思議《ふしぎ》な布地を渡そうとした瞬間《しゅんかん》、背後から大きな溜息が聞こえて来る。

「やれやれ、好き勝手《かって》に話を進めてくれるもんですね」

『あっ……四木《しき》さん、これは、その……粟楠会《あわくすかい》の人達の為《ため》にもなるっていうか、ほら、素人《しろうと》さんと殺し合いになったとかだと、色々と不味《まず》いでしょう?』

焦《あせ》りながら説明するセルティを無視し、四木は八尋の前に立ち、その目を見据《みす》えて言った。

「おい、坊主《ぼうず》」

「……はい」

「その『なんとか会』も纏《まと》めて相手にするって言ったが、その意味、解《わか》って言ってるのか?」

「……」

黙《だま》り込む八尋《やひろ》に、四木《しき》が続ける。

「もしも、そいつらが報復《ほうふく》として、お前の家族に手を出したらどうするとか、考えないのか？」

「その時は……」

八尋は一瞬躊躇《いっしゅんためら》った後、ハッキリと言い返した。

「しょうがないから、最後までヤルしかないかなって……」

皮肉《ひにく》でも冗談《じょうだん》でもない。

本当にあっさりと、八尋はその答えを口にした。

透《す》き通った目でそんな事を言われた四木は、目を細めながら八尋を睨《ね》め付ける。

そして、セルティに対して苦笑《くしょう》交じりに言った。

「なるほど、確かにこいつぁ、化《ば》け物《もの》だ」

『……四木さん？』

「正体不明《ふめい》の化け物がやる事じゃ、しょうがねえやなぁ」

四木は、少年のやる事を黙認《もくにん》するとも取れる一言《ひとこと》を口にする。

しかし――

「ただし、その『なんとか会』に人死《しとし》にやとりかえしのつかねぇ怪我人《けがにん》が出た時は……」

どこまでも冷たく、果てしなく鋭い言葉で四木は断言した。

「その化けの皮……容赦無《ようしゃな》く剝《は》がさせてもらうぞ、坊主《ぼうず》」

♂♀

現在　別荘《べっそう》の屋根《やね》

八尋の頭の中に、そんな四木の言葉が思い浮かぶ。

結果として、あの時の四木の鋭い目が、この日八尋が感じた最大の恐怖《きょうふ》であり――同時に、最後の恐怖でもあった。


――不思議《ふしぎ》だ。

――この影を纏《まと》ってると……いろんなものが、怖《こわ》くなくなった気がする。

自分が化け物でも構わないと受け入れ、セルティから渡された『影』を纏った瞬間《しゅんかん》、八尋の中から『怖《おそ》れ』は綺麗《きれい》に消え去っていた。

それは、彼にとっては重要な事である。

恐怖するからこそ、彼はどのような相手にもやり過ぎてしまう傾向があった。

しかし、薄らいだ恐怖は心に余裕《よゆう》を生み、自然と力を加減《かげん》する事ができる。

セルティの影を纏《まと》っている影響《えいきょう》なのか、それとも、セルティの言葉が身に染《し》みついたのか、あるいはその両方か。

理由は解《わか》らないが、八尋《やひろ》は完全に化《ば》け物《もの》として振る舞っているこの瞬間《しゅんかん》――確かに、恐怖《きょうふ》から解放されていたのである。

姫香《ひめか》の姉と妹を怪我《けが》させないように抑え込み、部屋にあったベッドのシーツで縛《しば》った後、彼《かれ》は再び屋根《やね》へと登った。

平和島静雄《へいわじましずお》と全力で喧嘩《けんか》をした時とは、またひと味違う達成感に溢《あふ》れていた。

こんなものは錯覚《さっかく》に過ぎないのだろう。

誰《だれ》かの為《ため》だろうとなんだろうと、暴力《ぼうりょく》は暴力だ。

自分はただ、姫香を言《い》い訳《わけ》にして人を殴《なぐ》ったに過ぎない。

それは解《わか》っていたが――それでも、八尋は嬉《うれ》しかった。

悪人でも化け物でも、偽善者《ぎぜんしゃ》でも構わない。

ただ、自分の意志《いし》を伴って『化け物』になれたことで、今まで閉じ込められていた世界から一歩外に出られたような気がする。

初めて己《おのれ》の人生を肯定《こうてい》できたような気がして――

八尋は再び、空に響《ひび》く雄叫《おたけ》びを上げた。

「わお。凄《すご》いねぇ！　凄い凄い、凄いなぁ！　まさか、こんな所でヒーロー様が見られるとは思わなかった！」

突如《とつじょ》現れた怪物《かいぶつ》に圧倒《あっとう》され、戦意《せんい》を喪失《そうしつ》している暴走族《ぼうそうぞく》達の中、嬰麗貝《エイ・リーベイ》が一人ではしゃぎ続ける。

「それとも、怪人《かいじん》の方かなぁ？　ま、どっちでもいいさ。格好《かっこ》いいからねぇ」

柳葉刀《りゅうようとう》を背にしまい、子供のように手を叩《たた》き続ける麗貝。

「ますますうちのチームに入れたくなったよ。三頭池《みずち》八尋君」

そう言ってから、ふと真顔《まがお》になって呟《つぶや》いた。

「いや……今は、名無しの化け物と呼ぶべきかな。存在しない筈《はず》のものか……」

麗貝は横にいる二人の姉に、良い事を思いついたとばかりに問い掛けた。

「ねえ、あの怪物の名前……『蛇手《スネイクハンズ》』……ってのはどうかな？」

「さて、面白くなるぞ……」

ビデオのスイッチを切り、青葉《あおば》は心の底から楽しそうに口元を歪《ゆが》ませる。

「あの怪物……まあ、八尋君なんだけどさ……。街の全てのチームを敵に回したとも言えるし、全てのチームを味方《みかた》にしたと言えるかもね」

「どういう事だよ」

「ダラーズに代わる、新しい祭の始まりって事さ。前は集団が街を動かした。今度はその逆さ」

黒沼青葉《くろぬまあおば》は、その童顔《どうがん》に似付かわしくない邪悪《じゃあく》な笑みを顔面に貼《は》り付け、屋根《やね》の上の怪物《かいぶつ》を見ながら、独《ひと》り言《ごと》を呟《つぶや》いた。

「さて……君は君の力で、どうやって池袋《いけぶくろ》の街を変えていくんだろうね……?」


こうして、この夜——

新しい『化《ば》け物《もの》』が、派手《はで》な産声《うぶごえ》を東京《とうきょう》の街に響《ひび》かせたのである。

その産声は、青葉の撮影《さつえい》した動画《どうが》を元にしてネットを駆《か》け巡り——

僅《わず》か一日足らずで、一つの『都市伝説《としでんせつ》』として語られる結果となった。

まるで街そのものが、その怪物の存在を喧伝《けんでん》しているかのように。

エピローグ

エピローグA　創業者

池袋《いけぶくろ》情報サイト『いけニュ～！　バージョンI・KEBU・KUR・O』

新着《しんちゃく》記事『【都市伝説誕生《としでんせつたんじょう》】首無《くびな》しライダーに恋人現る⁉』


【首無しライダーが連れてきた、新たなる都市伝説】――（東京《とうきょう》ウォリアー電子版《でんしばん》より転載《てんさい》）

かの有名な都市伝説【首無しライダー】が、池袋の街に戻ってきたという目撃《もくげき》情報が寄せられたのが4月の半《なか》ばだ。

それと同時に、新しい都市伝説が話題となっているのを御存知《ごぞんじ》だろうか。

動画投稿《どうがとうこう》サイトに上げられた、暴走族《ぼうそうぞく》同士の深夜の抗争《こうそう》と思《おぼ》しき映像《えいぞう》。

その中に首無しライダーが突然参入《さんにゅう》した事で、騒《さわ》ぎは収束《しゅうそく》に向かったのだが――問題は、実際に武力を行使して抗争を無理矢理《むりやり》止めたのが、首無しライダー本人ではなかったという事だ。

首無し馬に変身するエンジン音の無いバイク。そして、それに跨《また》がり漆黒《しっこく》の鎌《かま》を振るう無頭《むとう》の乗り手。彼、あるいは彼女が連れて来たのは——もう一人の異形《いぎょう》だった。

全身に揺らめく黒い影を纏《まと》い、顔面すら隠《かく》している。

そして、驚くべき体術《たいじゅつ》で、襲《おそ》い来る暴漢達《ぼうかんたち》を次々と撃《う》ち倒していく。

たった一人で、数十人を相手に、圧倒的《あっとうてき》な強さを見せた異形の存在。

果たして、この新たなる『都市伝説《としでんせつ》』の正体は何者なのか。

池袋《いけぶくろ》を中心として活動するライター、九十九屋真一《つくもやしんいち》氏は、この件に関してブログに『伝説を生むのに疲れた首無《くびな》しライダーは、後継者《こうけいしゃ》を連れて来た。もしかしたらこの半年の失踪《しっそう》は、都市伝説後継者を探す為《ため》の旅だったのかもしれない』とコメントしている。

——（記事の続きは元記事へＧＯ）

『いけニュ～！』管理人コメント
「首無しライダーに恋人登場なりよ。

首無しライダーが女だっていうのは私もちょくちょく主張してきたなりが、まさかのリア充《じゆう》だったなりね。

黒いライダーと黒いウォリアー。いい組み合わせなり。どこに行くのも一緒《いっしょ》って感じで熱々のほやほやなりよ。

なんか、『屍龍《ドラゴンゾンビ》』の面子《メンツ》を中心に、その怪物《かいぶつ》を『蛇手』……SnakeHandsって呼んでるのが流行《はや》ってるみたいなりね。

だから、このサイトでは便宜上《べんぎじょう》この怪物を『SH』か『スネイクハンズ』という仮名で紹介《しょうかい》していくなりよ。

世の中に広まりまくって、辞書《じしょ》に登録《とうろく》される日が楽しみなりね。

それと、失踪してた緑頭《りょくとう》の少年、この二人に助けられて無事《ぶじ》に助かったらしいなり。

首無しライダーにも恋人ができたし、世は全て事も成しのハッピーエンドなりな。

めでたしめでたし。なりよ？」

管理人『リラ・テイルトゥース・在野《ざいや》』

♂♀

新羅《しんら》のマンション

「めでたくなーい！」

ニュースサイトを見て居た新羅が、突然声を上げてソファーの上を転がり始める。

「めでたくない、ちっともめでたくないよセルティー。セールティーーー」

『何がどうした。脳味噌《のうみそ》に蛆虫《うじむし》でも湧《わ》いたか』

「見てよ、その記事！　僕を差し置いて、セルティに恋人がいるとか酷《ひど》いデマを垂《た》れ流してるよー！」

『デマじゃなかったどうする？』

意地《いじ》の悪い事を言うセルティに、新羅は顔を青ざめさせながら叫んだ。

「そんな……そんな事になったら、セルティは渡さないよ！　その八尋《やひろ》って子と決闘《けっとう》だ！」

セルティから事情を聞いていた新羅は、怪物《かいぶつ》の本名《ほんみょう》を口にして高々と拳《こぶし》を振り上げる。

『そいつ、静雄《しずお》と普通に殴《なぐ》り合えるぐらい強いんだぞ』

「……医《い》療《りょう》用語の古今東西《ここんとうざい》で勝負だ！」

『子供か！』

セルティが叱《しか》り付けるが、新羅は尚《なお》も転がり続ける。

「うわああ、大体、今回の事件は僕は全般的に腹立たしいよ！　セルティを崇《あが》めると言いながら、セルティの銅像《どうぞう》一つ作らないだなんて！　俺《おれ》なんかとっくに寝てるセルティを3Dスキャンして、等身大《とうしんだい》のセルティを量産してるっていうのにさ！」

『ちょっと待て、今聞き捨てならない事を言わなかったか!?』


その後、なんとか新羅を落ち着かせた後に、セルティはしみじみと八尋について考えた。

『それにしても、池袋《いけぶくろ》には化《ば》け物《もの》がいるってあの子に教えたのは誰《だれ》だろう』

「ん？」

新羅が首を傾《かし》げたので、セルティは少年の過去についての補足《ほそく》を付け加える。

『いや、八尋君が東京《とうきょう》に来た理由がさ、地元で喧嘩《けんか》してた時に、旅行客に「池袋にはもっと凄《すご》い怪物がいるぞ」って事を言われたらしいんだ』

「……ん？」

新羅は少し考えた後、セルティに言った。

「その八尋君って子、どこから来たって？」

『秋田《あきた》と言っていたが』

すると新羅《しんら》は、ポンと手を叩《たた》き、あっさりと答える。

「ああ、それ僕だよ」

『……は?』

「ほら、大曲《おおまがり》の花火《はなび》大会の次の日、波布良木村《はぶらぎむら》の温泉《おんせん》に寄ったじゃない」

『ああ……あの秘湯《ひとう》な』

「あそこで散歩してたらさ、たまたま血みどろになって喧嘩《けんか》してる男の子を見つけて、そんな世間話《せけんばなし》をした記憶《きおく》があるよ?」

なんだ、そうだったのか……と二人で談笑《だんしょう》した後、セルティは大文字のフォントを新羅に突きつけた。

『おっ……お前が引き込んだんじゃないか!』

「そ、そういう事になるのかな?」

『なんてこった……さっきの記事に書いてある、「首無《くびな》しライダーが全国行脚《あんぎゃ》して後継者《こうけいしゃ》をスカウトしてきた」って、殆《ほとん》どその通りだったじゃないか!』

「……あああああ! しまったぁー!」

新羅は無念極《むねんきわ》まりないと言った顔で、セルティに叫ぶ。

「どうしよう、僕は自分で自分の恋敵《こいがたき》を池袋《いけぶくろ》に呼んじゃったのかい⁉　艱難辛苦《かんなんしんく》を俺《おれ》から俺にプレゼントしたの⁉　敵に塩を送るとはよく言うけれど、他人に塩を送って恋敵にクラスチェンジさせるなんて、僕はもうダメだ……僕も怪物《かいぶつ》になるよセルティ！　だから今着てるその影を僕にダイレクトに分けてというか一緒《いっしょ》の影にくるまろぶぎゅるぷ」

『どさくさに紛《まぎ》れて抱きつくなバカ！』

セルティは新羅を押しのけつつ、やっといつもの日常が戻って来た事を実感していた。

失踪者《しっそうしゃ》が戻って来た事で人攫《ひとさら》いの噂《うわさ》も消えつつあり、セルティを人攫いと罵《ののし》る人間もだいぶ減ったように感じられる。

同じく日常のありがたみを感じつつ、新羅がふと疑問を口にした。

「そういえば……その、辰神《たつがみ》さんの家族はどうなったんだい？」

『ああ……入院してるよ。四十万《しじま》っていう奴《やつ》に無理矢理《むりやり》クスリをやらされたらしいし、四木《しき》さんや久音《くおん》は被害届《ひがいとどけ》を出してないから、罪《つみ》になるのかどうかも良く解《わか》らない』

『まあ、後は家族同士の問題だろうな』

来良《らいら》総合病院　個室

クスリの影響《えいきょう》はまだ身体《からだ》を蝕《むしば》んでいるものの——セルティの『狂信者《きょうしんしゃ》』達が正気《しょうき》を取り戻したのは、事件が終わってから5日目の事だった。

♂♀

「愛《あい》も、もうすぐ退院できるって」

妹の事を伝えると、姉はベッドに横たわったまま、姫香《ひめか》の方を向いて静かに呟《つぶや》いた。

「……結局、正しいのは姫香だけだったね」

「そんな事ないよ。姉《ねえ》さんはただ、やり方を間違えただけ。みんなの幸せを考えてくれてた事は、本当に嬉《うれ》しいと思ってる」

淡々《たんたん》と言う姫香に、彩《あや》は寂しげに笑いながら言葉を返す。

「……貴女《あなた》は、本当に強いのね」

「買い被《かぶ》りだよ」

「だから、首無《くびな》しライダーは姫香を選んだんだよね……」

「関係ないよ。なんだったら、今度紹介《しょうかい》するから」

あっさりと『首無しライダーを紹介する』という妹に、彩は苦笑《くしょう》しながら言った。

「合わせる顔なんか無いわ。それこそ、殺されてもおかしくない事をしたんだもの」

「もう……そんな人じゃないよ」

溜息《ためいき》をつく姫香に、彩は、ふと気になった事を尋《たず》ねてみる。

「ねえ……首無しライダーさんは……どうして、半年も姿《すがた》を消してたの？」

自分達に絶望を与えた事に対し、彩は、逆恨《さかうら》みと解《わか》ってはいつもどうしても気になってしまっていた。

姫香は少し考えた後、包み隠《かく》さず、聞いたままの事実を口にする。

「温泉《おんせん》旅行だって」

「……」

「……」

二人の間の時間が止まった。

暫《しば》しの沈黙《ちんもく》が続いた後、彩が震える声で言った。

「温泉……旅行……？」

「うん……秋田《あきた》とか九州《きゅうしゅう》とか……色々巡ってたって……」

コクリと頷《うなず》く姫香に、彩は暫し呆然《ぼうぜん》としていたが――

やがて、堰《せき》を切ったように笑い出す。

「あは……アハハ……何ソレ、温泉《おんせん》旅行って……」

一分ほど笑い続けた後、その笑顔に、涙が混じり始めた。

「半年も温泉旅行に行くなんて……そんな奔放《ほんぽう》な人に……私は人生を捧《ささ》げようとしてたの？」

滑稽《こっけい》な自分を散々笑いながら泣く姉を、姫香《ひめか》はずっと見守っていた。

「あなたの言う通りだったね、姫香。世の中って……本当に、こんなものなのかもね」

悲しげに「ごめんね」と謝った姉に対し、姫香は無表情のまま首を振った。

「私も、こんな世界に納得《なっとく》なんかしてない」

「え……？」

「でも、私はそんな生活が嫌《きら》いにはなれない。父《とう》さんも母《かあ》さんも、姉《ねえ》さんも愛《あい》も……大事《だいじ》な家族がいるから。だから……逃げるんじゃなくて、私はみんなが笑えるようにしたいだけ」

姉の手を取りながら、姫香は、昔言えなかった言葉を口にする。

「世界は理不尽《りふじん》かもしれないけど、変えられないとは思ってないよ」

「私の事を、まだ家族だって思ってくれるの……？」

不安げに言う姉に、姫香は「何故《なぜ》そんな当たり前の事を聞くの？」と首を傾《かし》げた。

そんな妹の言葉を聞き、彩《あや》は、窓の方に目を向けながら呟《つぶや》く。

先ほどとは、違う意味の涙を流しながら。

「やっぱり貴女《あなた》は強い子よ、姫香」

姫香が病院の外に出ると、そこでは八尋《やひろ》が待っていた。

「どうだった？」

「うん、だいぶ元気になったみたい」

姫香の言葉に、八尋は自分の家族の事のように安堵《あんど》する。

「良かった、また、家族で元通りに暮らせるんだね」

「……うん、本当の意味では、元通りになるか解《わか》らないけど……」

「どういう意味？」

何の躊躇《ためら》いもなく尋ねる八尋に、姫香は特に気にした様子《ようす》もなく、己《おのれ》の家庭の事情を話した。

母親の話を黙《だま》って聞いていた八尋だが、ふと、思いついたように言葉を紡《つむ》ぐ。

「君のお母さんはきっと、その壁の影の向こう側に置いてきたんじゃないかな」

「え？」

「嫌《いや》な自分を……姫香ちゃん達に辛《つら》く当たるかもしれない、弱い自分をさ」

八尋は言葉を選びながら、姫香の母親の行動について語る。

「童話《どうわ》の床屋《とこや》が王様の耳はロバの耳って木の洞《ほら》に叫んだみたいに、隠《かく》しておきたい本音《ほんね》を、いつかそうなるかもしれない自分を、ずっと壁の影に閉じ込めてたんじゃないかな」

「どうして、そう思うの？」

気休めを言っているのかもしれないと思いつつ、姫香《ひめか》は敢《あ》えて八尋《やひろ》に根拠《こんきょ》を尋《たず》ねた。

すると、八尋の口から予想外の答えが吐き出される。

「俺《おれ》も、そうだったから」

「……八尋君も？」

「俺は憶病《おくびょう》だったからさ、俺を傷つけようとしてくる人達が怖《こわ》くて仕方なかった。本当は心の中でこう思ってたんだ。殺される前に、殺すのが一番早いって。そうすれば、もう安心だって」

「……」

「だから俺はずっと、心の中では相手を動かなくなるまで殴《なぐ》り続けてた。毎晩、毎晩、そんな妄想《もうそう》の世界に逃げてたんだ。その分だけ、現実で自分を抑え込めるように」

「でも、それって、逆効果だったりしないの？」

素《す》の疑問を口にする姫香に、八尋は肩を竦《すく》めながら答えた。

「そうかもしれない。でも、実際、本当に殺した事まではないから……いや、でもやり過ぎた事は何度もあるから、やっぱり意味は無いのかな……」

考えても答えが出ないと判断《はんだん》した八尋は、溜息《ためいき》をついた後、苦笑《くしょう》しながら姫香に言う。

「俺は、何が正しいのか解《わか》らない。これから少しずつ覚えていくよ」

　そして、傷だらけの自分の手を強く握りしめ、姫香に断言した。

「だから、俺はみんなの代わりの手になるよ。辰神《たつがみ》さんや久音《くおん》達が困ってたら、それを守る為《ため》に俺は拳《こぶし》を振るう事にする」

「……よく、照れもせずにそういう事言えるね」

「そうかな？　やっぱり俺、変かな？」

「うん、変だよ」

　ハッキリと言った後、姫香は感情のままに、自分の表情を作り変えた。

　それは、悲しみや怒りのように、押し止める必要も我慢《がまん》する必要も無い感情だった。

「でも、私は素敵《すてき》だと思う」

　柔らかい微笑《ほほえ》みを浮かべる姫香を見て、八尋は少し照れくさそうに笑い返した。

♂♀

　そんな二人を遠目《とおめ》に見送りながら、琴南《ことなみ》久音は、携帯《けいたい》電話に向かって声を出す。

「あーあー、姉《ねえ》ちゃんがお喋《しゃべ》りなせいで、俺の猫被《ねこかぶ》り計画が台無《だいな》しだよ」

『そもそも、その髪型《かみがた》と顔で猫を被るのが無茶《むちゃ》なんだって』

望美《のぞみ》は携帯《けいたい》電話の向こうでカラコロと笑い、八尋《やひろ》について語り始めた。

『でも、あの八尋君って子、やっぱり面白いお人好《ひとよ》しだよ。久音《くおん》の本性を知っても、ずっとあんたの心配してたし』

「姉《ねえ》ちゃん、それ聞いてなんて答えたんだよ」

ムスリとしながら言う久音に、望美は明るい調子で答える。

『八尋君が気負う事はないよ。あの子は君の事も利用する手駒《てごま》としか思ってないから……って言ってあげたよ』

「また余計《よけい》な事を」

『そしたら彼、なんて言ったと思う？』

「？」

正解が予想できず、言葉《ことば》澱《よど》む久音。

そんな彼に、望美が言った。

『関係ない、だってさ』

「関係……ない？」

『どんな理由があっても、自分と普通に話してくれる子供達は初めてだって。喧嘩《けんか》してるのを見た後でも、自分を怖《こわ》がらずに普通に話しかけてくれる人がいた事が嬉《うれ》しかったたって。そう言ってたよ』

「……」

『だから、自分にとっては、辰神《たつがみ》さんも久音君も、命がけで守る価値《かち》があるんだって。信じられる？　たったそれだけの事でだよ？』

久音は暫《しば》し考え込んだ後、訝《いぶか》しげに尋《たず》ねる。

「ほんとに、そんな事言ってたのか？」

『さあねぇ？　信じるか信じないかは久音次第だよー？　私の売りは、インチキやガセネタだって解《わか》ってるでしょ？』

——あ、これは、マジで言ってんだな。

直感でそう思った久音は、長い長い溜息《ためいき》を吐いた後、冷たい声で囁《ささや》いた。

「あいつがどう勘違《かんちが》いしようと、俺はただ、あいつを利用してるだけだよ」

『あらら、八尋君、可哀相《かわいそう》に』

「あんだけ凄《すご》い力を持ってるのに、単純な奴《やつ》だよ、まったく」

肩を竦《すく》めながら、久音は携帯電話越しに悪態《あくたい》をつく。

「だから俺は、人間が嫌《きら》いなんだよ」

琴南家《ことなみけ》

携帯《けいたい》電話が切られたのを確認《かくにん》した後、望美《のぞみ》は意地《いじ》悪《わる》く笑いながら呟《つぶや》いた。

「あんたじゃ、臨也《いざや》さんにはなりきれないよ」

嬉《うれ》しそうに、楽しそうに、その真意《しんい》を微笑《ほほえ》みの奥に隠《かく》しながら。

「臨也さんと比べて……あんたは少し、優しすぎるからね！」

♂♀

新羅《しんら》のマンション

『まあでも、実際面白い奴《やつ》だよ、八尋《やひろ》君は』

「僕だって面白いよ!? 待ってて、いま何か……何か面白いことを言うから……！」

♂♀

『無理《むり》するな』

顔を赤くする新羅を諫《いさ》めながら、セルティは八尋の事を思い出す。

結局、影でできたマスクと、身体《からだ》に巻く影の布地《ぬのじ》一式は少年に渡すことにした。

せっかく生み出したものだし、すぐに消してしまうよりは、彼が持っていた方が良いと判断《はんだん》したのである。

――『何日持つかは私も実験した事がないから解《わか》らないが、まあ、霧散《むさん》したりしたら連絡《れんらく》をくれ。前にヘルメットとか作って被《かぶ》って貰《もら》った時にはなんともなかったから、肌《はだ》や髪《かみ》には優しい……と思う』

すると、八尋は真面目《まじめ》な顔をして重要な事を問いかけた。

――「これ、洗濯《せんたく》とかして大丈夫《だいじょうぶ》なんですかね？」

クックックッと心中《しんちゅう》で笑うセルティを見て、新羅が気付く。

「ああっ！　さてはセルティ、その八尋君って子の事を思い出して笑ってる……⁉」

『妙《みょう》な所で鋭いなお前』

「待って……面白い事……面白い事……ら、落語《らくご》でもいいかいセルティ！」

泣きそうになる新羅を見て、セルティは呆《あき》れながら文字を綴《つづ》った。

『必死過ぎだろ。……まあ、まだ暫《しばら》く休みだからな。新羅の落語に付き合うのも悪くない』

「本当かい⁉　……っていうか、まだ暫く運び屋は休むんだ？」

『四木《しき》さんが、暫《しばら》くは大人《おとな》しくしててくれってさ。なんだかんだで、まだ私の事を疑ってる連《れん》中《ちゅう》もいるらしい。ただ、まあ、何か別のバイトを探すから安心してくれ』

「大丈夫《だいじょうぶ》だよ、セルティは僕が一生食べさせてあげるから！ ついでに専業主夫《せんぎょうしゅふ》にもなるから、セルティは毎日僕の前でぐうたらしててくれればいいんだよ！」

目を輝かせながら言う新羅《しんら》に、セルティは呆《あき》れながらスマートフォンを付きつける。

『そんな張り合いの無い人生、こっちから願い下げだ』


彼らは気付いてなかった。

先刻《せんこく》の『いけニュ～！』のサイトの片隅《かたすみ》、通常の広告に混ざって、奇妙《きみょう》なバナーが一つあるという事に。

画面を一番下までスクロールした後に出てくる、『SH』とだけ書かれた小さなバナー。

めざとく気付いた者がクリックすると、次のようなサイトに転送される。


『池袋《いけぶくろ》の揉《も》め事、解決します。

人捜《ひとさが》しからイジメの復讐《ふくしゅう》、用心棒《ようじんぼう》までなんでもござれ！

池袋互助会《ごじょかい》　スネイクハンズ』

その奇妙な広告が原因となり、セルティは今後暫く、様々《さまざま》な形で『張り合いのある生活』に巻き込まれていく事となるのだが――

今の彼女には、知る由《よし》も無い事だった。

エピローグB　あるいはネクストプロローグ　復讐者

「四十万《しじま》の足は摑《つか》めたか？」

　事件から5日が過ぎた頃《ころ》、四木《しき》が改めて部下《ぶか》に問いただす。

　だが、答えは数日前と変わらずに芳《かんば》しくないものだった。

「いいえ、どこにも……」

　四十万が例の『首無《くびな》しライダー教団《きょうだん》』を立ち上げたのは確かである。

　それは、入院した後に正気《しょうき》に戻った『狂信者《きょうしんしゃ》』達の証言《しょうげん》も取れていた。

「俺達《おれたち》の接近を察して逃げた……ってわけでもなさそうだな」

　あの別荘地《べっそうち》にいたのは、全員が現実逃避《とうひ》をした首無しライダー信者《しんじゃ》というわけではなかった。

　万《まん》が一《いち》の時のボディーガードとして、金とクスリで雇《やと》われた、四十万の昔馴染《むかしなじ》みなども含まれていたのである。実際、四木が殴《なぐ》り飛ばした見張りの男は、その類《たぐい》の人間だった。

　しかし、その誰《だれ》もが、四十万の行方《ゆくえ》については解《わか》らないと言う。

　四十万が立ち上げたのは確かだが、後は、狂信者達が勝手に話を大きくし続けた形となっていたようだ。彼は途中《とちゅう》からは直接関わる事もなく、資金と『ヘブンスレイヴ』を提供《ていきょう》していたに過ぎないらしい。

四十万《しじま》グループの総帥《そうすい》である祖父《そふ》や幹部《かんぶ》である父親にも脅《おど》しをかけてみたが、息子《むすこ》はもう一年以上行方不明《ゆくえふめい》のままという話だった。

ただの小物にまで落ちた筈《はず》の男が、一体何を企《たくら》んでいるのだろうか、
少しばかり不気味《ぶきみ》なものを感じつつ、四木《しき》は事務所の窓から外を見て呟《つぶや》いた。

「やれやれ……あの情報屋《じょうほうや》が消えて、少しは気が楽になったと思ったんだがな」

「結局、問題が一つ消えれば一つ生まれるのが、この商売の因果《いんが》な所か……」

♂♀

都内某所《とないぼうしょ》　貸事務所内

とあるビルの中にある、小さな貸事務所。

上の階ではオレオレ詐欺《さぎ》のグループが間借《まが》りしているらしく、様々《さまざま》な会話が天井《てんじょう》から響《ひび》いてくるフロア。

何もない空間に一つだけ置かれた椅子《いす》に、一人の男が座っている。

男は顔の上半分に包帯《ほうたい》を巻いており、その隙間《すきま》から覗《のぞ》いた目が何もない空間を凝視《ぎょうし》していた。

すると、そんな男の首に、たおやかな女の手が絡みつく。

よく見ると無数の傷がついているその指で、男の首を艶《なま》めかしくなでながら女が言った。

「折原臨也《おりはらいざや》は……今回の件に絡んでこなかったね」

「そうだな」

「どうなのかな？　本当に、死んだんだと思う？」

「どっちでもいいさ。俺は、自分の復讐《ふくしゅう》さえできればそれでいい。折原臨也は二の次だ」

すると、女は意外《いがい》そうに首を傾《かし》げる。

「へえ……四十万君、折原臨也に復讐するつもりだと思ってたけど、違うんだ」

「お前はどうなんだ、ミミズ」

冷めた口調《くちょう》で問う男――四十万に、ミミズと呼ばれた女は、んー、と軽く悩んだ後に答えた。

「わかんない。嫌《いや》な奴《やつ》だったから、殺せるなら殺せればラッキーかな、って思うけど」

クスクスと嗤《わら》いながら紡《つむ》がれたその言葉は、どこまでが冗談《じょうだん》でどこからが本気《ほんき》なのか解《わか》りづらいものだった。

そんな彼女は、四十万の頭に自分の頬《ほお》を乗せながら、楽しそうに問い続ける。

「折原臨也がどうでもいいなら、誰《だれ》に復讐するの？　首無《くびな》しライダー？　平和島静雄《へいわじましずお》？　粟楠《あわくす》会《かい》の赤林《あかばやし》？」

ミミズの問いに、四十万《しじま》は抑揚《よくよう》の無い声で言った。

「街だよ」

その目には静かな狂気《きょうき》が宿っており、昔の彼を知る者は揃《そろ》って言う事だろう。

この男は、本当に四十万なのかと。

変わり果てた男は、静かに虚空《こくう》に視線を向けたまま——その奥に見える景色《けしき》を思い浮かべつつ、ただ、粛々《しゅくしゅく》と言葉を紡《つむ》ぎ出した。

「俺《おれ》は、池袋《いけぶくろ》の街に復讐《ふくしゅう》する事にした」

「大きく出たねぇ。一体、何をする気なの？」

「別に何も？」

四十万は無表情のまま、艶《なま》めかしいミミズの身体《からだ》には目もくれずに言葉だけを吐き続ける。

「街にはいくらでも、惨事《さんじ》の種《たね》は転がってるさ。ただ、殆《ほとん》どが芽《め》が出ずに終わる」

「俺はただ、そこにほんの少しの水と……肥料《ひりょう》をくれてやるだけさ」

彼の言葉通り、『ダラーズ』や『折原臨也《おりはらいざや》』という大きな波が消えた今でも、その波によって運ばれてきた『種』はいくつも街に残されていた。
その『種』が吉《きち》と出るか、凶《きょう》と出るか。
答えはまだ、誰《だれ》にも解《わか》らない。
理不尽《りふじん》な復讐者の狂気をも内包《ないほう》し――
街は、新しい物語を紡《つむ》ぎ始める。
そこに、人々が存在する限り。

CAST

三頭池八尋
琴南久音
辰神姫香

黒沼青葉

折原九瑠璃
折原舞流

粟楠茜

琴南望美

辰神彩
辰神愛

嬰麗貝

四木

平和島静雄

セルティ・ストゥルルソン
岸谷新羅

TO BE CONTINUED DURARARA!!SH×3

あとがき

『次回予告！

――何やら怪しげな商売を始めた琴南姉弟と、彼女達にバイトとして雇われたセルティ。そして、いつの間にかそこに巻き込まれる事になってしまった八尋と姫香！　彼らの元に依頼に現れた、アニメと漫画の会話しかしない男女の二人組とは果たして何者なのか――』

というわけで、どうも、お疲れ様です成田です。

何者かも何も、遊馬崎と狩沢です。ただしその二人しか出ないわけではなく、当然他のキャラもいつも通りたくさん出ますので、遊馬崎と狩沢が苦手という人もお楽しみに！

……という、次巻の話は取りあえず横に置きまして……。

皆さんは、背表紙をじっくり御覧になったことはあるでしょうか。

例えばこの本の背表紙の一番上に『な-9-50』という文字と数字が書かれていると思いますが、これは【電撃文庫の『な』の文字から始まる作家の中で、九番目にデビューした人間が出した、五十冊目の本】という意味だったりします。

そう、五十冊です。

電撃文庫でデビューさせていただいてから10年。とうとう成田良悟単独名義の電撃文庫作品が、今回のこの本で五十冊目となりました！

デビューしたての頃は二冊目を出して貰えるのかどうかとヒヤヒヤしていましたが、幸運にも恵まれ、なんとか五十冊まで辿り着く事ができました。これもひとえに、ここまで手助けして下さった編集部をはじめとする皆さんと、なにより手にとって頂いた読者の皆さんのおかげです。本当にありがとうございました……！

とりあえず次の大きな区切りを目指して、健康に気を付けて頑張ろうと思います！


さて、記念すべき五十冊目となった『デュラララ!!SH』の2巻ですが——これにてエピソード1が終わりとなります。今回は顔見せ程度だった嬰麗貝《エイ・リーベイ》なども次巻以降ちょくちょくキーキャラになったりならなかったりしますので、どうぞお楽しみに！

何やら琴南姉弟とセルティが怪しい仕事を始める事になり、3巻以降はその商売回りで一冊完結の話をやっていければなと思います。『デュラララ!!』の帝人達回りのような5冊以上にわたる大きな話は……まあ、今のところ考えていませんが、予定は未定です。

そして、『デュラララ!!』のアニメについて——この本が発売する直前のイベント【電撃文庫 秋の祭典２０１４】において、色々と発表があった事と思います。

声優さん達も、前期の素晴らしいキャストの皆さんに再集結していただいたばかりか、新しいキャラクター陣も素晴らしい方々に演じていただける事となりまして、聞いた時から家で浮かれ転げておりました。

デュラララ!!無印13巻までの物語が如何様に描かれるのか、私自身も楽しみにしておりますので、平行して『デュラララ!!』を盛り上げていけるように頑張ります……!

出来る事なら、間に他の作品も色々出したいのですが……もう色々な細かい仕事が立て続けに入り、中々次の本の予定すら立たない所でして……。ただ、タイプムーンさんとの合同企画である『Fate/strange Fake』は現在進行中ですので、私が病気になったりしなければ、この冬には一冊目をお届けできると思います。

発売日程などは「電撃文庫MAGAZINE」や電撃文庫のサイト&メルマガ、私のTwitterなどで順次公開していくと思いますので、見かける事があればチェックしていただければと!

メディアミックスはアニメだけではありません。

ゲームの新作なども準備が進んでおりますし、漫画も様々な方向で連載が進んでおります!

漫画といえば、私は文章しか書けないのでネームというものは一切描かないというか描けないのですが、この10年で、色々な漫画家さんに自分の文章をネームにしていただくという事をしていただき、アニメの絵コンテもそうなのですが、やはり絵で空間を表現できる人達は凄いなあと感心する事しきりでした。

私も文章を磨いて、読者の皆さんの頭の中でそうした『絵』や『映像』をイメージして頂けるような物書きになれるように頑張ります……!

メディアミックスは私の作品の世界のイメージを常に広げて下さっておりますので、今後もお互いに良い関係を続けて行ければ幸いです。

この先の10年でまた様々な事が（できればいい事が多めに）あるように祈りつつ、次は百冊を目指して精進していきますので、どうかその時までお付き合い頂ければ、これほど嬉しい事はございません。

最後に、御礼関係となります、

前作以上に原稿が遅れてしまい、担当の和田《ばびお》さんを始め、ＡＭＷに印刷所の皆さん、重ね重ね申し訳ありませんでした……。

新アニメ企画と、三つのコミカライズ。更にゲームといった、様々な媒体のメディアミックスで『デュラララ!!』の世界を作り上げていって下さっている皆さん。

いつもお世話になっております家族、友人、作家さん並びにイラストレーターの皆さん。

様々な仕事で大変お忙しい中、素晴らしいイラストを描いて下さったヤスダスズヒトさん。『夜桜四重奏《カルテット》』のＢＤ・ＤＶＤ特典である『デュラララ!!』とのコラボ漫画、完結お疲れ様です！　最後まで愉しく読ませて頂きました！

そして何より、『デュラララ!!ＳＨ』の物語の続きを手にとって下さった皆さんへ。

本当にありがとうございました！　今後とも宜しくお願いします！

２０１４年９月　成田良悟

◉成田良悟著作リスト

「バッカーノ！ The Rolling Bootlegs」（電撃文庫）
「バッカーノ！1931 鈍行編 The Grand Punk Railroad」（同）
「バッカーノ！1931 特急編 The Grand Punk Railroad」（同）
「バッカーノ！1932 Drug & The Dominos」（同）
「バッカーノ！2001 The Children Of Bottle」（同）
「バッカーノ！1933〈上〉 THE SLASH ～クモリノチアメ～」（同）
「バッカーノ！1933〈下〉 THE SLASH ～チノアメハ、ハレ～」（同）
「バッカーノ！1934 獄中編 Alice In Jails」（同）
「バッカーノ！1934 娑婆編 Alice In Jails」（同）
「バッカーノ！1934 完結編 Peter Pan In Chains」（同）
「バッカーノ！1705 The Ironic Light Orchestra」（同）
「バッカーノ！2002【A side】 Bullet Garden」（同）
「バッカーノ！2002【B side】 Blood Sabbath」（同）
「バッカーノ！1931 臨時急行編 Another Junk Railroad」（同）
「バッカーノ！1710 Crack Flag」（同）

「バッカーノ！1932-Summer man in the killer」(同)

「バッカーノ！1711 Whitesmile」(同)

「バッカーノ！1935-A Deep Marble」(同)

「バッカーノ！1935-B Dr. Feelgreed」(同)

「バッカーノ！1931-Winter the time of the oasis」(同)

「バッカーノ！1935-C The Grateful Bet」(同)

「バウワウ！Two Dog Night」(同)

「Mew Mew！Crazy Cat's Night」(同)

「がるぐる！〈上〉Dancing Beast Night」(同)

「がるぐる！〈下〉Dancing Beast Night」(同)

「5656！Knights' Strange Night」(同)

「デュラララ!!」(同)

「デュラララ!!×2」(同)

「デュラララ!!×3」(同)

「デュラララ!!×4」(同)

「デュラララ!!×5」(同)

「デュラララ!!×6」(同)

「デュラララ!!×7」(同)

「デュラララ!!×8」（同）
「デュラララ!!×9」（同）
「デュラララ!!×10」（同）
「デュラララ!!×11」（同）
「デュラララ!!×12」（同）
「デュラララ!!×13」（同）
「デュラララ!! 外伝!?」（同）
「デュラララ!!SH」（同）
「デュラララ!!SH×2」（同）
「ヴぁんぷ！」（同）
「ヴぁんぷ！Ⅱ」（同）
「ヴぁんぷ！Ⅲ」（同）
「ヴぁんぷ！Ⅳ」（同）
「ヴぁんぷ！Ⅴ」（同）
「世界の中心、針山さん」（同）
「世界の中心、針山さん②」（同）
「世界の中心、針山さん③」（同）
「オツベルと笑う水曜日」（メディアワークス文庫）

本書に対するご意見、ご感想をお寄せください。

電撃文庫公式ホームページ 読者アンケートフォーム
http://dengekibunko.dengeki.com/
※メニューの「読者アンケート」よりお進みください。

ファンレターあて先
〒102-8584　東京都千代田区富士見1-8-19
アスキー・メディアワークス電撃文庫編集部
「成田良悟先生」係
「ヤスダスズヒト先生」係

初出 ……………………………………………………………………

本書は書き下ろしです。

電撃文庫

デュラララ!!SH×2

成田良悟《なりたりょうご》

発行　2014年10月10日　初版発行

発行者　塚田正晃
発行所　株式会社KADOKAWA
〒102-8177　東京都千代田区富士見2-13-3
プロデュース　アスキー・メディアワークス
〒102-8584　東京都千代田区富士見1-8-19
03-5216-8399（編集）
03-3238-1854（営業）
装丁者　荻窪裕司(META+MANIERA)
印刷・製本　加藤製版印刷株式会社

ISBN978-4-04-869008-9　C0193　Printed in Japan

電撃文庫　http://dengekibunko.dengeki.com/
株式会社 KADOKAWA　http://www.kadokawa.co.jp/

電撃文庫創刊に際して

文庫は、我が国にとどまらず、世界の書籍の流れのなかで〝小さな巨人〟としての地位を築いてきた。古今東西の名著を、廉価で手に入りやすい形で提供してきたからこそ、人は文庫を自分の師として、また青春の想い出として、語りついできたのである。

その源を、文化的にはドイツのレクラム文庫に求めるにせよ、規模の上でイギリスのペンギンブックスに求めるにせよ、いま文庫は知識人の層の多様化に従って、ますますその意義を大きくしていると言ってよい。

文庫出版の意味するものは、激動の現代のみならず将来にわたって、大きくなることはあっても、小さくなることはないだろう。

「電撃文庫」は、そのように多様化した対象に応え、歴史に耐えうる作品を収録するのはもちろん、新しい世紀を迎えるにあたって、既成の枠をこえる新鮮で強烈なアイ・オープナーたりたい。

その特異さ故に、この存在は、かつて文庫がはじめて出版世界に登場したときと、同じ戸惑いを読書人に与えるかもしれない。

しかし、〈Changing Times,Changing Publishing〉時代は変わって、出版も変わる。時を重ねるなかで、精神の糧として、心の一隅を占めるものとして、次なる文化の担い手の若者たちに確かな評価を得られると信じて、ここに「電撃文庫」を出版する。

1993年6月10日
角川歴彦

電撃文庫

デュラララ!!
成田良悟
イラスト／ヤスダスズヒト

池袋にはキレた奴らが集う。非日常に憧れる高校生、チンピラ、電波娘、情報屋、闇医者、そして"首なしライダー《デュラハン》"。彼らは歪んでいるけれど——恋だってするのだ。

な-9-7 0917

デュラララ!!×2
成田良悟
イラスト／ヤスダスズヒト

自分から人を愛することが不器用な人間が集う街、池袋。その街が、連続通り魔事件の発生により徐々に壊れ始めていく。そして、首なしライダー《デュラハン》との関係は——!?

な-9-12 1068

デュラララ!!×3
成田良悟
イラスト／ヤスダスズヒト

池袋に黄色いバンダナを巻いた黄巾賊が溢れ、切り裂き事件の後始末に乗り出した。来良学園の仲良し三人組が様々なことを思う中、首なしライダー《デュラハン》は——。

な-9-18 1301

デュラララ!!×4
成田良悟
イラスト／ヤスダスズヒト

池袋の街に新たな火種がやってくる。奇妙な双子に有名アイドル、果ては殺し屋に殺人鬼。テレビや雑誌が映し出す池袋の休日に、首なしライダー《デュラハン》はどう踊るのか——。

な-9-26 1561

デュラララ!!×5
成田良悟
イラスト／ヤスダスズヒト

池袋の休日を一人愉しめなかった折原臨也が、意趣返しとばかりに動き出す。ターゲットは静雄と帝人。彼らと共に、首なしライダー《デュラハン》も堕ちていってしまうのか——。

な-9-30 1734

電撃文庫

デュラララ!!×11
成田良悟
イラスト／ヤスダスズヒト

池袋を襲う様々な謀略。消えていくダラーズに関わる者もあれば、なぜか一つの所に集っていく者達もある。その中心にいる首無しライダーが下す判断とは——。

な-9-41 2323

デュラララ!!×12
成田良悟
イラスト／ヤスダスズヒト

新羅を奪われ怪物と化すセルティ。泉井の手によりケガを負う正臣。沙樹は杏里に接触し、門田は病室から消える。混乱する池袋で、帝人が手に入れた力とは——。

な-9-45 2552

デュラララ!!×13
成田良悟
イラスト／ヤスダスズヒト

混沌の坩堝と化した東京・池袋。決着をつけるのはやはり全ての始まりの場所。帝人とダラーズはどうなってしまうのか。そして歪んだ恋の物語が、幕を閉じる——。

な-9-47 2674

デュラララ!! 外伝!?
成田良悟
イラスト／ヤスダスズヒト

みんなで鍋をつつきつつ各々の過去のエピソードが明かされる物語や沼袋から来た偽静雄が絡む「デュフフフ!!」、さらに書き下ろし短編も追加したお祭り本登場！

な-9-49 2789

デュラララ!!SH
成田良悟
イラスト／ヤスダスズヒト

ダラーズの終焉から一年半。首無しライダーに憧れて池袋に上京してきた少年と、首無しライダーを追いかけて失踪した姉を持つ少女が出会い、非日常は始まる——。

な-9-48 2731